suhrkamp taschenbuch 5372

Silvia Glaser fand nach dem Unfall, der ihr Leben völlig auf den Kopf gestellt hat, Zuflucht bei einer rechtspopulistischen Partei. Sie möchte aussteigen, wagt es aber nicht, weil sie Repressalien fürchtet. Als sie von Plänen der Parteispitze zu einem Attentat erfährt, weiht sie den Polizisten Kay Oleander ein. Die beiden beschließen, den Anschlag zu verhindern. Dafür brauchen sie Verbündete, doch die sind für zwei wie sie nicht leicht zu finden …

Friedrich Ani erzählt mitfühlend und lakonisch die Geschichte zweier Versehrter, die allen Widrigkeiten zum Trotz zueinanderfinden und sich zusammenraufen, um ein Mal etwas richtig zu machen in einem Leben, das sich schon lange falsch anfühlt.

Friedrich Ani, geboren 1959, lebt in München. Er schreibt Romane, Gedichte, Jugendbücher, Hörspiele, Theaterstücke und Drehbücher. Sein Werk wurde mehrfach übersetzt und vielfach prämiert, u. a. mit dem Deutschen Krimipreis, dem Crime Cologne Award, dem Stuttgarter Krimipreis, dem Adolf-Grimme-Preis und dem Bayerischen Fernsehpreis. Friedrich Ani ist Mitglied des PEN-Berlin.

Zuletzt erschienen: *Letzte Ehre* (st 5246), *All die unbewohnten Zimmer* (st 5059) und *Der Narr und seine Maschine* (st 5020)

FRIEDRICH ANI

BULLAUGE

Roman

Suhrkamp

Erste Auflage 2024
suhrkamp taschenbuch 5372
© Suhrkamp Verlag AG, Berlin, 2022
Alle Rechte vorbehalten.
Wir behalten uns auch eine Nutzung des Werks
für Text und Data Mining im Sinne von § 44b UrhG vor.
Umschlaggestaltung: zeromedia.net, München
Umschlagabbildung: mauritius images / Kemedo / Alamy
Druck und Bindung: CPI books GmbH, Leck
Printed in Germany
ISBN 978-3-518-47372-6

www.suhrkamp.de

BULLAUGE

In diesem Moment war sein letztes Vorhaben,
den Himmel zu heiraten, nachdem er die Verlobung
mit dieser übertünchten Natur aufgelöst hatte.
Dieses Land, so heißt es, wirft sich am Ende immer in ein Meer.

Franck Bouysse, *Rauer Himmel*

ERSTER TEIL

1

Ohne Humor ist alles nichts

Er schaute mir ins Gesicht. Das tat er jedes Mal, wenn er seinen Redefluss unterbrach, einen Schluck Kaffee trank und die Augen zusammenkniff. Als bemerke er etwas an mir zum ersten Mal; als irritiere ihn mein stoisches Dasitzen, meine offensichtliche Gelassenheit; als habe er einen völlig anderen Mann erwartet als den, der vor einer Stunde die Tür geöffnet und ihn wie einen guten Freund hereingebeten hatte.

Wir waren Kollegen, kannten uns lange, hatten eine Menge Einsätze gemeinsam absolviert und – im Vertrauen aufeinander und dank unserer Erfahrung auf der Straße – die eine oder andere Gefahrensituation bewältigt; von enger Freundschaft konnte keine Rede sein. Wir respektierten uns; gelegentlich tranken wir mit anderen Kollegen ein Bier in der Kneipe und saßen bei den Weihnachtsfeiern am selben Tisch.

Auf die Idee, ihn in meine Wohnung einzuladen, wäre ich nie gekommen.

Er hatte mich angerufen und sich nach meinem Zustand erkundigt. Schließlich kündigte er einen Kurzbesuch an, immerhin beträfe die Sache uns beide; seit Wochen hätten wir praktisch kein Wort mehr gewechselt, was er, wie er betonte, sehr bedauere.

Klar, hatte ich gesagt, schau vorbei.

Und da war er und schaute. Schaute mir ins Gesicht, ungefähr alle fünf Minuten, aus schmalen Augen, die Lippen aufeinandergepresst, mit einer Mischung – bildete ich mir ein – aus professionellem Beobachtungszwang und ihn selbst überfordernder Verwirrung. Wie einer, der partout nicht glauben will, was er sieht.

Nach allem, was er von den Kollegen in der Zwischenzeit erfahren haben musste, dürfte ihn mein Aussehen nicht im Geringsten überrascht haben – zumal ich mich nicht in den Buckligen von Notre Dame oder in einen Elefantenmenschen verwandelt hatte. Ich hatte mich überhaupt nicht verwandelt. Ich war derselbe wie vor der Attacke, abgesehen von dem ovalen Filzteil auf meiner linken Gesichtshälfte, das ich trug, um mein Wohlbefinden zu steigern und das mich zudem an alte Zeiten auf hoher See in meinem Kinderzimmer erinnerte. Eine innere Freude, die ich mit niemandem teilte.

»Und es war wirklich nichts, gar nichts zu machen?«

Polizeiobermeister Gillis setzte die Kaffeetasse ab und warf einen Blick auf das Stück Keks-Schichtkuchen, das auf seinem Teller übrig war. »Schmeckt wie früher, der Karierte Affe.« Und er fügte hinzu, als belehre er einen wesentlich Jüngeren: »Meine Großmutter hat den Kuchen immer so genannt, kennst du den Ausdruck?«

»Nein«, log ich.

Mehr noch als schon bei unserer Begrüßung missfiel mir zunehmend sein Aussehen: die vollkommen überflüssige Dienstuniform samt Schusswaffe und Handschellen, dazu die Schirmmütze, die er, als ich die Tür öffnete, pflichtbewusst abgenommen und im Wohnzimmer neben sich auf die Couch gelegt hatte. Das blaue Hemd mit der dunkelblauen Krawatte sah frisch gewaschen und gebügelt aus; sein Lederblouson hatte er anbehalten.

Je länger er dasaß, an seinem Kaffee nippte und mit der Kuchengabel trockene Affenteile zu seinem Mund balancierte, desto weniger gelang es mir, seine Anwesenheit als eine halbwegs angenehme Abwechslung in meinem monotonen Alltag wertzuschätzen. Ihn zu fragen, was ihn – außer meinem Gesundheitszustand oder meinem ihn anscheinend überfordernden Aussehen – in Wahrheit beschäftigte, widerstrebte mir.

Plötzlich kam mir mein Kollege Arno Gillis wie ein Eindringling vor. Pure Neugier, dachte ich, habe ihn getrieben, oder – und dieser Gedanke ärgerte mich sofort – er hatte irgendeine dämliche Wette verloren. Womöglich wäre er deswegen gezwungen gewesen, mir trotz meines eindringlichen Wunsches, eine Zeitlang in Ruhe gelassen zu werden, zwischen zwei Dienstzeiten einen Blitzbesuch abzustatten.

Wetten war eine Art Megahobby einiger Kollegen auf der Dienststelle, inklusive der Frauen. Sie wetteten auf alles, fünf, zehn, fünfzig, hundert Euro. Idiotisches Eifern: Um die Anzahl der an einem Tag erwischten illegal in der Stadt lebenden Ausländer; oder um Falschparker oder die Straßenverkehrsordnung missachtende Radler und E-Scooter-Raser; um die am schnellsten aufflatternde Krähe eines Schwarms in einem Baum; um Hundekothaufen in einem Grünstreifen; um die Menge der Hustenanfälle der kettenrauchenden Kollegin Miriam; um die Zahl der Tore eines Fußballspielers im Lauf eines Monats; um den Promillegehalt des nächsten angehaltenen Verkehrsteilnehmers; oder darum, ob eine Kollegin diesmal friedlich das Wochenende mit ihrem Mann überstand oder ein Kollege sich doch zu etwas breitschlagen ließ, was er zuvor rigoros abgelehnt hatte.

Wie viel hast du verloren?, dachte ich und wartete auf die Wiederholung seiner Frage von vorhin.

»Gar nichts?«, setzte er an. »Die Ärzte haben doch operiert, oder nicht? Oder habe ich das falsch verstanden? Der Chef sagt, du wärst sofort unters Messer gekommen, noch am selben Nachmittag.«

Unser Fünf-Sterne-General, Polizeihauptmeister Wilke, hatte mich einen Tag nach dem Vorfall in der Klinik besucht. Ich war unfähig zu sprechen; nicht, weil ich keine Stimme mehr gehabt hätte; vermutlich stand ich einfach noch unter Schock. Wilke versicherte mir, wir würden den Täter finden und vor Gericht stellen; ich solle mir keine Sorgen um meinen Job machen, alles ließe sich intern regeln; er habe bereits mit dem Präsidium telefoniert. Mich erreichten seine gut gemeinten Worte in einem von Sedativa und Selbstmitleid erzeugten Tunnel. Erst spät in der Nacht liefen mir Tränen über die Wangen, und ich begriff das Wunder nicht: Können tote Augen tatsächlich weinen?

»Zwei Splitter haben die Hornhaut durchbohrt.« Sogar für meine Ohren hörte es sich an, als spräche ich von jemand anderem, einem beliebigen Verkehrsopfer. »Die Iris wurde verletzt, die Linse auch, das wäre möglicherweise operabel gewesen. Aber der Augapfel wurde vom Sehnerv getrennt.«

Gillis schaute mich wieder an. Neues würde er nicht entdecken.

»Also habe ich jetzt ein Auge weniger.«

»Aber ...«

»Das heißt, das Auge ist noch da, unter der Klappe, aber halt erloschen, oder wie man das nennt.«

»Aber ...«

»Ich hatte Pech«, sagte ich, zurückgelehnt im Sessel, zufrieden im Bewusstsein, dass ich in maximal fünfzehn Minuten die Tür wieder hinter meinem Kollegen schließen würde. »Wer immer die Flasche geworfen hat, er landete einen Volltreffer.«

»Wir hätten dich schützen müssen.«

»Unmöglich in dem Tumult. Die Leute sind plötzlich ausgerastet.«

»Jedenfalls sitzen die beiden Typen in U-Haft. Wenn's die

Staatsanwältin hinkriegt, kommen sie wegen versuchten Mordes vor Gericht und nicht nur wegen Widerstands gegen die Staatsgewalt und schwerer Körperverletzung.«

Auf den Aufnahmen, die ich bisher gesehen hatte, warf einer der beiden Männer eine Bierflasche auf Höhe des Spielwarengeschäfts am Karlsplatz in die Phalanx der Einsatzkräfte.

Eindeutig.

Allerdings ungefähr zweihundert Meter von der Stelle entfernt, an der ich verletzt worden war.

Der zweite Verdächtige hatte anfangs seine Beteiligung bestritten. Dann tauchten die Bilder einer städtischen Überwachungskamera auf; darauf war zu sehen, wie er eine Null-Komma-drei-Liter-Flasche aus dem Anorak zieht und diese über die Köpfe der Demonstranten hinweg in eine Gruppe von Polizisten schleudert. In den Vernehmungen gab er an, er wäre von der U-Bahn am Lenbachplatz ins Stadtzentrum gelaufen. Eine Kamera der Verkehrsbetriebe hatte einen rennenden jungen Mann gefilmt, auf den die Beschreibung des Verdächtigen passte. Kein überzeugender Beweis.

Problem: Sollte der Kerl die Wahrheit gesagt haben, wäre es ziemlich unwahrscheinlich, dass er, aus nördlicher Richtung kommend, sich durch den Pulk der vor dem Karlsplatz dicht gedrängt stehenden Demonstranten seinen Weg gebahnt hätte, um von der anderen Seite die Polizei anzugreifen, also uns. Mich.

Absolut umständlich und unverständlich.

Nach meinen bisherigen Erkenntnissen hielt ich ihn nicht für den Verbrecher, der mir das linke Auge geraubt hatte.

»Wir haben sie, und sie kriegen ihre Strafe.« Gillis nickte mehrmals, spitzte die Lippen und zog die Stirn in Falten. Ich hielt es nicht für ausgeschlossen, dass er darüber nachdachte, worüber er auf die Schnelle nachdenken könnte. Mit seinem Blick verschonte er mich diesmal.

»Noch Kaffee?«, fragte ich.

»Auf keinen Fall, war sehr gut, alles.« Ruckartig stand er auf, die Hand flach auf der Krawatte. »Dank' dir für deine Gastfreundschaft. Es war mir wichtig, persönlich vorbeizuschauen. Der Chef sagt, du bist auf jeden Fall bis Ende des Jahres krankgeschrieben. Und dann Innendienst?«

»Mal sehen.«

Wieder, wie erschrocken, schaute er mich aus verengten Pupillen an. Ich rang mir ein Grinsen ab.

»Humor ist wichtig«, sagte er.

»Ohne Humor ist alles nichts«, zitierte ich irgendjemanden.

Ein Lächeln krümmte seinen Mund. Zum wiederholten Mal fragte ich mich nach dem tieferen Grund seines Auftritts.

»Grab dich hier nicht ein, komm uns besuchen«, sagte er an der Tür, nachdem wir zum Gruß unsere Fäuste gegeneinandergeschlagen hatten. »Damit du den speziellen Geruch unserer Amtsstube nicht vergisst.«

»Das mache ich. Riechen kann ich ja noch mit beiden Öffnungen.«

Sein Mund klappte auf; mehr passierte nicht.

»Danke für den Besuch«, sagte ich.

Mit Zeige- und Mittelfinger tippte er an den Schirm seiner Mütze, die er, kaum an der Tür, wieder aufgesetzt hatte.

Von meinem Sessel aus betrachtete ich den leeren Platz auf dem Sofa. Das Geschirr wie vorher auf dem Tisch, Kuchenbrösel auf den Tellern. Mein Stück hatte ich zur Hälfte gegessen. Was war sein Plan gewesen? Bei der Begrüßung hatte er mir hastig die Genesungswünsche der Kollegen übermittelt; anschließend begann seine Suada über aktuelle Ereignisse auf der Dienststelle, alltäglicher Kleinkram, der mich seit dreißig Jahren jeden Morgen erwartete. Wir plauderten. Er fragte mich nach meiner Verletzung, was auch sonst? Ich war jetzt behindert, untauglich für den Außendienst, halbwegs brauchbar für den Innendienst. Das hatte er gewusst, bevor er herkam.

Wahrscheinlich wollte er nur höflich sein. Vielleicht vertrat er das schlechte Gewissen der Kollegen, die sich wegen der Ereignisse Vorwürfe machten.

Kann sein, dass wir für einige Augenblicke unvorsichtig gewesen waren.

Dass wir den Stimmungsumschwung unter den Demonstranten nicht frühzeitig erkannt hatten.

Dass wir uns von den ständig sich wiederholenden Gesängen und stupiden Parolen hatten ablenken lassen. Dass wir die Rädelsführer nicht intensiv genug im Blick gehabt hatten.

Dass mir dieses Geschrei nach Freiheit und angeblich abgeschafften Bürgerrechten und die verbalen Attacken gegen Polizei und Staat an diesem Tag besonders auf die Nerven gefallen waren.

Dass mir klar wurde, wie wenig Interesse ich verspürte, eine Demokratie zu verteidigen, deren Grundwerte diesen Leuten am Arsch vorbeigingen.

Dass ich diese Leute allein deswegen verabscheute, weil sie mir mit ihrem Recht auf öffentliches Zurschaustellen von Dummheit und Egoismus den Samstag ruinierten – samt meiner Lust aufs Joggen, aufs Anschauen klassischer Fußballspiele auf DVD und aufs Köpfen diverser Freude spendender Bottles.

Kann sein, dass ich von mir selber abgelenkt war und mich hochgradig unprofessionell verhalten hatte.

Kann sein, ich trug eine Mitschuld am Geschehen und an seinen Folgen.

Geschützt von der Menge, warf jemand eine Flasche direkt in mein Gesicht. Die Flasche zersprang, Splitter drangen in mein linkes Auge, ich kippte hintüber. Blut überschwemmte mein Gesicht. Im Schock verlor ich das Bewusstsein. Als ich wieder zu mir kam, lag ich in einer Seitenstraße auf dem Boden, blutete immer noch aus einem Auge, und jemand rief: »Um Gottes willen! Um Gottes willen!«

Zu diesem Zeitpunkt – so erfuhr ich in der Klinik – fehlte vom Flaschenwerfer jede Spur. Heute, einen Monat später, saß der mutmaßliche Täter in Untersuchungshaft. Mir würde Gerechtigkeit widerfahren, hatte Chef Wilke beim Abschied am Krankenbett versprochen.

Sollten die beiden Hauptverdächtigen zu Haftstrafen verurteilt werden, hätte Wilke, zumindest nach seiner Überzeugung, sein Versprechen eingelöst. Für die schnelle und erfolgreiche Ermittlungsarbeit würde ich ihm und seinem Team danken. Bliebe zu hoffen, dass in der Inspektion 22 der eine oder andere Kollege oder eine der Kolleginnen auf Freispruch gewettet hatte.

Kein Grund, zynisch zu werden.

Ich holte eine neue Flasche Plomari aus dem Eisfach. Heute war Freitag. Mir stand ein entspanntes Wochenende bevor, mit Laufen, Fernsehen, Lieferservice und eventuell dem Besuch einer Freundin aus dem Nachtgeschäft.

Ich füllte zwei Finger breit in ein gerieffeltes Wasserglas, kehrte ins Wohnzimmer zurück, stellte die Flasche auf den niedrigen Mahagonitisch; ich lehnte mich im Sessel zurück, legte die Beine auf den Tisch und schmatzte wohlig beim ersten Schluck.

Mit einem Auge weniger halbierte sich nicht gleich die ganze Welt, dachte ich launig.

2

Das Blöken der Spaziergänger

Inge Gerling, meine Nachbarin vom selben Stockwerk, pfriemelte den verbogenen Schlüssel ins Schloss ihrer Wohnungstür und hörte bei meinem Anblick sofort damit auf. »Das ist … Das sieht … Dann ist das also wahr, in der Zeitung stand, ein Polizist wär bei der Demo im letzten Monat schwer verletzt worden, und zwar am Aug' … Am Auge … Sie?«

»Ja, Frau Gerling.«

»Mein herzliches … Das tut mir so leid, Herr … Herr Oleander, wie … wie geht's Ihnen? Haben Sie Schmerzen?«

»Nein.«

Ich war auf dem Weg zur Dienststelle, wollte die Samstagsruhe nutzen und mir noch einmal die gespeicherten Aufnahmen der Überwachungskameras ansehen; weniger aus eigenem Antrieb, eher auf Drängen von Lilo, die mir gestern Nacht damit in den Ohren gelegen hatte, ich müsste mehr Druck aufbauen, um die Wahrheit zu erfahren. Für meine Kollegen wie für meine Vorgesetzten sei der Fall doch erledigt, meinte sie, die Täter seien gefasst und kämen vor Gericht, basta. Eines ihrer Lieblingswörter. Du ziehst dich jetzt aus, basta! Sei still und leg dich hin, basta.

Lilo. Sie nannte sich Lucy. In Krisenzeiten spezialisierte sie sich auf Hausbesuche bei Bekannten und Vertrauten; alles erlaubt, wie sonst auch.

Die Fotos werden gelöscht, erklärte sie, und wenn's je Beweise gab, sind die weg für immer, also krieg deinen Arsch hoch und tu was, basta.

Wahrscheinlich hatte sie Recht. Und Druck aufbauen war nie verkehrt, das wusste ich von meinem Arbeitsleben auf der Straße.

»Was wird aus Ihrem Beruf, Herr Oleander? Müssen Sie umschulen?«

»Auf was, Frau Gerling?«

»Weiß nicht ... Sie können doch nicht mehr ... Dürfen Sie ... Ich bin ganz verwirrt. Ich hab noch nie, entschuldigen Sie, einen ... einen einäugigen Polizisten hab ich noch nie gesehen ...«

Ihre Brille mit dem goldfarbenen Rahmen war verrutscht und hing schief. Inge Gerling blinzelte mit beiden Augen und streckte ein wenig den Kopf vor, was mir ihren nikotinhaltigen Atem näher brachte.

»Zurzeit bin ich krankgeschrieben«, sagte ich.

Sie nickte vor sich hin, leicht gebeugt in ihrem blassroten, fusseligen Mantel, zu dem sie kniehohe Lederstiefel mit dem Staub vieler Straßen trug. Ihr Gesicht wie immer blass, die Wangen gedunsen, bräunliche Augenringe, kornblumenblaue Pupillen inmitten winziger roter Äderchen. Ihren mit Lebensmitteln gefüllten Jutebeutel, aus dem zwei Lauchstangen und eine Gurke herausragten, hatte sie an die Wand neben der Tür gelehnt; der Schlüssel steckte unverändert halb im Schloss. Anders als mein Kollege Gillis vermied sie es, mich anzustarren; ihr Blick huschte durch den engen Flur im Treppenhaus und schien zwischendurch geheime Punkte auf meiner Lederjacke zu erforschen.

Drei oder vier Mal in den vergangenen Jahren hatten wir im libanesischen Lokal im Erdgeschoss ein paar Gläser gekippt. Ich hatte sie zum Essen eingeladen, sie beließ es bei Vorspeisen und Arak, den wir beide schätzten und ausführlich konsumierten. Schon beim ersten Treffen hatten wir uns geduzt; als ich mich nach anisvollen Küssen an ihrer Wohnungstür verabschiedete, um die neun Schritte zu meiner Tür hinter mich zu bringen, endete unsere frisch begossene Nähe abrupt. Zurückgekehrt zum Sie, gingen wir dennoch weitere Male in die Kneipe und ließen das Küssen einfach sein.

Mit Ende vierzig war sie auf der Suche nach einer festen Partnerschaft und ich nach meiner Scheidung mit meinem Alleinsein im Einklang. Außerdem konnte ich jederzeit Lilo anrufen, basta.

»Es tut mir wahnsinnig leid«, wiederholte meine Nachbarin. »Kann ich was für dich tun?«

Auch ich fand, dass wir uns unter den gegebenen Umständen wieder duzen sollten. »Danke«, sagte ich. »Lass uns mal wieder was essen gehen, wenn du Zeit hast.«

»Ich hab viel Zeit.«

»Bist du nicht mehr im Hotel?«

»Nur noch vier Mal in der Woche. Das Geschäft läuft grad sehr schlecht, weniger Touristen, kaum Tagesgäste, Tagungen finden nur noch selten statt. Große Krise. Die Familie Schubert ist sehr freundlich zu mir, sie bezahlen mich weiter, auch wenn ich nur noch von Montag bis Donnerstag die Rezeption mach.«

»Ich melde mich bei dir.«

Sie wandte sich zur Tür, hielt inne und sah mich noch einmal an. »Sag mir doch, wie's dir geht. Brauchst du Hilfe, Kay?«

»Mir geht's gut, ich habe keine Schmerzen, wie gesagt.«

»Bist du in psychologischer Betreuung?«

»Nein.«

»Warum nicht?«

»Warum?«

»Du bist jetzt ein anderer Mensch, dein Leben ist auf den Kopf gestellt.«

Ich gab mir einen Ruck, ging zu ihr, legte die Arme um sie und hielt sie fest. Dem Mantel entströmte der Geruch überfütterter Schränke. Sie schniefte. Ich ließ sie los, bevor es schwierig wurde.

»Sorg dich nicht«, sagte ich.

Sie rückte ihre Brille zurecht, hielt den Kopf gesenkt.

»Falls ich nicht zu spät heimkomme, klingele ich bei dir, und wir gehen runter.«

»Heut am Samstag kriegen wir eh keinen Platz.«

»Wir doch immer«, sagte ich.

»Stimmt, du bist ja Polizist.«

Wir verabschiedeten uns wortlos. Auf dem Weg nach unten hörte ich das Klacken des Schlüssels. Beinah hätte ich beim Verlassen des Hauses Inges finalen Fluch verpasst, mit dem sie jedes Mal die endlich geöffnete Tür aufstieß und gegen die Wand knallen ließ.

Die Inspektion lag fünf Gehminuten vom Mittleren Ring entfernt, in einer langen, schmalen Straße, die zwei Ausfallstraßen miteinander verband, unweit eines Krankenhauses und eines Seniorenheims. Ein dreistöckiges Gebäude aus den Sechzigern, mit abblätternder Fassade, deren Grüntöne ins Graue tendierten; den Balkon im ersten Stock zierten Geranien in Rosa und Violett, hin und wieder auch in Weiß oder in zweifarbiger Ausführung – je nachdem, für welche Variation Britta Irgang sich entschied.

Schon als ich auf dieser Dienststelle angefangen hatte, fungierte die alte Dame als eine Art Haushälterin, die sich ums Putzen der Räume – manchmal mit Unterstützung einer Freundin –, die Pflege des kleinen Gartens und die Bepflanzung der Balkonkästen kümmerte, und zwar widerspruchslos. Den Geranien – sie nannte sie ausschließlich Pelargonien – widmete sie den Großteil ihrer Zeit. Das wunderte uns, da sie uns mehrfach erklärt hatte, wie robust und im Grunde »selbstständig« die Blumen den Wetterkapriolen trotzten und sich auf eine Weise, die wir nicht verstehen mussten, sogar selbst reinigten.

Hingebungsvoll kümmerte sie sich um die Stecklinge; ständig zupfte sie an den Blüten und murmelte verschwörerisch klingende Worte vor sich hin. Im Garten hatte sie ein schmales Beet für Schnittlauch und Dill angelegt. Die etwa hundert Quadratmeter Grünfläche bearbeitete sie nach wie vor eigenhändig, mit einem scheppernden Elektromäher, vielleicht einem der Prototypen seiner Generation. Unseren Vorschlag, einen Mähroboter anzuschaffen, hatte sie mit der Bemerkung quittiert, wir sollten das Geld besser in eine neue Toilette investieren; seither war das Thema Neugestaltung der Rasenpflege für sie erledigt. Unsere sanitären Anlagen profitierten nicht davon.

Niemand wusste, wie alt Britta Irgang war, nicht einmal Chef Wilke. Ich schätzte sie auf Ende siebzig, eventuell Anfang achtzig; keine sechzig Kilo; sie trug Wollröcke in den Farben ihrer Pelargonien. In den Arbeitspausen aß sie mitgebrachte Vollkornbrote mit Wurst oder Käse – sie nannte sie Schnitten –, garniert mit Gurken, Tomaten oder gelben Paprikastreifen, gekrönt von Schnittlauch aus unserem Garten; oder sie brachte Müsli mit Früchten oder Haferflocken in Tupperware mit. An manchen Tagen beschloss sie ihre Vesper mit einem Stamperl goldfarbenen Sliwowitz, den sie in einer runden Flasche in ihrer ledernen Umhängetasche bunkerte.

Das Einzige, was wir sicher von ihr wussten, war: Ihrem Mann hatte einmal das Haus gehört, in dem wir untergebracht waren, dem Zwillingsbruder eines ehemaligen Kripobeamten. Vor mehr als vierzig Jahren hatten beide außerdienstlich ein Volksfest besucht, auf dem eine Nagelbombe explodierte. Sechzehn Schwerverletzte, vier Tote, unter ihnen der Attentäter. Der Verdacht, der Anschlag habe dem in der neonazistischen Szene ermittelnden Schwager von Britta Irgang gegolten, wurde nie erhärtet und nie ausgeräumt. Die Suche nach den Hintermännern oder Auftraggebern des angeblichen Einzeltäters versandete.

Über das Thema verlor Frau Irgang kein Wort – wie sie es generell nicht schätzte, in längere Gespräche verstrickt zu werden, womöglich über aktuelle, politische Themen. Mir hatte sie einmal ein Glas Schnaps angeboten, ich hatte abgelehnt, und sie fragte nie wieder.

Dabei hatte es Tage gegeben, an denen hätte ich sofort zugegriffen.

»Freut mich, Sie zu sehen«, rief Britta Irgang vom Balkon, halb versteckt hinter ihren strahlenden Blumenfreunden.

Ich war mit der U-Bahn gefahren und hatte den Weg von der Haltestelle bis zum Haus in der Lorberstraße zu Fuß zurückgelegt; die Sonne milchig, die Luft ein kühles, angenehmes Bad.

»Fangen Sie wieder an?«, fragte Frau Irgang an der Ecke des Balkons, wo keine Kästen hingen.

»Nur ein paar Unterlagen kontrollieren.«

»Hauptsache, Sie sind wieder da.« Sie hob die Hand; ich sah, dass sie gelbe Gummihandschuhe trug.

Ihr Satz löste in mir eine eigenartige Reaktion aus, beinah hätte ich mich bedankt.

Wo, wenn nicht hier, sollte ich sein?

Ich winkte ihr zu und tippte die Codenummer in den Metallkasten neben der Eingangstür. Im Flur, vor der Scheibe aus Sicherheitsglas, wurde mir bewusst, dass ich seit mehr als einem Monat die Ziffern nicht mehr eingegeben hatte; alles wirkte routiniert und einfach, als wäre in der Zwischenzeit nicht das Geringste geschehen.

In dieser einen Minute erschien mir sogar meine halbseitige Blindheit wie eine Selbstverständlichkeit.

Und ich sagte zum Kollegen Kolbek am Empfang:
»Da bin ich wieder.«
Er starrte mich an wie ein Lehrling des Kollegen Gillis.
»Ich bin's«, sagte ich. »Hauptkommissar Störtebeker meldet sich zum Dienst.«

Kopfschüttelnd wuchtete Kolbek seine hundert Kilo aus dem Drehstuhl. Auf den Erfolg seiner Diäten schlossen manche Kollegen aberwitzige Wetten ab; diese betrafen nicht die Zahl der Kilos, die sich Kolbek runterhungern wollte, sondern die, die er nicht schaffen würde. Jedes Mal startete er seine Fastenzeit mit vollmundigen Versprechungen; auf diese Weise brachte er sich derart in Zugzwang, dass er nach spätestens vier Tagen selbst nicht mehr an einen Erfolg glaubte.

Lang her, da hatte auch ich mich einmal an dem Spiel beteiligt und verloren; ich hatte Kolbek mehr Willen zugetraut.

»Du hast abgenommen«, sagte er, als er mir, anstatt nur den Öffner zu drücken, die Tür zum Dienstraum aufhielt. »Hab nicht mit dir gerechnet. Der Chef sagte, du willst deine Ruhe haben.« Während er die Tür schloss, legte er mir eine Hand auf die Schulter und zog sie mit einer hastigen Bewegung wieder zurück; als habe ihn die vertrauliche Geste überfordert oder als fürchte er, eine unter der Kleidung verborgene Wunde zu reizen: Womöglich waren durch die Attacke auch noch andere Körperteile außer meinem Gesicht in Mitleidenschaft gezogen worden. Neben Wetten zählten Gerüchte zu den Haupthobbys meiner Kollegen.

»Du bist allein hier«, sagte ich.

»Notbesetzung.« Er trat einen Schritt beiseite, nickte zu den Büros, deren Türen offen standen. »Zwei krank, einer seit gestern in Mutterschaft oder Vaterschaft, Niko, weißt schon. Marion und Arno auf Streife, Eva und Adnan auch, das war's. Und du?«

Wieder machte er eine Handbewegung in meine Richtung,

die in der Luft abbrach. Im Raum hing ein Geruch nach Rasierwasser, altem Papier, ungelüfteten Klamotten und – falls meine Nase sich nicht täuschte – fauligem Wasser.

»Was macht Frau Irgang an einem Samstag bei uns?«

»Schimpfen.« Zurückgeplumpst auf den Stuhl vor der Telefonanlage, umklammerte Kolbek die Lehnen mit beiden Händen. »Sie war zwei Wochen weg, Todesfall im Bekanntenkreis. Sie hat uns Blumen hinterlassen, Schnittblumen, Riesenstrauß, ein Geschenk. Wir haben die Vase ans Fenster gestellt, sah schön aus, edel fast in unserer ranzigen Hütte. Schau, die Vase steht noch da, die Blumen hat sie heut Morgen wutschnaubend weggeschmissen. Sie hat behauptet, wir hätten die Blumen verrotten lassen, hätten das Wasser nie gewechselt. Was nicht stimmt, ich weiß genau, dass wir mindestens einmal frisches Wasser reingeschüttet haben, Marion hat das gemacht. Jedenfalls hat die Irgang uns heut früh um acht zur Sau gemacht, ein Auftritt wie schon lang nicht mehr. Wir haben uns entschuldigt, aber du kennst sie, mit ihr ist nicht zu diskutieren. Hat sie dich gesehen?«

»Sie hat mich begrüßt und war freundlich.«

»Vielleicht hat sie sich inzwischen wieder eingekriegt.«

»Welche Sorte Blumen waren das?«

»Gerbera, Rosen, Hortensien, was halt so wächst, ein bunter Strauß.«

»Und die haben nicht angefangen zu riechen?«

»Haben gut gerochen, man gewöhnt sich dran, irgendwann riechst du das nicht mehr. Frau Irgang meint, wir hätten sie verfaulen lassen, mutwillig. Haben wir sonst nichts zu tun, oder was? Sind wir Floristiker von Beruf?«

»Ich rede mit ihr.«

»Vertane Zeit. Soll ich frischen Kaffee machen? Ist nichts los grad.«

»Ich bleibe nicht lang«, sagte ich, schon auf dem Weg in

mein Büro, das ich mit Niko Burg teilte, einem siebenundzwanzigjährigen Polizeimeister, der, wie ich gerade erfahren hatte, in den nächsten Monaten den Schichtdienst in der PI gegen Nachtdienst an der Wiege eintauschte.

»Kann ich dir was helfen?«, rief Kolbek mir hinterher.

»Brauche nur den Computer.«

»Wegen der Demo?«

Ich schloss die Tür hinter mir.

Neben den Aufnahmen von der Bereitschaftspolizei lieferten die Dateien Bilder und Tonmitschnitte des Unterstützungskommandos; dessen Teams begleiteten regelmäßig Demonstrationen. Auf meinem Laptop zu Hause hatte ich einige kurze Filme der Bepo gesehen, die keine Klärung brachten.

Das kurzfristige Chaos unter den Demonstranten – sie nannten sich im Auftrag der Veranstalter »Spaziergänger« – hatte auch unsere Reihen durcheinandergewirbelt. Wir verließen die angestammten Plätze auf dem Bürgersteig und brauchten eine Weile, um eine Eskalation zu verhindern. Deswegen lieferten die Kollegen mit den Helm- und Handkameras minutenlang nur verwackelte Bilder. Zu sehen: Eine Menge Leute brüllten herum und schubsten sich gegenseitig. Vom Wurf der Flasche, die mich getroffen hatte, keine Nanosekunde.

Wie ich am Bildschirm feststellte, lieferten auch die USK-Kollegen keine brauchbaren Hinweise. Immer wieder rückten die beiden Vorsitzenden der »Neuen Volkspartei Deutschland« ins Visier. Sie schritten, scheinbar entspannt und mitunter lachend, vor Leuten einher, die Deutschlandfahnen schwenkten und Schilder umgehängt hatten, mit Parolen wie »Freiheit dem Volk« oder »Meinungsdiktatur, nein danke«. Aus verschiedenen Richtungen flogen Tomaten, Eier, zusammengeknüllte Zeitungen gegen die Schutzschilde der Polizisten, auch zwei oder drei Bierflaschen, die auf dem Boden zerschellten.

Nirgendwo ich.

Offenkundig waren die Kollegen um mich herum für wenige Augenblicke abgelenkt und unkonzentriert. Ein unsichtbarer Demonstrant nutzte die Gelegenheit.

Lächerlich.

Mein rechtes Auge begann zu flimmern. Erschrocken presste ich mir die Hände vors Gesicht. Mein Herz schlug heftig und unregelmäßig. Ich schwitzte. Das T-Shirt unterm Hemd klebte mir auf der Haut, das Hemd am T-Shirt, die Lederjacke schnürte mich ein. Mit hastigen Bewegungen streifte ich sie ab, warf sie in die Ecke. Ich sprang vom Stuhl, schüttelte die Arme aus, schnaufte mit offenem Mund.

Für mein Verhalten, meine Reaktion fehlte mir jede Erklärung. Was war passiert? Was hatte ich gesehen oder gehört, das mich dermaßen aufwühlte und aus der Fassung brachte?

Was?

Nichts.

Nichts Neues. Die Abläufe waren mir vertraut, die meisten Aufnahmen hatte ich schon in meiner Wohnung mehrfach vor- und zurückgespult.

Totales Durcheinander. Das Blöken und Geifern der sogenannten Spaziergänger. Das abrupte Innehalten einer Gruppe im Gewühl. Folge: Ringsum entstanden neue Menschentrauben. Sie rempelten einander an, einige in Panik wegen der entstandenen Enge; kein Entkommen, weder zum Gehsteig hin – dort patrouillierten wir Polizisten – noch auf die gegenüberliegende Seite zu den von einem Einsatzkommando bewachten Schienen. In der Mitte der Sonnenstraße fuhren weiterhin Straßenbahnen.

Drei Mal hatte Wilke mir – »mit absolutem Bedauern«, wie er sich ausdrückte – am Telefon erklärt, er habe noch einmal das verfügbare Material gesichtet: kein einziger brauchbarer Hinweis auf den Täter. Es sei »wie verhext, als hätten wir alle in der einen Sekunde die Augen zugemacht«.

All das wusste ich bereits.

Nach knapp zwei Minuten war das Chaos vorbei. Wie geplant setzte der Zug seinen Weg fort und endete am Karlsplatz vor der aufgebauten Tribüne. Dort warteten bereits die beiden NVD-Funktionäre, eskortiert von aufgepumpten Kerlen in schwarzen Windjacken und Stiefeln. Einer von ihnen – das entnahm ich dem im INPOL-System beigefügten Bericht – gehörte der »Schwarzen Front« an, einer inzwischen verbotenen, rechtsradikalen Gruppierung im Umfeld der NVD. Dass solche Gruppen einfach aufhörten zu existieren, bloß weil der Verfassungsschutz ein Auge auf sie warf, bezweifelte ich seit jeher.

Was war los mit mir?

Was hatte mich so erschreckt?

Jemand klopfte an die Milchglasscheibe der Tür. Ich stieß einen Schrei aus.

Stille.

Noch mal behutsames Klopfen. Eine Stimme, gedämpft, zaghaft.

»Kay? Hallo? Alles paletti?«

Im Handspiegel, den wir neben dem Schrank an die Wand genagelt hatten, tauchte mein Gesicht auf – eine vernarbte, bleiche Fratze mit knochigen, stoppeligen Wangen und einer schwarzen Klappe über dem Auge; der Mund verzerrt, Panik im Blick.

»Hallo? Darf ich reinkommen?«

Allmählich wurde mir bewusst, wie ich dastand und mein Spiegelbild fixierte. Ähnlich entgeistert hatten meine Kollegen Gillis und Kolbek mich betrachtet. Jetzt begriff ich den Grund ihrer Irritation.

Meine Fratze.

»Bin gleich fertig, Jockel«, sagte ich zur Tür.

»Ich mach erst mal Kaffee.«

»Nicht wegen mir.«

»Frau Irgang hat's mir angeschafft.«

Unwillkürlich warf ich einen Blick zum Fenster, das auf den Garten hinaus ging; die alte Dame stand nicht davor. Tief durchatmend machte ich ein paar Schritte und öffnete die Tür zum Empfangsraum. Kolbek hantierte am Filter der Kaffeemaschine.

»Du brauchst Ruhe.« Er schraubte die Kaffeedose auf. Die Sorte hatte uns Frau Irgang empfohlen, nachdem wir jahrelang eine ihrer Überzeugung nach Magengeschwüre auslösende Plörre in uns reingekippt hatten. »Hast du gefunden, was du gesucht hast?« Den Löffel in der Hand, hielt Kolbek inne; er schätzte die Menge ab und gab noch ein Häufchen dazu.

»Da ist nichts zu finden.«

»Hast du die Datei mit den Interviews gelesen?«

»Welche Interviews?«

»Die Kollegen haben Zeugen befragt, kurz nach dem Angriff auf dich. Für den Chef sinnloses Gerede: lauter Leute, die von der Masse aufgewiegelt waren, Polizeistaat und so weiter; die haben die Kollegen teilweise übel beschimpft. Eine alte Frau meinte, die gesamte Regierung gehört eingesperrt, und die Polizei gleich mit; wir sind alle Handlanger der Mächtigen, die uns klein halten und mundtot machen wollen. Wusstest du das?«

»Eine alte Frau? Wie alt?«

»Alt halt.«

Ich ging zurück zum Computer und öffnete die entsprechende Datei.

Die Frau war ein Jahr jünger als unser Chef, einundsechzig. Sie hieß Silvia Glaser und wohnte in der Falkenstraße in der Au. Ihre Personalien hatten die Kollegen im Protokoll vermerkt. Sie und ihr Begleiter wurden angehalten, weil die Frau den Arm mit einer Null-Komma-drei-Liter-Flasche Bier schwenkte und anscheinend im Begriff war, diese in die Reihen der Polizei zu schleudern. Niemals, erklärte sie gegenüber meinen Kollegen, hätte sie so etwas getan; sie sei lediglich ein wenig angetrunken und von der Menge eingeschüchtert. Ihr Begleiter, ein gewisser Holger Kranich, ebenfalls einundsechzig, bestätigte die Aussage.

Aufgegriffen wurden die beiden in der Herzogspitalstraße, keine fünfzig Meter von der Stelle entfernt, wo ich blutend und halb bewusstlos auf dem Asphalt lag. Angeblich wollten sie in einem italienischen Restaurant in der Nähe zu Mittag essen. Die Frau schimpfte vor sich hin; der Mann versuchte, sie zu beruhigen; die Kollegen mussten sie gehen lassen. Auch im Nachhinein fanden sich keine Hinweise auf eine Tatbeteiligung. Zwar tauchte der Mann auf einer der verwackelten Aufnahmen auf, die kurz vor dem Flaschenwurf entstanden waren, offensichtlich jedoch war die Frau zu diesem Zeitpunkt nicht in seiner Nähe.

Auf dem Foto aus der Helmkamera meines Kollegen stützte sich die Frau auf einen bernsteinfarbenen Gehstock und blickte mit gleichgültiger Miene direkt in die Kamera – als wäre es ihr recht, fotografiert zu werden; als habe sie extra für die Aufnahme ihre Zornesrede gegen die Staatsmacht unterbrochen.

Das Bild ging mir nicht aus dem Kopf.

Aus dem Empfangsraum drang starker Kaffeeduft in mein Büro. Ich klappte den Block mit meinen Notizen zu, schaltete den Computer aus und zuckte schon wieder zusammen. Ein Klopfen am Fenster, mehrmals hintereinander.

So schreckhaft war ich seit meiner Jugend nicht mehr gewesen.

Mit Daumen und Zeigefinger deutete Britta Irgang das Kippen einer Tasse vor ihrem Mund an und zeigte dann auf mich. Ich nickte. Ihre Hand steckte immer noch in einem gelben Gummihandschuh.

3

Der Elch vorm Fenster

Ich saß auf einem Fensterplatz in der U-Bahn und glotzte ins vorbeirasende Tunneldunkel. In Gedanken an die von der alten Dame provozierte, angespannte Stimmung in der Dienststelle – sie zahlte Polizeihauptmeister Kolbek das Massaker an den Schnittblumen mit grimmigem Schweigen heim – und an die Aussagen der angetrunkenen Frau mit dem Gehstock verspürte ich plötzlich den Impuls, auf die Uhr zu schauen; hastig schob ich den Ärmel der Lederjacke zurück. Die Frau mir gegenüber zuckte – so wie ich im Büro – vor Schreck mit dem Kopf; das nervige Klacken ihrer Fingernägel auf dem Handydisplay endete schlagartig.

Zwölf Uhr dreißig.

Wieder Samstag. Wieder zwölf Uhr dreißig. Verblüfft sah ich ein zweites Mal auf die Uhr. Exakt halb eins. Dasselbe hatte ich vor fast genau einem Monat getan, am Samstag, vierter September. Dass ich mich daran erinnerte, wunderte mich. Natürlich hatte ich das Datum nicht vergessen – die Koinzidenz der Handbewegung beschäftigte mich.

Um zwölf Uhr dreiunddreißig hatte mein Leben seine Richtung geändert.

Der Satz klang in mir nach, hörte sich an wie das Echo einer Stimme, die nicht meine war.

Wer hatte behauptet, mein Leben hätte seine Richtung geändert? Wilke? An seine Worte im Krankenhaus erinnerte ich mich nur rudimentär, er hatte Versprechungen gemacht, mir viel Glück gewünscht, was sonst? Er hatte Anteilnahme gezeigt und sich für etwas entschuldigt, das ich vergessen hatte.

Änderte mein Leben seine Richtung ...

Eine solche Formulierung passte nicht zu Wilke. Oder doch? Wir kannten uns lange, doch so gut auch wieder nicht. Wir kannten uns alle lange, was bedeutete das schon? Was wussten sie alle von mir? Darüber hatte ich noch nie nachgedacht. Das Übliche, Heirat, Ehe, Scheidung, Hobbys: Fußball und ... Fußball.

Die Daumen der Frau mir gegenüber stöckelten in einem Affentempo über den Touchscreen; die von mir ausgelöste Unterbrechung hatte ihr anscheinend eine Menge Zeit gestohlen.

Unvermutet tauchte in meinem Erinnerungsnebel ein Ausspruch meiner Exfrau auf. Nach einem Wochenende auf einer Elektronikmesse, die sie als Fachjournalistin für Computertechnik besuchte, hatte sie erklärt, sie müsse ab sofort eine Woche »Handyfasten« einlegen – sie habe ein Sirren in den Ohren und schlafe schlecht.

An der selbstauferlegten Diät scheiterte sie schneller als mein Kollege Kolbek an seiner.

Welche neue Richtung nahm mein Leben gerade? Abgesehen davon, dass ich ausnahmsweise das ganze Wochenende frei hatte? Sogar den ganzen Monat und den folgenden und den darauffolgenden? In welcher Weise betrafen dienstliche Änderungen meine Person? Mich als Mann, als Mensch. In keiner, sagte ich mir. Allenfalls als Beamter.

Die Frau musterte mich. Hatte ich womöglich laut gesprochen? Ihr Blick wirkte verklärt oder leer, schwer zu sagen in der einen Sekunde, in der ich sie betrachtete. Mich betraf ihre Reaktion nicht im Geringsten; ihre Daumen nahmen erneut Fahrt auf. Ich widmete mich der vertrauten Monotonie vor dem Fenster. An der nächsten Station, Giselastraße, musste ich aussteigen.

Mit meinem Leben war alles in Ordnung.

Die Anderen fingen ständig damit an. Auch die alte Irgang bedachte mich, kaum dass sie an ihrem Kaffee genippt hatte, mit einem besorgten Blick, den sie beibehielt, während sie zwei Schlucke trank und dann die Tasse auf den Unterteller stellte und diesen mit beiden Händen festhielt.

Außer ihr benutzte niemand in der PI beim Kaffee- oder Teetrinken eine Untertasse, wir hatten die eine extra wegen ihr angeschafft; es war immer noch dieselbe, die der Vorvorgänger von Claus Wilke auf Anordnung der Haushälterin in einem Fachgeschäft besorgt hatte: Meißner Porzellan, samt Tasse und Kanne, jedes Stück verziert mit einer gelben Rose. Dieses Geschirr hatte die Spülmaschine, die in späteren Jahren von den Kollegen gekauft und aus eigener Tasche bezahlt worden war, niemals von innen gesehen. Frau Irgang spülte ihr Porzellan von Hand und bewahrte es auf einem nur für sie reservierten Regal im Geschirrschrank auf; das Nutzungsrecht besaß sie allein.

»Mussten Sie sich nicht vollständig umstellen, Herr Oleander?«, hatte Britta Irgang gefragt. »Wie schafft man das, nur mit halber Kraft zu sehen?«

»Ich sehe mit voller Kraft«, sagte ich.

Es dauerte eine Weile, bis sie statt der Tasse wieder mich ansah. Die ganze Zeit über umklammerte Kolbek seinen bauchigen schwarzen Becher und atmete schwer.

»Das ist zu bewundern«, sagte sie.

»An die Einschränkung habe ich mich schon gewöhnt.«

»Wirklich wahr?« In ihrer Stimme schwang ein ungläubiges Staunen mit. »Das haben Sie hingekriegt? In so kurzer Zeit? Ich glaube, wenn mir so etwas passieren würde, wäre ich am Ende. Ich bewundere Sie, Herr Oleander.«

Den Blick, den mir Kolbek zugeworfen hatte, sah ich noch beim Aussteigen aus der U-Bahn vor mir. Offenbar hielt er die Einschätzung der alten Frau für lächerlich und übertrieben; wenn ich ehrlich war, ich auch.

An mir gab es nichts zu bewundern. Ich war nicht von den Toten auferstanden. Niemand hatte auf mich geschossen, sodass ich im Rollstuhl hätte sitzen müssen. Nicht einmal richtig erblindet war ich; mein linkes Auge hatte die Sehkraft verloren, mehr nicht. Der Rest meines Körpers war unversehrt.

Warum akzeptierte das niemand?

Warum wurde ich behandelt wie ein gebrechlicher Greis, den ein Missgeschick in die Ausweglosigkeit des Alters katapultiert hatte, in die er sich für den Rest seines kläglichen Daseins zu fügen hätte? Was versuchten sie mir einzureden? Woher nahmen sie das Recht, über meinen Zustand zu urteilen oder schlimmer: ihn zu verdammen?

Bei genauerer Betrachtung unterlag ich seit dem vierten September einem von der Allgemeinheit und von meinen Kolleginnen und Kollegen im Besonderen erlassenen Dekret – nämlich, meine bisherige Existenz unter allen Umständen aus dem Gedächtnis zu streichen und mich stattdessen ins Gewand eines vom Schicksal niedergestreckten, unheilbaren Mannes zu hüllen: lautlos, geduldig und dankbar, auf bescheidene Weise weiterhin am Leben teilhaben zu dürfen.

In den Augen meiner Richter zählte ich zu jenen ebenso bewundernswerten wie auch tragischen Kreaturen, denen ein risikoreicher Beruf und ihr unermüdliches Streben nach Pflichterfüllung zum Verhängnis geworden waren; dies zu akzeptieren sei von nun an meine einzige Aufgabe; nur so würde ich Schmerz und Verlust überwinden und nach und nach zu einer neuen, womöglich befreienden Form der Selbsteinschätzung gelangen, umgeben von einer wohlwollenden, nachsichtigen, verständnisvollen Mitwelt.

Ehrlich?

Auf dem Weg durch die Ohmstraße in Richtung Artur-von-Reiser-Straße, wo ich wohnte, brach ich in schallendes Gelächter aus.

Dermaßen unkontrolliert hatte ich nicht mehr gelacht, seit ich mit zehn oder elf den ersten Film mit Dick und Doof gesehen hatte.

Ich musste stehen bleiben, um mich nicht zu verschlucken.

Vor dem Zeitungsladen an der Ecke verschüttete ein indisch aussehender Mann mit Turban vor Schreck seinen Kaffee. Vornübergebeugt lachte ich den Asphalt an. Zwischendurch hustete ich krächzend. Die Hände in die Hüften gestemmt, lachte ich weiter, minutenlang.

Wie von einer Maschine in meinen Lungen angetrieben, drang ein hysterisches Scheppern aus mir, das die Straße zu erschüttern schien.

Mit aufgerissenem Mund schnappte ich nach Luft. Mein Bauch bebte, meine Lungen schmerzten. Passanten beobachteten mich, trauten sich nicht, näher zu kommen, wirkten verängstigt; einige griffen nach ihrem Handy, hielten es hoch. Zur Besänftigung der Leute hob ich beruhigend den Arm. Ich zitterte. Mein Lachen mündete in ein grässliches Keuchen.

Etwas stimmte nicht mit mir, in keiner Weise. Was war passiert?

Besuch auf der Dienststelle ... Frau Irgang ... Der dicke Kolbek ... U-Bahn ... Die Frau mit den klackenden Fingernägeln ... Das Dekret ...

Jetzt fiel mir die ganze Sache wieder ein.

Ich drehte mich noch einmal um.

Die Leute standen immer noch da, stumm und skeptisch, aufgereiht wie Publikum.

Einmal tief durchatmen.

Ich sog die kühle Luft aus dem Englischen Garten ein, der an die Artur-von-Reiser-Straße grenzte. Dann legte ich beide Hände flach an den Mund, die Finger auf die Lippen gepresst, und schickte mit ausladender Geste meinen Zuhörern einen fetten Schmatzer entgegen – aus Dankbarkeit für ihre Geduld und weil sie Nachsicht mit einem Einäugigen hatten, dem auf offener Straße der Übermut aus der Kehle sprang.

Beschwingt stieg ich wenig später die Treppe ins libanesische Lokal hinunter, nach Arak lechzend.

Die letzten Gäste waren gegangen. Rana, die Tänzerin, hatte sich abgeschminkt, Schmuck und Glöckchen verstaut und ihr paillettenbesetztes Outfit gegen eine schlichte weiße Bluse und Jeans getauscht; beim Auftritt trug sie einen Kerzenkranz auf dem Kopf, der bei keiner ihrer eindrucksvollen Verrenkungen an Halt verlor.

Sie saß am anderen Ende des Tresens, trank Weißwein und ließ sich von Pierre, einem der Köche, in französischer Sprache anschmachten, wie jedes Wochenende. Alles, was er von ihr bekam, waren zum Abschied zwei Küsse auf die Wangen, das Lächeln ihrer bordeauxroten Lippen und der Anblick ihrer Figur unter dem eng geschnittenen Veloursmantel, wenn sie ihm den Rücken zukehrte, ihre rote Ledertasche über die Schulter schwang und erhobenen Hauptes und mit geschmeidigen Bewegungen den Raum durchschritt, auf dem Weg zum Taxi; zu Hause erwartete sie ihre jugendliche Tochter.

»Verstehst du das?«, fragte Ali, der Wirt. »Er schwafelt an sie hin, und nichts passiert, *jamais de la vie*. Ich sag zu ihm, er soll das lassen, Rana will ihre Ruhe nach der Arbeit, und er? Superkoch, weißt du ja, aber als Charmeur eine Niete, kein Gespür für Frauen. Alles in Ordnung?«

»Sicher.«

»Du wirkst angeschlagen.«

»Nicht mein erster Arak und nicht mein erster Wein.«
»Seit wann trinkst du Sauvignon Blanc statt Bier?«
»Zur Feier des Tages, hab ich gedacht.«
»Was hast du zu feiern, mein Freund?«
»Nichts Besonderes.«
»Du bist froh, dass nichts Schlimmeres passiert ist.«
»Was meinst du?«
»Jemand hätte auf dich schießen können.«
»Völlig abwegig.« Ich trank einen Schluck von dem milchigen Gebräu und betrachtete mein Weißweinglas mit dem schalen Rest.
»Hast du Schmerzen?«, fragte Ali.
»Bitte?«
»Am Auge, im Kopf.«
»Nein.« Mahmood kam hinter dem Tresen auf mich zu. Ich hielt ihm das Weinglas hin.
»Noch einen?« Kein Großmufti im gesamten Orient hätte einen strafenderen Blick zustande gebracht.

Angeblich verachtete Mahmood Menschen, die Alkohol tranken, abgrundtief. Das ließ er sich selten anmerken. Er war Barkeeper und half gelegentlich im Service aus, wobei er den Gästen die Vorzüge libanesischen Weins erläutern musste. Ginge es nach seinem Willen – das hatte mir sein Chef einmal in einer arakseligen Nacht zugeflüstert –, käme kein einziger ungläubiger Gast ins Medawar. Nach Mahmoods Auslegung des Koran war jemand ungläubig, wenn er bloß ein Radler bestellte. Dennoch schätzte Ali seine Loyalität und beruflichen Fähigkeiten, darüber hinaus war er der Patenonkel von Mahmoods Sohn Yassir.

»Zum Wohl.« Mahmood stellte mir das gefüllte Glas hin, das er vorher nicht noch einmal ausgespült hatte. So machte er es immer, aus Prinzip. Bei einem meiner ersten Besuche hatte ich ihn gebeten, mir ein frisches Glas zu bringen. Dem Kenner, erklärte er mir daraufhin in perfektem Deutsch und vollendeter Heuchelei, mundete der Wein am besten aus dem immer gleichen Glas, welches die Aromen speichere, so würde der Geschmack nicht durch ein neues, kälteres Glas ruiniert.

Wer würde da widersprechen?

Inzwischen hatte ich mich an ihn gewöhnt. Diskussionen über Religion führte ich von Haus aus mit niemandem, was sollte das bringen? Wie viele Gespräche Mahmoods Sohn zu diesem Thema über sich hatte ergehen lassen müssen, ging mich nichts an. Allerdings: Vor einem halben Jahr erwischten meine Kollegen Marion und Adnan den fünfzehnjährigen Yassir mit einem Freund beim Haschischrauchen.

In einer Seitenstraße unweit der Münchner Freiheit hockten die Buben im Dunkel einer Einfahrt, neben sich zwei gemietete E-Scooter und eine leere Wodkaflasche. Wie sich herausstellte, hatten sie kurz zuvor mit ihren Rollern ein geparktes Auto gerammt. Die bekifften Freunde gaben alles sofort zu und versprachen, den Schaden zu bezahlen. Für Mahmood eine Katastrophe und eine tiefe familiäre Enttäuschung.

Als ich von der Sache erfuhr, redete ich noch am gleichen Abend mit ihm als jemand, der zwar von Kindererziehung keine Ahnung, dafür aber eine Menge Erfahrung als Streifenpolizist hatte. Er solle, sagte ich ihm, über seine Versicherung die Angelegenheit klären und lediglich darauf achten, dass der Fahrzeugbesitzer keine älteren Schäden abrechne; ansonsten möge er seinen Sohn ermahnen, wie es sich gehörte, ihn aber mit Maßregeln und religiösen Drohungen verschonen. Yassir habe Mist gebaut, was ihm eine Lehre sein würde, darauf könne Mahmood sich bei seinem klugen Jungen verlassen.

Solche Sachen.

An jenem Abend spendierte mir Mahmood tatsächlich einen Arak. Seither war Yassirs Name in keinem Polizeibericht mehr aufgetaucht.

»Du trinkst zu viel«, sagte Ali. »Möchtest du über etwas reden? Möchtest du nicht doch was essen? Ein paar Vorspeisen, einen Salat, alles noch da.«

»Ich trinke den Wein aus, dann gehe ich.«

Ali gab Mahmood ein Zeichen, das mich an die Geste der alten Frau Irgang erinnerte. Eine Minute später stand eine duftende Mokkatasse vor dem Wirt. »Hast du Existenzsorgen, Kay?«

»Nein.«

»Aber du kannst nicht mehr arbeiten.«

»Ich werde wieder arbeiten, im Innendienst.«

»Du gehörst auf die Straße.«

»Dazu habe ich jetzt ein Auge zu wenig.«

Ali schlürfte seinen Kaffee, versank in Gedanken.

Am anderen Ende verabschiedete sich Rana in gewohnter Manier vom unerlösten Koch; sie griff nach ihrer Tasche, winkte in die Runde und schlenderte elegant zur Tür. Pierre hatte die Hände vor der Brust gefaltet; Mahmood zeigte keine Reaktion.

»Glaubst du an Gott?«, fragte Ali.

Ich sagte nichts.

»Du magst das Thema nicht, weiß ich ... Aber jetzt, du und ... diese Verletzung ... Wie lebst du damit? Welche Konsequenzen ziehst du daraus? Nimmst du die Botschaft an?«

Die Blicke des Kochs und meine trafen sich. Mit einem Ruck wandte er sich um und huschte in die Küche.

»Verfluchst du nicht, was geschehen ist?« Unvermittelt legte Ali mir die Hand auf den Arm. »Vielleicht wollte Gott dir etwas mitteilen.«

»Was ist los mit dir? Seit wann bist noch fundamentalistischer als dein Barmann?«

»Ich denke oft an Gott. Ich bin Christ, wie du weißt, wir waren eine christliche Gemeinschaft in Beirut. Ich bin getauft, meine Frau auch, meine Töchter, wir sind alle getauft und gehen regelmäßig in die Messe. Wir vertrauen auf Gott. Und du? Nichts ist, wie es war, du bist ein anderer Mensch, Kay.«

Schon wieder diese Geschichte.

Ich leerte mein Glas in einem Zug, kippte den aromatischen Qualitätswein wie Wasser runter, mein Auge auf den Barkeeper gerichtet; er schaute her und verzog den Mund. Ich spürte, wie mir der Schweiß auf der Stirn stand – im gedämpften Licht für Ali nicht zu bemerken.

Mit einer Drehung glitt ich vom Barhocker, die Hand auf meiner Lederjacke, die über der niedrigen Lehne hing. Für den Weg zu meiner Wohnung brauchte ich sie nicht anzuziehen. Aus der Innentasche fingerte ich den Geldbeutel, der mir beinah aus der Hand rutschte.

»Das ist zu viel«, sagte Ali, als ich einen Fünfzig-Euro-Schein auf den Tresen legte.

»So stimmt's.« Ich hielt inne. Ein leichter Schwindel erfasste mich. Ich stützte mich am Tresen ab, wachsam beäugt von Mahmood und seinem Chef. Lächelnd nickte ich ihnen zu. Im selben Moment betrachtete ich mein Spiegelbild in der Glaswand hinter der Bar.

Da war kein Lächeln, nur ein starres, kantiges, abgeschlafftes Gesicht. Wie geschockt stieß ich einen Seufzer aus. Sofort sprang Ali vom Barhocker und streckte den Arm nach mir aus.

»Alles in Ordnung«, sagte ich.

»Ich begleite dich nach oben.«

Untergehakt schob er mich zwischen den Tischen hindurch zur Tür; auf der schmalen Treppe wich er nicht von meiner Seite. Draußen fegte der Wind dünnen Regen in unsere Gesichter.

»Ich wollte dich nicht verwirren«, sagte Ali. »Soll ich bis zur Wohnung mitkommen?«

»Nein.«

»Schlaf dich aus, morgen bin ich ab sechzehn Uhr im Restaurant. Komm vorbei, wir müssen auch nicht reden.«
Mir versackten die Sätze im Hals.

Im Gehen kramte ich den Schlüssel aus der Hosentasche. Vor dem Schaufenster des Friseurs an der Ecke drehte ich mich aus unerklärlichen Gründen um. Ali stand immer noch unter dem zwiebelförmigen Vordach, die Hände hinter dem Rücken.

Ob ich an Gott glaubte! Ich hätte ja sagen sollen, um zu erfahren, was er mit der Frage bezweckte.

Den ganzen Abend hatte ich still an der Theke sitzend mit angenehmen Gedanken verbracht – hin und wieder mit flinken Blicken zum routinierten Bauchtanz bei scheppernder Musik. Mit jedem Schluck hatte der Anisschnaps mein Wohlbefinden gesteigert. Ich kehrte in die Dienststelle zurück, vergegenwärtigte mir die dortigen Abläufe, hörte den üblichen Streitereien zwischen Chef Wilke und POMin Urban zu, lauschte den geheimen Dialogen der alten Frau Irgang mit ihren Pelargonien, roch plötzlich Lucys Parfüm und verspürte ein Verlangen nach ihr. Ich dachte an die Computerbilder der Demo und die Aussagen der hinkenden Frau. Ich bestellte das nächste Glas, ließ die Finger von dem Teller Pistazien, den Ali mir hingestellt hatte. Ich schwelgte in diffusen Erinnerungen an Ute, meine Ex, und hätte mir keinen besseren Ort vorstellen können, um diesen Samstag selbstzufrieden ausklingen zu lassen.

Dann kam Ali und fragte mich nach meinem Glauben.

»Das glaubst du nicht«, sagte ich zu Ute, deren Porträts ich irgendwann in der Hand hielt, nachdem ich unbeschadet die Treppe zu meiner Wohnung im vierten Stock erklommen und mich das unbegreifliche Bedürfnis gepackt hatte, in verstaubten Fotoalben zu blättern.

In unserer Anfangszeit waren wir vom Knipsen nahezu besessen gewesen. Den heutigen Selfiewahn mit Handys und Smartphones lebten wir damals mit einer Nikon aus, eine Art Hobby, das ich von meinen Eltern übernommen hatte; deren Sammlungen von dokumentierten Geburtstags-, Weihnachts- und sonstigen Feiern füllten Regale. Von Ute und mir existierten Schnappschüsse aus den Wäldern Finnlands, wohin wir öfter in Urlaub gefahren waren, von unzähligen Ausflügen nach Südtirol und stundenlangen Wanderungen in den Voralpen, von Städtetouren nach Prag oder Wien und von hunderten banalen Alltagstätigkeiten wie Kochen, Rasenmähen, Herumlungern auf der Couch und Albernheiten im Fasching.

Man konnte den Eindruck gewinnen, unser Leben wäre ein einziger Freizeitpark gewesen.

Mit dem dritten Glas Plomari, den ich mir zum Abschluss des Tages gönnte, aus Erleichterung darüber, wieder in der stillen Wohnung zu sein, prostete ich meiner Ex zu und trank auf ex.

Das Glas rutschte mir aus der Hand. Ich kippte zur Seite und landete mit dem Gesicht auf dem Foto eines schwarzbraunen Elchs, der durch das Fenster einer Blockhütte glotzte. Sosehr ich mich auch anstrengte, an die Szene erinnerte ich mich nicht mehr.

Schwerfällig setzte ich mich auf. Mein rechtes Lid flackerte, die Konturen um mich herum verschwammen; in meinem Kopf breitete sich ein hämmerndes Pochen aus, das mir Übelkeit verursachte.

Die Hände an die Ohren gepresst, versuchte ich, auf die Beine zu kommen. Es gelang mir nicht; ich sackte zurück auf die Knie. Wieder fiel mein Blick auf das verzerrte Foto des Elchs. Krampfhaft überlegte ich, wann es entstanden war und wer es geknipst hatte.

Unter bullernden Schmerzen drehte ich den Kopf und hielt nach meinem Smartphone Ausschau. Wahrscheinlich steckte es noch in meiner Jacke, die im Flur hing. Ich wollte Ute anrufen und sie fragen. Wieder einmal ihre Stimme zu hören wäre vielleicht angenehm. Zuerst musste ich mir kaltes Wasser ins Gesicht schütten, eine Erfrischung würde mein polterndes Herz beruhigen.

Auf dem Weg ins Bad – Pause nach jedem Schritt, taumelnd, keuchend – sah ich, dass meine Jacke neben der Wohnzimmertür auf dem Boden lag. Unmöglich, mich zu bücken. Im Bad brannte Licht, hatte wohl vergessen, es vorhin auszumachen. Wann vorhin? Seit wann war ich wieder in der Wohnung?

Erneut Schwindel. Ich setzte mich auf den Rand der Badewanne und stützte den Kopf in beide Hände. In meinem Mund ein ekliger Geschmack. Von all dem, was in den vergangenen Stunden passiert sein mochte, spukten nur noch Fetzen durch meinen dröhnenden Schädel. Unmerklich rutschte mein Hintern über den Wannenrand. Ich glitt in einen ohnmächtigen Schlaf.

Als ich aufwachte, lag ich zusammengekrümmt in der Badewanne. Das Licht brannte. Drüben schlug der Regen an die Fenster. Mir dämmerte, dass ich gestern vergessen hatte, mich bei Inge Gerling, meiner Nachbarin, zu melden.

Garantiert hatte sie ihr Quantum Trost auch allein erhalten. In flüssiger Form, genau wie ich.

4

Begossener Pudel im Regen

Der Regen schwemmte die Stunden aus dem Sonntag. Ich lag auf der linken Seite im Bett, das Kissen über dem Kopf, mit sinnlos geöffnetem Auge, in Erwartung eines göttlichen Fingerzeigs. Vielleicht schickte Ali mir den Allmächtigen vorbei – immerhin war der Tag des Herrn –, und ich bekäme eine Ahnung von meiner Zukunft; den Dingen, die ich zu erledigen oder zu vergessen hätte; meinen Aufgaben zum Wohl der Allgemeinheit oder zur Erfüllung meines Schicksals, dem ich angeblich nicht entkam und das zu begreifen und anzunehmen meine Pflicht wäre – als Mensch, Mann und Polizist.

Ehrlich?

Noch in der Badewanne hatte ich Hose, Hemd und Unterhose abgestreift; die Sachen blieben drin liegen; ich schleppte mich ins Schlafzimmer und vergrub mich im Bett. Als ich das erste Mal auf meine Armbanduhr sah, die ich nicht mehr geschafft hatte abzustreifen, war es fünf nach halb eins. Der Regen prasselte auf das Blechdach über den Fahrradständern im Hof. Eine Weile hörte ich zu, bis ich wahrnahm, dass in meinem Kopf weitgehend Ruhe herrschte.

Wie fast jedes Mal nach dem Aufwachen nahm ich die Augenklappe ab. Nicht, dass ich auf ein Wunder wartete. Nachdem der Chefarzt der Augenklinik sich von mir verabschiedet hatte, verstreute ich die letzten Krumen Zuversicht auf der Grünfläche neben der Einfahrt, zu Ehren der Maulwürfe.

Aus Gründen, die natürlich lächerlich waren, hatte ich mir ein Ritual angewöhnt.

Das geschlossene rechte Auge deckte ich mit der Hand ab, während auf der anderen Seite der Nase das Nichts ins Nichts starrte. Eine Minute, zwei Minuten – Momente erhabenen Unfugs, die ich grimmig auskostete.

Im vollen Bewusstsein meines ramponierten, irreparablen Zustands erheiterte mich die Vorstellung, in die dunkle Höhle fiele plötzlich das grelle Flutlicht eines Fußballstadions und von den Rängen brandete Beifall auf, wie nach einem Schuss ins linke obere Toreck aus dreißig Metern Entfernung.

Mir passiert.

Jahre her.

Den Jubel konnte ich bei Bedarf noch abrufen.

Das Gedächtnis ist ein hinterfotziger Spieler.

Dass ich das anschließende Aufsetzen der Filzklappe wie eine beinah zärtliche Berührung empfand, verwirrte mich jedes Mal.

Beim monotonen Prasseln des Regens sank ich in einen Schlummer, der mich mit Träumen verschonte. Zwei Stunden später wachte ich auf, die Bettdecke bis zum Kinn hochgezogen, die Arme an den Körper gedrückt, stocksteif. Mir war warm; ich hatte geschwitzt; am Hinterkopf spürte ich das feuchte Kissen; daran hatte ich mich in den vergangenen Wochen gewöhnt. Auch wenn ich keinen Tropfen getrunken hatte, transpirierte ich offensichtlich heftig im Schlaf.

Oft schreckte ich gegen fünf Uhr morgens auf, die Haare verklebt, Brust und Rücken nass; mit bleiernen Gliedern schleppte ich mich ins Bad, klatschte mir kaltes Wasser ins Gesicht, rieb den Oberkörper ab, rubbelte mit dem Handtuch meinen Rücken trocken. Eine Prozedur, die mich wütend machte, weil ich hinterher wie aufgekratzt im Bett lag und nicht mehr einschlafen konnte.

Wirre Stimmen quasselten auf mich ein. Ungebetene Gäste tingelten durch meine Wohnung und fingen mit ihren Fragen immer wieder von vorn an. Als stünde ich unter irgendeinem Verdacht. Als müsste ich zu einer Sache vernommen werden, mit der ich nichts zu tun hatte.

Wieder und wieder erklärte ich den Interviewern – anscheinend waren auch Journalisten unter den gesichtslosen Leuten –, ich sei für den Fall nicht zuständig; es müsse eine Verwechslung vorliegen; ich sei Polizeihauptmeister im Streifendienst, kein Problem, ein Anruf in der PI 22 würde genügen. Warum sie es auf mich abgesehen hatten, erfuhr ich nicht.

In der nächsten Runde redete ich auf eine Frau ein, die auf ihrem Fahrrad von einem Lastwagen geschnitten und fast überrollt worden war; sie war gestürzt und blutete an den Händen; unaufhörlich zeigte sie in die Richtung, in der der Lkw-Fahrer ihrer Meinung nach verschwunden war; das konnte nicht stimmen, da es sich um eine Einbahnstraße handelte; von ihren Händen tropfte Blut auf meine Uniformhose; das Taschentuch, das ich ihr reichte, nahm sie mit zwei Fingern und ließ es fallen. Später fragte mich jemand, ob ich die Frau nach Hause begleitet hätte, ich sagte, wieso denn; jemand meinte, das sei meine Pflicht gewesen, nein, antwortete ich, sie sei ins Krankenhaus gebracht worden. Ungefragt sprudelte es aus mir heraus, dass wir in den letzten zehn Jahren jede Fahrerflucht in der Stadt aufgeklärt hätten; das unerlaubte Entfernen vom Unfallort sei eine schwere Straftat, die mit aller Härte geahndet werden müsse. Jemand fragte mich, ob ich verheiratet sei, ich sagte, das sei ein schwieriges Thema: Polizei und Familie.

Dann saß ich in einem Fernsehstudio, angestrahlt von flutlichtartigen Scheinwerfern, ein winziges Mikrophon am Revers meines Sakkos. Gedeckte Farben!, hatte mich eine Mitarbeiterin ermahnt. Ich erzählte von meiner Laufbahn als

Beamter der zweiten Qualifikationsebene, die früher mittlerer Dienst hieß.

Gefragt nach kuriosen Ereignissen, berichtete ich von Kühen, die aus einem Viehtransporter auf die Lindwurmstraße geflüchtet waren; von Nudisten, die auf dem Marienplatz gegen den weihnachtlichen Kaufrausch demonstrierten; von mit Eisenschwertern fechtenden Männern auf dem jährlich stattfindenden Mittelaltermarkt; von der unvergesslichen, dreistündigen Keilerei im Hofbräuhaus zwischen englischen und deutschen Fußballfans, die meisten von denen waren dermaßen betrunken gewesen, dass sie unterschiedslos mit Masskrügen und Tellern um sich schlugen und dabei mindestens so viele eigene Leute verletzten wie Gegner und Polizisten, wir taten unser Bestes, um halbwegs die Ordnung wiederherzustellen.

Anschließend gab ich weitere Interviews, meinen Unfall betreffend, über den ich eigentlich nicht sprechen wollte; jeden, der damit anfing, stauchte ich zusammen, auch Frauen, die unbedingt meinen seelischen Zustand ergründen wollten.

Mein seelischer Zustand?

Gut, sagte ich, perfekt.

Sonntagsfrieden.

Keine Stimmen, keine Fragen, kein Gedöns. Keine Verpflichtungen, weder auf privater noch beruflicher Ebene. Alles erledigt. Minutenlang kroch kein einziger Gedanke durch meinen Kopf.

So musste sich astreines Yoga anfühlen. Haben Sie schon einmal an bestimmte Übungen gedacht, hatte mich die ungemein zugewandte und nach einem unaufdringlichen Parfüm duftende Krankenschwester gefragt, deren Name mir entfallen war.

Von bestimmten Übungen verstand ich eine Menge, dienstlich wie außerdienstlich, aber ich vermutete, sie spielte auf etwas Anderes an. Da ich nur mit der Schulter zuckte – nach Sprechen war mir nach jenem Samstag in der Sonnenstraße selten zumute –, überschüttete sie mich mit derart mitleidvollen Blicken, dass ich fürchtete, sie fange gleich an zu heulen. Wortlos griff sie nach meiner Hand, rieb sie zwischen ihren schmalen, wärmenden Händen, ein versonnenes Lächeln auf den schmalen Lippen. Wir saßen auf einer grün gestrichenen Parkbank hinter der Klinik; aus Kastanien ploppten in regelmäßigen Abständen reife Fruchtigel auf den Kiesweg. Nicht reiben, ermahnte mich die Schwester, wenn ich wieder an mein verbundenes Auge fasste. Unter dem runden, wattierten Pflaster rann eine sämige Flüssigkeit heraus, angeblich ein normaler Vorgang, schmerzlos und ein Zeichen von Heilung.

Wie auch immer ein totes Auge heilen mochte.

Yoga, sagte sie und sah mich an, diesmal mit ernster, eindringlicher Miene. Nehmen Sie sich jeden Tag fünfzehn Minuten Zeit, mehr brauchen Sie nicht, legen Sie sich auf den Boden, konzentrieren Sie sich auf Ihren Atem und vergessen Sie alles Andere, seien Sie vollkommen bei sich; ich werde Ihnen ein Buch empfehlen, das ist nicht teuer, eine CD ist auch dabei, Sie hören zu, was die Frau sagt, und wenn Sie eine Übung nicht verstehen, schauen Sie sich das Bild in dem Buch an, alles ganz einfach; Sie werden spüren, wie die Energie in Ihren Körper zurückkehrt; vertrauen Sie mir, es ist sehr wichtig, wieder stabil und gesund zu werden; Sie haben eine schwere Verletzung erlitten, die heilt nicht von heute auf morgen, Sie müssen es wollen, tief in Ihrem Innern, in der Nussschale Ihrer Seele.

Bis zu diesem Augenblick war ich nicht hundertprozentig überzeugt gewesen, eine Seele zu besitzen, noch dazu in einer Nussschale. Hoffentlich nicht in einer stacheligen, dachte ich und zeigte ein Lächeln, das sie missverstand. Wie ich es ihr versprochen hatte, kaufte ich das Buch; zu Hause blätterte ich darin, nahm die CD heraus und legte beides aufs Fensterbrett im Schlafzimmer.

Den Kopf auf dem Kissen, hatte ich die Yogabibel gut im Blick. Wer wusste das schon: Vielleicht würde ich mich eines Tages tatsächlich auf den Boden legen und gewissenhaft heilatmen. Sie hatte es so gut gemeint.

Balbina.

So hieß sie.

Wie die Sängerin, hatte sie hinzugefügt, als sie mir zum ersten Mal ihren Namen nannte. Eine Musikerin mit diesem Namen kannte ich nicht.

Das Bild der besorgten und stets gleich duftenden Balbina auf der Parkbank bei den Kastanien entfachte ein überraschendes Brennen in meinem Magen. Der Vorstellung gab ich mich hin – bis ich wegdämmerte und einem zotteligen grauen Hund beggenete; er lief vor mir her, und ich wollte ihn einfangen. Er flitzte davon, auf ein Wohnhaus zu, das mir irgendwie bekannt vorkam. Die Haustür stand offen; wir hechelten die Treppe hinauf; als wir das Dachgeschoss erreichten, hüpfte der Hund, der jetzt viel größer war als vorher und menschenähnliche Züge hatte, auf ein Fenstersims; er sah mich an; ich wollte ihm etwas zurufen, was mir nicht gelang. Im nächsten Augenblick sprang er aus dem Fenster. Ich stieß einen Schrei aus und fand mich unten auf der Straße wieder. Hund und Haus verschwunden und ich allein in einer gottverlassenen Gegend.

Nichts wie weg hier, schoss es mir beim Aufwachen durch den Kopf.

Drei Uhr achtundzwanzig.

Neunzig Minuten später fand ich mich auf der Artur-von-Reiser-Straße wieder, voranschreitend wie einer, der einem Ziel folgte.

Nachdem ich im Wohnzimmer die Fotoalben in den Schrank geräumt und mich gefragt hatte, wozu ich sie überhaupt rausgekramt hatte – ich erinnerte mich nur schemenhaft an die Ereignisse der Nacht –, hängte ich die am Boden liegende Jacke an die Garderobe und setzte mich in die Küche. Ich trank meinen Filterkaffee, aß ein hartgekochtes Ei mit Senf und eine *Schnitte* mit Butter und verspürte plötzlich das unbändige Bedürfnis nach einem Ausflug – trotz des Regens und meines wackligen Zustands.

Wohin es mich drängte, ahnte ich vage.

In einem Anflug von Eile hatte ich Tasse und Teller in die Spüle gestellt, mir noch einmal das Gesicht gewaschen und den Mund ausgespült. Ich schlüpfte in meine schwarzen Halbschuhe – wie meine anderen fünf Paare blitzblank geputzt –, warf mir den schwarzen Polyestermantel über und griff nach dem Regenschirm.

Schon war ich unterwegs, in südlicher Richtung.

Auf meinem üblichen Weg bog ich in die Ohmstraße ab. Kurz überlegte ich, die U-Bahn zu nehmen; entschied mich dagegen, auch wenn mich das Prasselgeräusch über mir nervte; wenigstens war der Schirm groß und stabil genug, um mich fast vollständig trocken zu halten.

Zwangläufig kamen mir Einsätze bei Regen oder sonst wie üblem Wetter in den Sinn – ich hatte mich nie daran gewöhnt. Jedes Mal verfiel ich in schlechte Stimmung, die ich nicht selten an beliebigen Verkehrsteilnehmern, Schaulustigen und erst recht an Unfallverursachern ausließ – armseliges, unprofessionelles Getue. Auf meinen Schulterklappen prangten vier Sterne – warum benahm ich mich wie ein Anfängerweichei?

Die Erinnerung amüsierte mich, vor allem, weil es tatsächlich eine Erinnerung war und keine Anekdote aus der Vergangenheit, die eine Fortsetzung finden würde.

Außendienst?

Ein Witzbold, unser Polizeihauptmeister Oleander!

Bei diesem Gedanken blieb ich, unmittelbar vor dem Gebäude der Staatsbibliothek, wie erstarrt stehen. Ein SUV donnerte an mir vorbei und verteilte Fontänen über den Bürgersteig, von denen eine meinen Mantel streifte. Ich stieß einen Fluch aus, was wiederum eine Frau, die mir entgegenkam – Friesennerz mit Kapuze über dem Kopf –, zu der Bemerkung veranlasste: So was sagt man nicht, ist ja widerlich.

Mich trafen ihre Worte nicht, genauso wenig wie das Geschehen auf der Ludwigstraße. Ich stand da, die eine Hand in der Manteltasche, die andere am Holzgriff des Schirms, und mein Arm zitterte. Eine Streife hielt an der roten Ampel, Ecke Schellingstraße; der Fahrer ließ das Fenster herunter; ich sah, dass er jung war; sekundenlang streckte er den Kopf aus dem Auto und sog mit aufgerissenem Mund – es schien, als stieße er einen stummen Schrei aus – die nasse, kühle Luft ein, bevor sich das Fenster wieder schloss. Nachdem der Wagen abgebogen und außer Sichtweite war, bemerkte ich, dass sich mein Arm mit dem Schirm rauf und runter bewegte, als hätte ich den Kollegen ein Zeichen geben oder ihnen winken wollen.

Mein kindisches Verhalten widerte mich an. Am liebsten hätte ich umgedreht und wäre nach Hause zurückgekehrt, Fußballspiele auf einem Streamingdienst anschauen oder mich im Internet mit Schrott vollstopfen.

Beim Anblick der in einer Reihe wartenden Taxis am Odeonsplatz hing ich einer dämlichen Idee nach: Würde ich, anstatt weiter mindestens eine halbe Stunde durch den Regen zu laufen, ein Taxi nehmen, wäre ich in höchstens zehn Minuten am Ziel und könnte den Fahrer warten lassen, bis ich alles erledigt hätte.

Welches Ziel?

Was hatte ich zu erledigen?

Folgte ich einem Plan? Hatte ich mir diese Frage nicht schon mehrfach gestellt und eindeutig mit nein beantwortet?

Nein?

Hatte ich nicht einen Zettel mit einer Adresse und einem Namen eingesteckt?

Wie aus Trotz griff ich in die Manteltasche und suchte danach; außer zerknüllten Papiertaschentüchern kein Fetzen. Ich wechselte den Schirm von der einen in die andere Hand und fummelte in der rechten Manteltasche, in der rechten Hosentasche, streckte umständlich die Hand nach der linken Tasche aus.

Kein Zettel.

Und?

Wieso ärgerte ich mich dann, dass ich keine Erklärung für das Verschwinden des Zettels hatte? Er musste unterwegs rausgefallen sein, wahrscheinlich bei meiner idiotischen Winke-Winke-Aktion, welche die Kollegen im Streifenwagen hoffentlich nicht bemerkt hatten.

Der Regen wurde stärker. Ich hielt den Schirm schief, Wasser rann mir in den Nacken und löste einen Kälteschub in mir aus. Mich fröstelte von den Schultern bis zu den Beinen. Jeder Schritt kostete mich Überwindung. Als würden mir die Adern gefrieren.

Ich ruckte mit der Schulter, der Schirm kippte, der Regen klatschte mir mitten ins Auge. Alles um mich herum verschwamm. Mit dem Handrücken rieb ich mir übers Gesicht, ausgerechnet mit der Schirmhand. Ungeschützt prasselte der Regen auf mich nieder; der Schirm schlenkerte vor meinen Beinen; beinah hätte ich mich in den Speichen verheddert.

Jede Bewegung vergrößerte meine Wut. Es fehlte nicht viel, und ich hätte das widerspenstige Ungetüm in der Theatinerstraße einem Passanten vor die Füße geworfen.

Der Regen passte exakt zu meiner Verfassung.

Was hatte ich hier verloren? In der Innenstadt im strömenden Regen an einem von der ersten Stunde an verhunzten Sonntag? Tag der Deutschen Einheit. Das auch noch! Was hatte dieser Tag mit mir zu tun? Wozu der Aufwand? Suchte ich allen Ernstes Kontakt zu dieser Frau?

Gib mir eine Antwort, schrie ich.

Niemand reagierte.

Leute wuselten über den Marienplatz, fein behütet unter ausladenden Schirmen, die sie clever aneinander vorbei zirkelten. Die Leute hatten sich unter Kontrolle.

Anders als ich.

Hatte ich tatsächlich geschrien? Würde mich wundern; schreien war nicht meine Art. Höchstens zwei oder drei Mal in meinem Leben hatte ich jemanden angeschrien, meine Exfrau, das stand ziemlich sicher fest; ein- oder zweimal einen renitenten Verkehrsteilnehmer, nachts, auf irgendeiner Brücke in der Stadt; oder einen der Besoffenen vom Isarufer, wo sie sich bei Grillpartys die Kante gaben. In solchen Situationen wirkte lautes Auftreten hin und wieder Wunder; die Typen gehorchten, rückten ihre Personalien raus und zeigten halbwegs Respekt vor der Staatsgewalt.

Im Grunde benahmen sie sich so armselig wie wir. Wem schadeten sie mit ihren überschaubaren Ausschweifungen, ihren inszenierten Saufgelagen, denen sie kaum gewachsen waren, ihrer Demonstration scheinbar zeitloser Jugend? Und was bewirkten wir mit unseren pflichtgemäßen Belehrungen, unseren Strafanzeigen und ordnungshüterischen Mienen, unserem grimmigen Auftreten in zu engen Dienstuniformen, die Hand am Schlagstock, den Oberkörper angespannt wie Hermann der Cherusker?

Jeden Frühling, Sommer, Herbst dieselbe Schlacht, jedes Wochenende derselbe Aufmarsch der Kriegsparteien. Mancher kippte um vor lauter Rausch oder landete in der Ausnüchterungszelle; einer mandelte sich auf; eine brüllte uns unverständliche Beleidigungen entgegen; einer brauchte unbedingt Handschellen, bevor er handgreiflich wurde; einer ergab sich freiwillig; eine rannte vor uns weg, und niemand rannte ihr hinterher. Beifall ringsum; die angeschmierten Bullen standen da wie begossene Pudel und warteten mit der nächsten, sinnlosen Aktion, bis das Gelächter einigermaßen verebbt war.

Schreien!

Auf uns hörte sowieso niemand. Was für einen armseligen Beruf übten wir oft aus. Wenn wir Pech hatten – richtig viel Pech, einen Arsch voll Pech –, schleuderte uns ein durchgeknallter Mitbürger eine Flasche an den Schädel und verstümmelte uns für immer, und es kümmerte ihn einen Scheiß.

Von der Reichenbachbrücke, von der ich eine Zeitlang über den braunen, aufgedunsenen Fluss geschaut hatte, brauchte ich zehn Minuten bis zu der Adresse, die ich mir gemerkt hatte und die mir inzwischen egal war. Ich ging nur hin, weil ich das irgendwann an diesem eisigen Tag mit einem verkaterten Einäugigen ausgemacht hatte.

Acht Klingelschilder mit Namen, die mir nichts sagten, der eine, den ich mir extra aufgeschrieben hatte, fiel mir nicht mehr ein. Ich zitterte vor Kälte.

»Suchen Sie jemanden?«

Ich drehte mich um.

Eine etwa sechzigjährige Frau in einem dunkelblauen Mantel. In der einen Hand hielt sie einen hellblauen Schirm, mit der anderen stützte sie sich auf einen bernsteinfarbenen Gehstock.

5

Erschaffung der Menschheit

Unser Gespräch entfachte neuen Zorn in mir. Auf ihre Frage, ob sie mir weiterhelfen könne, antwortete ich mit einem lauten Nein, das sie sichtbar irritierte. Dass ich niemanden suchte, hatte ich ihr ebenso knapp klargemacht. Sie musterte mich misstrauisch, ungeniert von oben bis unten, und schüttelte den Kopf. Keine Ahnung, was das bedeuten sollte. Obwohl sie viel kleiner war als ich – geschätzt einen Meter fünfundsechzig –, stießen unsere Schirme aneinander. Ihrer besaß einen längeren Stiel, und sie hielt ihn am ausgestreckten Arm. Eigenartiger Anblick.

»Haben Sie sich verlaufen?«, fragte sie.

Ihre rotgefärbten Haare bildeten in der feuchten Luft wirre Kringel. Winzige Sommersprossen bedeckten ihre Nase und einen Teil der Wangen; dezent geschminkte Lippen, Fältchen an den Seiten.

»Wieso starren Sie mich so an?«

»Da haben wir was gemeinsam.«

»Sie stehen hier, vor meiner Haustür, und machen einen etwas unkontrollierten Eindruck. Es ist mein Recht, Sie anzuschauen und zu fragen.«

»Ehrlich?«

»Also, wen suchen Sie?«

»Niemanden.«

»Lüge.«

»Ich kam zufällig vorbei.«

»Und dachten sich, ich schau mal, wer hier wohnt.«

Ich schwieg.

Sie bewegte sich nicht von der Stelle, den Schirm fest umklammert. Der Regen prasselte auf die Nylonbespannung.

»Hier wohnen Sie«, sagte ich.

»Geht Sie das was an?«

»Nein.«

»Na also.«

»Würden Sie nicht hier wohnen, wären Sie einfach weitergegangen.« Kein Zweifel: Es war die Frau, die meine Kollegen im Umfeld der Demo am vierten September befragt und deren Personalien sie festgestellt hatten. Ihr Name war aus meinem Gedächtnis verschwunden – wie der Zettel aus meinem Mantel.

»Was weiter?«, fragte sie.

Ich trat einen Schritt zurück, weg von ihr. »Bitte, gehen Sie rein.«

Ganz offensichtlich traute sie sich nicht, in meiner Gegenwart die Tür aufzusperren; ihr schwante Übles in der Nähe des unkontrollierten Mannes.

»Kennen wir uns?«, fragte sie.

»Nein.«

»Glaub ich auch, an Sie würd ich mich erinnern.«

»Warum?«

»Wegen der Augenklappe. Und wegen ...« Ihr Blick scannte mich erneut. »Sie sind jemand, den man sich merkt.«

Ich sagte nichts.

»Haben wir das also geklärt. Ich wünsch Ihnen noch einen hübschen Sonntagabend, auf Wiedersehen.«

Da schnackelte etwas in meinem Hirn.

»Ihnen auch, Frau Glaser.«

Ihre Überraschung wusste sie perfekt zu verbergen. »Sie kennen mich also doch. Woher?«

»Wir waren gemeinsam auf einer Demonstration.«

»Ich bin selten auf Demos.«

»Ich auch.«

»Worum ging's?«

»Freiheit und Demokratie.«

»Und dort sind wir uns begegnet?«

»Nicht direkt, Sie wurden von der Polizei aufgehalten, ich auch, sie wollten unsere Namen wissen, wie das halt so ist.«

Sie legte den Kopf schief, ihr Misstrauen verformte ihren Mund. »Und Sie haben zugehört, wie ich heiße, und sich meinen Namen gemerkt. Und jetzt kommen Sie zufällig an dem Haus vorbei, in dem ich wohne. Ich glaub Ihnen kein Wort. Übrigens, ich war auf keiner Demo.«

»Ich bin spazieren gegangen …«

»Im Regen.«

»Reiner Zufall, dass ich auf das Klingelschild geschaut und Ihren Namen gelesen habe. Glaser. Den Namen kann man sich leicht merken.«

»Wohnen Sie in der Nähe?«

»Oben in der Welfenstraße.«

»Mir gefällt das nicht, da stimmt was nicht. Wie heißen Sie?«

»Oleander.«

»Wie die giftige Pflanze?«

»Ja.«

»Und was wollen Sie von mir?«

»Nichts.«

Wie zu Beginn unserer Begegnung standen wir wortlos da, musterten uns – sie mich argwöhnisch, ich sie gleichgültig – und passten auf, dass der Wind unsere Schirme nicht ineinanderschob. Mehr als sie je erahnen könnte, bedeutete mir unser zufälliges Zusammentreffen nicht das Geringste. Mir hätte genügt, das Haus mit der blassgrünen Fassade zu sehen, die

Namen auf dem Klingelschild zu lesen und meine mir selbst auferlegte Pflicht erfüllt zu haben. Und auch das wäre am Ende bloß Neugier gewesen, das tragische Aufbäumen eines Mannes im Graben, in dem er den Rest seines Lebens verbringen würde.

Wo denn sonst?

Was ich tat, lag jenseits aller Vernunft. Ich hatte die Herrschaft über meine Motorik verloren. Ich war zu einem unkontrollierbaren Freak geworden, zu einem, der durch die Stadt irrt, mit der Adresse eines Unsichtbaren. Der war ich.

Die Frau hatte allen Grund, mich mit äußerster Vorsicht zu beäugen.

Hatte ich allen Ernstes geglaubt, mein Besuch in der Falkenstraße würde einen Fitzel Erklärung für etwas liefern, an dem jeder Professor der Ophthalmologie scheiterte?

Wozu der Aufwand? Mit welchem Ergebnis?

In mir breitete sich ein Eisblock aus. Der Regen gefror auf meiner Haut. Ich spürte nichts. Nicht einmal mein Arm mit dem schwer gewordenen Schirm zitterte mehr, so erstarrt verharrte ich auf dem Bürgersteig, mit nassem Gesicht und tränendem Auge.

Was wollte ich von der Frau? Dass sie ein Geständnis ablegte? Worüber? Aller Wahrscheinlichkeit nach war sie hunderte Meter vom Geschehen entfernt gewesen. Die Kollegen hatten sie und ihren Begleiter aufgegriffen, weil die Frau eine Bierflasche in der Hand hielt und den Anschein erweckte, sie würde diese als Wurfgeschoss benutzen. Kein Beweis für nichts.

Silvia Glaser.

Auch der Vorname fiel mir wieder ein. Wozu? Die Frau spielte keine Rolle, und ich spielte keine Rolle für sie; der Zufall hatte uns vor ihrer Tür zusammengeführt, eine belanglose Begegnung an einem überflüssigen Tag. Und anscheinend hatte der Zufall seine Schuldigkeit für heute schon getan: Weit und breit kein Taxi.

»Ist Ihnen kalt?«, fragte sie. »Sie schlottern richtig. Sind Sie krank? Sie sehen sehr blass aus.«

»Sind Sie Ärztin?«

»Ich schau Sie nur an, Herr Oleander.«

Aus ihrem Mund klang mein Name wie der eines Fremden. Daraufhin tat ich etwas mir vollkommen Unbegreifliches.

Mir kam es vor, als würde ein Anderer sprechen, und ich fand keine Möglichkeit, ihn abzuwürgen. Die Sätze trieben mich voran und strömten aus meinem Mund, und ich brachte ihn nicht wieder zu.

»Ein Bekannter von mir«, sagte ich und erhob wie selbstverständlich die Stimme. »Er arbeitete bei der Polizei, mittlerer Dienst, drei Streifen am Revers, verheiratet, zwei Kinder, ein grundsolider Familienvater. Sie bewohnten ein kleines Haus, nicht weit von hier, in Ramersdorf. Gewissenhaft verrichtete er seinen Dienst, fünfundzwanzig Jahre lang. Seine Dienstwaffe musste er kein einziges Mal benutzen, auch nicht in einigen kniffligen Situationen nachts auf der Straße, von denen er mir erzählt hat. Die üblichen Fahrzeugkontrollen, angetrunkene, unter Drogen stehende Fahrer, hin und wieder mit Messer bewaffnet. Da geht Ihre Hand schon mal automatisch zum Halfter. Kein Schuss in fünfundzwanzig Jahren, ein Kollege mit Menschenkenntnis und Erfahrung und einem untrüglichen Instinkt für die eigene Sicherheit.

Bei einer Weihnachtsfeier im Präsidium saßen wir nebeneinander, er kam auf seine Kinder zu sprechen. Sein Sohn war damals ungefähr zwei Jahre alt, er sagte, er könne sich keinen friedvolleren Anblick vorstellen als ein schlafendes Kind. Manchmal, abends, bleibe er eine Stunde lang am Bett seines Buben sitzen und schaue ihm beim Schlafen zu und höre sein leises Schnauben. Das sei ein beinah göttliches Gefühl, das ihn jedes Mal überkomme.

Gott hin oder her, ich brauchte meinen Kollegen nur anzusehen, um zu begreifen, wie ernst er es meinte.

Ein göttliches Gefühl.

Er war nicht betrunken, ich glaube, er trank nicht mal Bier, wie wir alle; ich kippte eins nach dem anderen, alte Gewohnheit; unser Präsident sprach salbungsvolle Worte, wie jedes Jahr; zwei Kollegen spielten Gitarre und Zither, wir aßen Ente mit Knödeln und langweilten uns. Neben mir auf der anderen Seite saß ausnahmsweise nicht mein Kollege Gillis, sondern mein direkter Vorgesetzter Wilke, vertieft in ein Gespräch mit einer neuen, jungen Kollegin, die viel lachte und ihn wie aus Versehen öfter am Arm berührte. An dem Abend, glaube ich, wechselten wir beide kein Wort. Mir genügte die Anwesenheit meines Kollegen aus der PI 12, der mir Sachen aus seiner Familie anvertraute.

Zum Beispiel: Er werde nie vergessen, sagte er, wie seine Tochter, die fünf oder sechs war, das Sprechen gelernt hatte, wie sie die Worte entdeckte, jede Silbe, wie sie stotterte, weil sie immer schneller sprechen wollte, wie sie nach den richtigen Ausdrücken suchte, wie unbändig sie sich über ihre neu erworbene Fähigkeit zu freuen schien. Man musste sie behutsam stoppen, sagte mein Kollege, sonst hätte sie zwei Stunden durchgeplappert.

Während er das erzählte, färbten sich seine Wangen hellrot, seine Augen sahen aus wie von innen angestrahlt. Unendlich, sagte er, hätte er seiner Tochter zuhören können. Für ihn – ich weiß noch, er senkte die Stimme, damit niemand außer mir etwas mitbekam – war dieses Erlebnis wie die Erschaffung der Menschheit. So drückte er sich aus. Als seine Tochter sprechen lernte, wurde die Menschheit neu erschaffen.

Ist das zu glauben?

Er war, sage ich Ihnen noch mal, nicht betrunken. Er empfand – davon bin ich bis heut überzeugt – beim Gedanken an seinen Sohn und seine Tochter eine Form von Glück, die unsereinem, der keine Kinder hat, auf ewig verborgen bleibt. Das wurde mir an diesem dritten Advent bewusst. Ich habe zugehört und gesehen, wie er aufblühte.

So nah standen wir uns gar nicht, müssen Sie wissen. Wie ich sein Vertrauen gewann, weiß ich nicht. Gelegentlich waren wir uns bei Einsätzen zur Sicherung von Fußballspielen oder Demonstrationen begegnet, hatten die eine oder andere Route koordiniert und als Streifenführer die Truppe angewiesen. Eine private Bemerkung? Außerdienstliches Geplauder? Auf keinen Fall! Und dann bringt uns eine Weihnachtsfeier überraschend näher, und ich werde Zeuge bei der Erschaffung der Menschheit.

Übrigens arbeitete seine Frau ebenfalls bei der Polizei, in der Verwaltung; dort hatten die beiden sich kennengelernt, vor langer Zeit, mit Anfang zwanzig; wie genau, das habe ich ihn nicht gefragt; das habe ich versäumt; das hätte ich tun müssen; der Abend war zu schnell um.

Einen Monat später, Ende Januar, wurde er wegen eines Nachbarschaftsstreits in ein Mehrfamilienhaus am Harras gerufen. Mieter hatten aus einer Wohnung im fünften Stock Schreie einer Frau und eines Kindes und beunruhigende Geräusche vernommen. Beim Eintreffen der Kollegen öffnete niemand. Kein Lärm, keine Stimmen. Totenstille.

Mein Kollege, er leitete den Einsatz, ließ den Hausmeister kommen und die Tür öffnen. Im Flur zog sich eine Blutspur bis ins Wohnzimmer. Auf der Couch saß eine vierundzwanzigjährige Frau im Nachthemd, vor ihr auf dem Boden lag ein kleines Mädchen, drei Jahre alt, blutverschmiert, mit verdrehten Gliedmaßen. Mein Kollege fühlte den Puls: nichts. Die Mutter hatte das Kind, so stellte sich heraus, geschlagen, gewürgt, gegen die Wand geworfen und schließlich mit einem Kissen erstickt. Was sich in der Wohnung zugetragen hatte, stand zu dem Zeitpunkt natürlich noch nicht fest und musste von den Kollegen der Kripo erst ermittelt werden. Aber ich bin sicher, mein Kollege ahnte es. Er bat die Frau aufzustehen. Sie tat es. Dann forderte er sie auf, sich hinzuknien. Der junge Kollege und die Kollegin, die bei ihm waren, bestätigten die Details. Sie hätten, erklärten sie später, kaum gewagt zu atmen.

Von einem Heulkrampf geschüttelt, fiel die Frau vor meinem Kollegen auf die Knie. Nehmen Sie Ihr Kind in den Arm, sagte er. Sie stieß einen Schrei aus, rutschte auf den Knien rückwärts zur Couch hin, rang nach Luft und drohte, so schien es, zu ersticken. Meinen Kollegen beeindruckte ihr Verhalten nicht. Nehmen Sie Ihr Kind in den Arm, verlangte er ein zweites Mal. Laut Protokoll schüttelte sie wie wirr den Kopf und hörte nicht mehr damit auf. Da packte mein Kollege ihren Kopf mit beiden Händen, zog die Frau hoch, bis sie wehrlos und mit schlenkernden Armen vor ihm stand, und sagte zum dritten Mal: Nehmen Sie Ihr Kind in den Arm. Sie tat es nicht.

Begreifen Sie: Diese Frau, die Mutter, weigerte sich, ihr totes Kind noch einmal in den Arm zu nehmen. Es lag vor ihr auf dem Teppich, still und stumm und mit bloßen Händen hingemordet.

Mein Kollege, hieß es, brachte seinen Blick nicht von dem leblosen, kleinen Wesen. Zwischen seinen Händen der schweiß- und tränennasse Kopf der Mutter. In der Wohnung ein ekelhafter Gestank. Spielsachen lagen rum, Kuscheltiere, Bären, Äffchen, Puppen in bunten Kleidchen. Die ganze Welt des Mädchens. Das alles sah mein Kollege. Die jungen Beamten sahen es auch und rührten sich nicht. Das Sagen hatte mein Kollege, er war der Einsatzleiter, er hat die Kommandos gegeben, er hätte telefonieren müssen, den Notarzt informieren, die Kripo, den Psychologischen Dienst, das Kriseninterventionsteam. Tat er nicht. Stand da, hielt den Kopf der Frau mit beiden Händen. Sie starrte ihn an, als würde sie nicht kapieren, was los ist, was sie angerichtet hat, wer das Blutbündel auf dem Boden ist. Sie strotzte vor Selbstmitleid. Nichts anderes ging meinem Kollegen durch den Kopf, das können Sie mir glauben. Das ist die Wahrheit, wie alles wahr ist, was danach passierte.

Er ließ sie los. Bevor sie irgendeine Reaktion zeigen konnte, griff er in ihre Haare – sie hatte lange blonde Haare mit einer rosafarbenen Spange am Hinterkopf – und öffnete mit der anderen Hand die Balkontür. Niemand stoppte ihn. Er zerrte die Frau hinter sich her, stolperte fast über eine Gießkanne – die Blumen im Kasten waren vertrocknet – und zögerte keine Sekunde.

Nachdenken war nicht mehr nötig. Verstehen Sie, Frau Glaser? Die Entscheidung war gefallen, ein für alle Mal.

Er packte die Frau unter den Achseln, wuchtete sie über die Brüstung und ließ sie fallen.

Glauben Sie nicht, dass er sich hinunterbeugte, um nachzusehen! Wozu denn? Er wandte sich um, den versteinerten Kollegen zu, holte sein Handy aus der Tasche, tippte eine Nummer.

Die Kollegen, die ihn zum Einsatzwagen begleiteten, sprachen kein Wort. Er sagte ebenfalls nichts. Vor dem Ermittlungsrichter machte er seine Aussage; der Staatsanwalt versprach, die Ehefrau am Arbeitsplatz zu informieren. Noch am selben Nachmittag schloss sich hinter meinem Kollegen die Zellentür in der JVA Stadelheim.

Seine Untersuchungshaft dauerte zweiundfünfzig Stunden. Gegen vier in der Früh fand ihn ein Vollzugsbeamter leblos vor. Mit gezielten Schnitten hatte er sich mit einer Scherbe des kleinen Spiegels über dem Waschbecken die Pulsadern geöffnet, eine schmerzhafte Prozedur, die kaum einer zu Ende bringt, wie wir aus Erfahrung wissen. Er schaffte es. Er war nicht mehr zu retten.

Wen hätten Sie gesehen, wenn Sie ihm irgendwann begegnet wären? Einen Mörder? Einen unkontrollierbaren Bullen? Einen Verrückten?

Sie sagen, Sie schauen mich an und wissen Bescheid. Sie sehen nichts als einen frierenden Mann. Und das muss genügen.«

»Also sind Sie Polizist«, sagte Silvia Glaser.

Wozu antworten?

»Dann haben Sie mich vorhin angelogen.«

Wozu leugnen?

»Ihr seid alle gleich«, sagte sie und zog den Haustürschlüssel aus der Manteltasche.

Den Heimweg brachte ich in absoluter Abwesenheit hinter mich. Alle paar Meter blieb ich stehen und drehte mich um und blickte in die Richtung, aus der ich kam. Was, dachte ich unaufhörlich, hatte mich dazu gebracht, der Frau die Geschichte meines Kollegen zu erzählen, einer fremden Person einen polizeiinternen Vorgang, auf offener Straße, im strömenden Regen, aus dem Nichts heraus?

Aus dem Nichts?

Aus dem Nichts?

Verwirrt setzte ich meinen Weg fort, das Schirmdach knapp über dem Kopf, schräg vorm Gesicht, sodass ich kaum zwei Meter voraus schauen konnte.

Was hatte mich gezwungen, persönlich zu werden?

Intern waren die Ereignisse selbstverständlich nicht geblieben. Eine Frau war vom Balkon gestürzt, gestoßen von einem Beamten der Bereitschaftspolizei; für die Öffentlichkeit ein schockierender Vorgang, der zudem weitgehend unaufgeklärt blieb, nachdem der Täter sich in der Haftanstalt das Leben genommen hatte.

Wieso, fragte ich mich, hatte die Frau in der Falkenstraße nicht stärker darauf reagiert? Sie hatte zugehört, ungerührt, wie mir schien, die eine Hand auf den Stock gestützt, den Schirmstiel an die Schulter gepresst, ausdruckslos. Alles, was ihr dazu einfiel, war eine Beleidigung – *Ihr seid alle gleich* –, mit einem Anflug von Abscheu.

Wen meinte sie? Außer mir. Offensichtlich die Polizei, uns alle, womöglich auch meinen Kollegen, der alle Regeln, allen Anstand und jede Kontrolle über sich verloren und eine Frau ermordet hatte. Welche Erfahrungen hatte Silvia Glaser mit der Polizei gemacht? Beschäftigte sie die banale Personenkontrolle während der Demo auch nach einem Monat noch? Verachtete sie seither Polizisten? Oder glaubte sie – wie viele der grölenden, sich benachteiligt fühlenden Freiheitskämpfer – an eine Verschwörung zwischen Polizei und Staatsmacht, zwischen der Exekutive und einer weltumspannenden, von bösen Strippenziehern errichteten Diktatur?

Wäre es doch möglich, dass sie die Flasche geworfen hatte? Dass ihre willkürliche Handlung mein Leben, meine Existenz ruiniert hatte?

Blödsinn, dachte ich und hielt am Siegestor inne, um auszuschnaufen.

Mein Leben war nicht ruiniert, ich lebte, oder nicht? Ich hatte ein Auge verloren; nicht mal einen Arm; nicht mal ein Bein; schon gar keinen Lungenflügel. Meine Ausdauer reichte locker für eine stramme Wanderung durch die Stadt.

Was hatte die Frau mit mir zu schaffen, fragte ich mich und verspürte das sachte Bedürfnis nach einem Bierchen. Unsere Wege hatten sich gekreuzt, das war alles.

Dennoch ließ mich die Frage nicht los, warum ich ihr aus dem Stand die tragische Geschichte vom Kollegen Henning Seidel aufgetischt hatte. Was wollte ich damit beweisen? Warum war sie mir ausgerechnet heute eingefallen?

Aus eigenen Stücken hatte Seidel seine Zukunft zerstört; die eigene und die seiner Frau und Kinder, durch die in seiner Vorstellung die Menschheit überhaupt erst zum Leben erweckt worden war. In meinen Augen hatte er nichts begriffen und in einem alles entscheidenden Moment abgrundtief versagt.

Seidels Frau, kam mir vor meiner Haustür in den Sinn, hatte in der Verwaltung gekündigt und war mit den Kindern zu ihrer Schwester nach Ostdeutschland gezogen. Niemand hatte je wieder von ihr gehört.

In der Wohnung stellte ich den aufgespannten Schirm in die Badewanne. Ich zog die feuchten Klamotten samt Unterwäsche aus, trocknete mich ab, holte frische Sachen aus dem Schrank und setzte mich, eingehüllt in eine Wolldecke, Bierchen in der Hand, vor den Fernseher. Wiederholungen der Begegnungen aus der Seria A; Juventus gegen Lazio, ein Trauerspiel.

Das Festnetztelefon klingelte; der Anruf landete auf der Mailbox. Vor dem nächsten Spiel hörte ich rein.

»Hier ist Silvia Glaser. Sie sind mir eine ehrliche Antwort schuldig geblieben, Herr Oleander. Warum haben Sie sich vor meiner Wohnung rumgetrieben? Eine Nachricht wäre nett ...«
Sie hinterließ ihre Mobilfunknummer.

Die Nummer hatte ich bereits im Protokoll der Kollegen gelesen.

Auf meinen Rückruf konnte sie lange warten.

Dass meine Privatnummer noch öffentlich gelistet war, würde ich morgen sofort ändern lassen – meine erste wichtige Aufgabe für die anstehende Woche.

Ich trank einen Schluck Bier und wünschte, Neapel fegte Parma vom Platz.

6

Mangel an Atem

Der Regen hatte aufgehört, aus einem Himmelseck spitzte die Sonne in mein Fenster. Beim Aufwachen kam mir das Zimmer wie in Helligkeit getaucht vor, zu grell für die Finsternis, durch die ich mich im Traum gequält hatte.

Sofort nach dem Aufwachen war ich mit dem Tag versöhnt. Nichts würde mich ein zweites Mal in den zähneklappernden, innerlich und äußerlich verirrt durch die Stadt stolpernden Kerl verwandeln, den ich gestern abgegeben hatte, in der Gegenwart dieser hinkenden, aufdringlichen, mir unbekannten Frau.

Unübersehbar begann die neue Woche mit einem Lichtgruß von oben. Beinah hätte ich den Morgen mit einem beherzten Servus begrüßt. Ich schlug das Laken zur Seite und betrachtete meinen nackten Körper; bleiche Haut, gekringelte Härchen, das Geschlecht vorzeigbar; niemand da, dem ich es hätte präsentieren können.

Nach fünf Minuten gab ich die Selbstbeschau samt Handbetrieb auf. Anscheinend taugten die Bilder in meinem Kopf nicht für eine ordentliche Explosion. In keiner Weise enttäuscht streckte ich mich noch einmal aus, die Hände hinterm Kopf, im Bewusstsein eines Tages bar jeder Verpflichtung, Dienstanweisung, jedes trostlos gekritzelten Protokolls. Ich war ein freier Mann.

Was war das?

Tatsächlich: Ich kicherte vor mich hin. Mehr ein Giggeln, wie von einem Bekifften. Unwillkürlich dachte ich an Yassir, den Sohn des Barkeepers Mahmood. Doch anders als bei ihm waren bei mir keine Drogen, nicht einmal Alkohol im Spiel. Stocknüchtern wie Mahmood beim Freitagsgebet lag ich im Bett und ließ die Zeit verstreichen.

Das hatte ich Jahre nicht mehr getan; vielleicht noch nie.

Der Gedanke berauschte mich. Ich setzte mich auf, lehnte den Kopf ans Bettgestell, und weil mich das Metall störte, schob ich das Kissen dazwischen. Mit neunzehn war ich zur Polizei gegangen.

Wie zum Gebet faltete ich die Hände auf dem nackten Bauch. Durchs Fenster fiel das Licht heller als zuvor.

Insgesamt hatte ich die Prüfungen mit akzeptabler Note bestanden. Leidlich gut war ich in Sport, Laufen, Schwimmen, Hindernisparcours, Fitness. Überdurchschnittlich, was Rechtschreibung, Grammatik, logisches Denken betraf. Passabel in Beamten-, Verkehrs- und Strafrecht. Relativ überzeugend in den Fächern Kommunikations- und Konfliktbewältigung. Halbwegs brauchbar bei der Waffen- und Schießausbildung. Fast fehlerlos im polizeilichen Einsatzverhalten und beim Fahrsicherheitstraining. Schwach in Englisch und Französisch. Mittel in Polizeidienstkunde. Unauffällig in politischer Bildung. Was mich das Fach Berufsethik lehren sollte, hatte ich nie verstanden. Gesamtnote im Prüfungszeugnis für den mittleren Polizeivollzugsdienst: befriedigend.

So vergingen meine ersten Berufsjahre und so die folgenden. Ich wurde Polizeimeister, Polizeiobermeister und erreichte die letzte für mich mögliche Sprosse auf der Karriereleiter, die Beförderung zum Polizeihauptmeister. Vier Sterne, Ende Gelände. Ich heiratete, wir ließen uns scheiden, ich wurde vierzig, im Handumdrehen fünfzig; in sechs Jahren war ich sechzig und kurz vor der Pension. Glückwunsch und alles Gute für den weiteren Lebensweg.

Hier lag ich, ein Mann nicht in den besten, aber auch nicht in den schlechtesten Jahren; regelmäßig besucht von einer Frau, die keine Fragen stellte; zielgerichtet übte sie ihren Beruf aus und hielt mir mit ihren Handlungen und ihrem bloßen Dasein Leib und Seele – in einer Nussschale oder nicht – zusammen.

Ein Mann mit einem anständigen Beruf, gepflegtem Erscheinen und weitgehend guten Manieren. Ein Mann, wenn man es genau betrachtete, ohne Fehl und Tadel – abgesehen von dem Makel im Gesicht.

Interessant: Zum ersten Mal nach Wochen hatte ich nach dem Aufwachen die Augenklappe nicht abgenommen.

Ich wertete das als Ausdruck überwundener Engstirnigkeit und als Zeichen fortschreitender Genesung.

Noch ein Grund zur Zufriedenheit.

Eine Zeitlang dachte ich an nichts; schaute zum Fenster, bemerkte das sich ausbreitende, mattblaue Himmelsstück, sah zur körnigen weißen Decke hinauf, schloss für einen Moment mein Auge.

Dann hörte ich meinen Magen knurren. Mir wurde klar, dass ich gestern außer dem Frühstücksbrot und dem Ei nichts gegessen hatte. Das passierte mir immer öfter. Irgendwann im Lauf des Tages verspürte ich das bohrende Bedürfnis nach einer Mahlzeit – Brot, Suppe, Fleisch, Nudeln. Nach einiger Zeit jedoch beruhigte sich mein Magen wieder. Ich trank einen Schluck Wasser oder einen Kaffee und dachte nicht mehr ans Essen.

Auch jetzt beschäftigte mich das Knurren nicht weiter; es hörte einfach auf. Aus einem mir unverständlichen Grund rekapitulierte ich den Samstag, meinen Aufenthalt in der Dienststelle, den Abend im Medawar. Mehrfach kam Ali mit dem Vorschlag, mir ein gebratenes Huhn mit Reis oder wenigstens einen Teller mit gemischten Vorspeisen zu bringen; ich hatte abgelehnt und war mir ziemlich sicher, dass ich auch seine unvermeidlichen Pistazien nicht angerührt hatte.

Was sollten diese Fütterungsversuche? Erstens war ich nicht am Verhungern, zweitens verspürte ich keine Leere in mir, im Gegenteil: Jeder Tag erfüllte mich mit neuen Gewissheiten, befreite mich vom Gewölle unverdauter Erlebnisse und ernährte mich mit wundersamen, nach Salz schmeckenden Gaben.

Die Worte klangen in mir nach.

Was ich soeben gedacht oder laut ausgesprochen hatte – wäre immerhin möglich gewesen –, entsprach so sehr der Wahrheit wie mein halbiertes Augenlicht und die Reise der Sonne hinter die Dächer der Stadt.

Was waren nach Salz schmeckende Gaben?

Was hatte ich mir dabei gedacht? Wer hatte je von einer Reise der Sonne hinter die Dächer der Stadt gesprochen? Sicher nicht ich. Wo hatte ich solche Sätze aufgeschnappt?

Beunruhigt nahm ich das Pochen in meiner Brust wahr. Wieder einmal.

Worüber hatte ich gerade nachgedacht? Übers Essen?

Ehrlich?

Falsch.

Erinnerungen an meinen Beruf trieben mich um, ich kam nicht los von ihnen, sie hockten in meinem Kopf wie Clowns mit Schrifttafeln, auf denen stand: Jetzt lachen! Jetzt klatschen! Jetzt nicht lachen!

Warum nicht lachen? Was war passiert?

War doch alles sehr komisch gewesen: Meine Ausbildung; mein Gerenne auf dem Sportplatz; mein zwanghaftes Büffeln der Paragraphen; meine gespielten Befragungen von gespielten Zeugen; mein schulischer Eifer und meine Angst vorm Urteil des Lehrers und Ausbilders; mein einstudiertes vorbildhaftes Benehmen; mein staatstragender Gesichtsausdruck bei den mündlichen Prüfungen; meine Kasperliaden nachts in betrunkenem Zustand. Wir benahmen uns wie amerikanische Cops im Fernsehen und lieferten uns Schießereien mit heimlich entwendeten und entladenen Pistolen. Mein übertriebenes, tuntenhaftes Gehabe als Al Pacino in *Cruising* – alles sehr lustig.

Wieso nicht darüber lachen? Wieso schaffte ich es nicht zu lachen? Was tat ich stattdessen?

Angewidert wischte ich mir mit beiden Händen übers Gesicht; mit dem Knöchel des Zeigefingers rieb ich in meinem wässrigen Auge und mit der anderen Hand über meine salzigen Lippen.

Zum Totlachen.

Die Szene von damals würde ich nie vergessen: Wie auf Stöckelschuhen stakste ich über den Hof und schrie: Dich krieg ich! Fast hörte ich mein Gebrüll wieder: Du entkommst mir nicht, du Schwulenmörder! Alle lachten, die ganze Mannschaft, auch die Frauen.

Warum lachte ich jetzt nicht?

War doch saukomisch, wie Polizeimeisteranwärter Reberg vor unserer Stammkneipe aus dem Dunkel sprang und Polizeimeisteranwärterin Carlsen mit den Worten zu Boden riss: Hab ich dich endlich erwischt, du Beischlafdiebin! Nach Paragraf zweihundertdreiundvierzig Strafgesetzbuch bist du hiermit verhaftet ... Und einer aus unserem Pulk schrie: Vorläufig festgenommen, heißt das! Wir lachten lauter und klatschten in die Hände.

Und dann der Knall.

Und der Knall hallte in der Gasse wider.

Und jemand schrie: Das war der Furz der Gerechtigkeit!

Aus dem Bauch von Polizeimeisteranwärter Reberg quoll Blut.

Er lag unter einer Straßenlampe. Unübersehbar: ein Einschussloch. Sein Mund weit aufgerissen, kein Laut kam raus, Polizeimeisteranwärterin Carlsen kniete stumm am Boden, in der Hand die Dienstpistole, in der eine Kugel gesteckt hatte. Es wurde nie geklärt, wieso. Carlsen hatte keine Erklärung dafür, sie schwor, die Waffe ordnungsgemäß gereinigt und entladen zu haben.

Wieso sie überhaupt einen Schuss abgegeben hätte, wurde sie später gefragt. Sie erklärte, sie habe sich erschrocken und geglaubt, ein Fremder würde sie überfallen. Wir hätten doch alle unsere Pistolen aus dem Ausbildungszentrum mit in die Stadt genommen, aus Spaß, ein harmloses Ritual unter Kollegen. Keine Waffe sei jemals geladen gewesen.

Das stimmte.

Reberg wurde zwei Stunden operiert und anschließend in ein künstliches Koma versetzt. Er überlebte, kehrte dem Polizeidienst den Rücken; genauso wie Carlsen, die vor Gericht wegen schwerer Körperverletzung zu zwei Jahren auf Bewährung verurteilt wurde – ein hartes Strafmaß, das wohl der Abschreckung dienen und angehenden Polizeibeamten einbläuen sollte, dass Dienstwaffen kein Spielzeug waren.

Carlsen schulte auf Notfallsanitäterin um – schon in der Polizeiausbildung war sie am liebsten mit dem Streifenwagen durchs Gelände gerast. Fastkollege Reberg trat in den Malereibetrieb seines Vaters ein. Beide nahmen nie wieder Kontakt zu uns auf.

Mit Abstand betrachtet eine schräge Zeit.

Oder?

Vorbei.

Gut so.

Die Schnieferei nervte mich. Meist hatte ich eine Packung Papiertaschentücher neben dem Bett liegen, heute nicht. Ich zog den Rotz hoch und tupfte mir mit einem Zipfel des Betttuchs die Nase ab. Immer noch saß ich aufrecht, ans Kopfende gelehnt, das Kissen im Rücken. Hatte lachen wollen, wie draußen auf der Straße. War mir nicht gelungen. Egal. Ich sah keinen Sinn darin, weiter nach dem Grund zu fragen. Vielleicht sollte ich endlich aufstehen und etwas unternehmen.

Was? Einen Rundgang durchs Viertel? Durch den Englischen Garten? Konnte nicht schaden. Bestimmt roch die Luft würzig nach feuchter Erde und Laub. Wieder mal etwas Schwung in meinen Bewegungsapparat bringen.

Dann fiel mir ein, wie ich gestern bescheuert durch die halbe Stadt gelaufen war. Im strömenden Regen. Nirgendwo eingekehrt, nur gerannt, über den Fluss, wie ferngesteuert.

Daran zu denken, erschien mir wie die allerletzte Beschäftigung. Aufstehen, sagte ich mir, kalt duschen, heißen Kaffee trinken, eine Runde laufen.

Fantastische Idee.

Seit vier Tagen war ich nicht mehr joggen gewesen. Ich hatte es vorgehabt, und jedes Mal war mir etwas dazwischengekommen; am Freitag mein Kollege Gillis, der mir unbedingt einen Besuch hatte abstatten müssen; am nächsten und übernächsten Tag hatte ich Dinge zu erledigen. Heute war der Tag. Die Vorstellung, durch den Park zu rennen und den Mist des Wochenendes hinter mir zu lassen, entfachte neue Kräfte in mir.

So und nur so.

Ich schwang die Beine aus dem Bett, stemmte mich in die Höhe, warf einen letzten Blick zum Fenster, streckte den Zeigefinger in die Richtung, wie um mein Vorhaben zu bekräftigen, und peilte das Bad an.

Auf dem runden Tischchen im Flur klingelte das Telefon. Vor Schreck streckte ich den Arm aus und hob ab.

Dämliche Idee.

»Sie sind also daheim«, sagte die Frau am Telefon.

Die Stimme hatte ich noch nie gehört. Sie plapperte schon weiter. »Ich hab Ihnen in der Nacht auf die Mailbox gesprochen, dafür wollt ich mich entschuldigen, so was macht man nicht. Ich würd gern noch mal mit Ihnen reden.«

Wieso »noch mal«?, dachte ich, und sie sagte:

»Herr Oleander?«

»Wer sind Sie?«

»Glaser, Via.«

»Wir? Wie viele Leute sind da?«

»Nur ich, Herr Oleander. Via ist die Abkürzung von Silvia.«

Den Namen und die Stimme brachte ich nicht zusammen. Eine Erinnerung an die Begegnung in der Falkenstraße hatte ich für diesen Montag nicht eingeplant, für keinen Tag in der Woche. Vielmehr war ich dabei, die Begegnung zu löschen. Das hatte ich mit mir selbst vereinbart, vorhin im Bett.

»Hätten Sie Zeit für einen Kaffee?«

»Ich muss zur Arbeit.«

»Und nach der Arbeit?«

»Nach der Arbeit gibt's nicht.«

»Sie sind immer im Dienst als Polizist.«

Woher wusste sie ... Offensichtlich hatte ich gestern vollständig die Kontrolle über mich verloren. Sogar die Tragödie von Henning Seidel, fiel mir ein, hatte ich vor ihr ausgewalzt. Eine neue, unheilvolle Erschütterung ergriff von mir Besitz. Wieder sagte die Frau meinen Namen.

»Ja?«, antwortete ich.

»Mir geht die Geschichte Ihres Kollegen nicht aus dem Sinn. Der die Frau umgebracht hat.«

»Er hat sie nicht umgebracht.« Die Worte waren mir entwischt. Der Anblick der Gänsehaut auf meinen Armen erschütterte mich. Ich glaubte zu schwanken, beugte den Oberkörper, presste die Hand gegen die Wand über dem Telefon. Ein heiseres Keuchen entrang sich meinem Rachen – ein verstörendes, nie gehörtes Geräusch.

»Was ist mit Ihnen, Herr Oleander?«

Ich musste das Telefonat beenden, schnell.

»Ist Ihnen nicht gut? Brauchen Sie Hilfe?«

»Nein.«

»Sie haben mir gestern schon nicht gefallen.«

»Hab Ihnen nicht gefallen.« Ich hörte mich lallen. Aus meinem Bauch drang ein Blubbern. Wie kurz vorm Ersticken schnappte ich panisch nach Luft. Meine Hand rutschte von der Wand ab. Ich kippte nach vorn, verlor das Gleichgewicht, mein rechter Fuß trat gegen das Tischbein. Der Schmerz war grausam, aber ich hatte keine Zeit, ihm nachzuspüren. Die Flurwände wirbelten um mich herum. Sekundenlang war alles schwarz vor meinem Auge, ich drückte es zu, so fest ich konnte. Aus der Ferne rief eine Stimme zum dritten Mal meinen Namen. Ich wollte etwas sagen, wollte ein Zeichen geben.

Zu spät.

Mit der Schulter voran schlug ich auf dem Boden auf, neben mir ein zweites schepperndes Geräusch. Ich hatte den kleinen Tisch samt Telefonapparat umgerissen. Den Hörer hielt ich weiter wie eine Trophäe in der erhobenen Hand.

Tatsächlich ragte mein Arm in die Luft, als ich mich auf der Seite liegend im Türrahmen wiederfand; die Tür zwischen Schlafzimmer und Flur hatte ich beim Einzug ausgehängt.

Jämmerlicher Anblick.

Wieso streckte ich den Arm, von dessen Ende eine Stimme

auf mich herunterschallte, in die Luft? Was war geschehen? Hatte ich das Bewusstsein verloren?

Ich stellte fest, dass ich immer noch nackt war; mein pumpender Bauch sah unwirklich grau und knochig aus.

Ich schaute weg.

Der Telefonhörer glitt mir am ausgestreckten Arm aus den Fingern, knallte auf meinen Hinterkopf und landete neben mir auf dem Boden.

»Hallo? Hallo?« Die Stimme gab nicht auf.

Endlich nahm ich den Arm runter, er fühlte sich eisig an, wie die Hand, mit der ich nach dem Hörer griff.

»Ich bin hier.«

»Was ist los? Sind Sie gestürzt? Sind Sie verletzt?«

Es fiel mir schwer, Worte zu finden, mir mangelte es an Atem. Chaos im Hirn. Von der Schulter breitete sich ein lodernder Schmerz über den Rücken bis zu meinen Füßen aus, eine Art subkutaner Lavastrom.

»Lava ...«, begann ich. »Subkutan ...« Ich redete nicht, ich stammelte Buchstaben.

»Welche Lava? Bitte, Herr Oleander, soll ich den Notarzt verständigen? Wo wohnen Sie?«

Anscheinend gab ich Laute von mir, die sie irritierten. »Was kichern Sie denn? Ich mach mir ernsthaft Sorgen.«

»Nein. Moment ...« Ich hatte etwas vor.

Vor meiner nächsten Bewegung verging ungefähr eine Minute. Vielleicht fürchtete ich, mir einen Knochen zu brechen. Behutsam drehte ich mich auf den Rücken, schnaufte, wechselte den Hörer von der einen Hand in die andere, legte die Arme parallel neben den Körper. Dann ein Ruck. Ich setzte mich auf, zog gleichzeitig die Beine an, machte eine halbe Drehung und lehnte mich an die Wand. So dazuhocken, empfand ich fast als Erleichterung, auch wenn die Schmerzen kaum andere Empfindungen zuließen.

Was für ein Weichei war aus mir geworden.

Ich krümmte mich in meinem Elend. Vorhin im Bett hatte ich mir den Ablauf des Tages in allen Einzelheiten ausgemalt: Duschen, Kaffee, Jogging, Frühstück, Festnetznummer löschen lassen; Spaziergang zur Leopoldstraße, eine Tageszeitung und ein Fußballmagazin kaufen; spätes Mittagessen in einem Café an der Münchner Freiheit – Suppe oder Salat mit einem Pastramisandwich, Mineralwasser, Espresso –, Rückkehr nach Hause; Lektüre, Nickerchen, eventuell Lucy kontaktieren; abends die spanische Liga im Streamingdienst.

Perfekt.

Wer laberte in meinem Kopf?

Sandwich in einem Café? Mittagessen? Seit Wochen hatte ich mittags nichts gegessen, nicht einmal in der Augenklinik, wo die Schwester von irgendwelchen biologisch wertvollen Mahlzeiten schwärmte; das Essen schmeckte nach nichts, nicht einmal nach Gras. Am zweiten oder dritten Tag hatte ich – Balbina hörte nicht auf zu quengeln – einen Bissen probiert: abartig.

Was genau hatte ich mir für diesen Tag vorgenommen? Mir fiel nichts ein. Ich hatte bloß dagelegen, halbwegs froh über das blasse Sonnenlicht im Fenster. Und weiter? Der Tag begann wie jeder andere. Ich hatte nichts zu tun und würde niemanden anrufen, und niemand würde mich anrufen. Was ging in mir vor?

»Ich bin lächerlich«, sagte ich und begriff, dass ich ins Telefon gesprochen hatte. Wann hatte ich mir wieder den Hörer ans Ohr gehalten? Meine Beine wippten.

»Sagen Sie mir, was los ist.«

»Was?«

»Darf ich vorbeikommen?«

»Wieso?«

»Sie sollten nicht allein sein.«

»Guter Witz«, sagte ich.

»Geben Sie mir Ihre Adresse, ich bin in zwanzig Minuten bei Ihnen.«

Schweigend, mit aufeinandergepressten Lippen, drückte ich den Rücken fester gegen die Wand. Zentimeter für Zentimeter schob ich mich in die Höhe, die eine Hand um den Hörer gekrallt, mit der anderen bildete ich eine Faust, die ich mir in den Bauch bohrte. Durch den Druck richtete sich die Wirbelsäule auf. Trotz der Schmerzen brachte ich die Schultern nach oben. Aufrecht stehend, Rücken und Hinterkopf an die Wand gelehnt, bekam ich wieder Luft. Ich bildete mir ein, weniger zu frieren.

Das Telefonkabel reichte gerade vom Boden bis zu meinem Ohr. »Frau Grüner ...«

»Glaser.«

»Danke für Ihren Anruf, Frau Glaser. Tut mir leid, dass ich Sie erschreckt habe, mir geht es gut.«

»So hören Sie sich aber nicht an. Lassen Sie mich nach Ihnen sehen. Oder haben Sie jemanden, der sich um Sie kümmert?«

Ich dachte darüber nach. Offenbar zu lange.

»Sie haben niemanden«, sagte sie.

»Ich komme zurecht.«

»Wir können uns in einem Café in Ihrer Nähe treffen.«

»Was versprechen Sie sich davon? Wir kennen uns nicht.«

»Sie riskieren nichts, und ich auch nicht. Ein Kaffee oder sonst ein Getränk, eine halbe Stunde, anschließend geht jeder seiner Wege.«

Ich blieb stumm.

»Sie sagten, Sie müssen zur Arbeit, das stimmt nicht.«

»Nein.«

»Na also.«

Mein Blick fiel in den Spiegel neben der Garderobe, ich sah nur die Hälfte von mir.

Grausamer Anblick.
Meine Stimme sagte: »Kennen Sie die Wilhelmstraße?«
»Ja.«
»Da ist ein Café an der Ecke ...«
»Da war ich schon. In einer Stunde?«
»Wollten Sie nicht in zwanzig Minuten hier sein?«
»Sind Sie denn in zwanzig Minuten schon ausgehfertig?«
Erwischt!

7

»Magda's mag das nicht«

Sie saß mit dem Rücken zur Tür. Ich erkannte sie an ihren rötlichen Haaren und dem blauen Mantel. Vor ihr ein Glas Mineralwasser. Das Café war gut besucht, an den dunklen Holztischen waren junge Männer und Frauen ins Gespräch vertieft; an einem Fensterplatz stillte eine Mutter ihr Baby, während ihre Freundin auf sie einredete. Es roch nach frisch gemahlenem Kaffee und Gewürzen aus der Küche. Gedämpfte Musik. Leises Knarzen des Holzbodens, butterfarbenes Licht. Die Bedienung in einer rosa-weiß gestreiften Bluse und einer Kochschürze mit dem Aufdruck der Silhouette Venedigs vom Meer aus gesehen. In der PI 22 hing eine Postkarte mit einem ähnlichen Motiv: Urlaubsgrüße vom jungen Kollegen Burg.

Ein Café für Menschen mit Lebensvorrat.

Eine Weile stand ich da und versperrte der Kellnerin den Weg. Lächelnd trug sie ein Tablett mit einer Schale nach Curry duftender Suppe an mir vorbei. Ich hoffte, die Frau im blauen Mantel würde mich nicht bemerken.

Ich war hier verkehrt.

Die Leute saßen einträchtig beieinander, redeten, aßen, tranken – lässig gekleidet, unauffällig, ihrem Alter entsprechend. Ihr Aussehen hatten sie so gut im Griff wie ihre Zukunftspläne. Mir stiegen die intensiven Gerüche in die Nase, ich schnupperte ihnen nach und kam mir peinlich vor.

Was dachten die Leute bei meinem Anblick? Alter Mann in Grau? Grauer Mantel, graublaue Jeans, graue Mütze über grauen Haaren, graue Haut. Einziger Farbtupfer: die schwarze Augenklappe. Schwarz war neuerdings die Farbe *meiner* Zukunft.

Lächerlich.

Niemand nahm Notiz von mir. Und wenn, dann zwei Sekunden. Eine Sekunde vermutlich.

Wieder spürte ich bohrende Schmerzen im Rücken. Weg hier, dachte ich und wandte mich um.

»Wollen Sie nicht bleiben?«

Mich noch einmal umzudrehen, schaffte ich nicht.

»Ich warte auf der Straße auf Sie«, sagte ich und ging los.

»War's Ihnen zu stickig?«, fragte Silvia Glaser vor der Tür.

Ich schüttelte den Kopf, sog die kühle Luft ein, erleichtert, draußen zu sein, weg von den Stimmen, den Gerüchen.

Gestützt auf ihren lackierten Stock mit dem Gummipuffer am unteren Ende stand sie vor mir, mein Gesicht im Visier.

»Sie sehen mich an, als würde ich Ihnen erneut nicht gefallen«, sagte ich.

»Erneut«, wiederholte sie. »Benutzen Sie solche Wörter in Ihren Protokollen?«

»Mögen Sie das Wort nicht?«

»Doch. Es klingt nur steif, beamtisch.«

»Und wie klingt beamtisch?«

Unvermutet stieß sie ein Lachen aus, das mich zusammenzucken ließ – eine Reaktion, die ich in jüngster Zeit häufiger bei mir beobachtete.

»Entschuldigung«, sagte sie.

Nach einer weiteren, wortlosen Betrachtung meines Gesichts klopfte sie mit dem Stock auf den Bürgersteig. »Lassen Sie uns einen Gang durchs Viertel machen, einfach so. Oder brauchen Sie ein Ziel, wenn Sie gehen?«

Ich schüttelte wieder den Kopf. Sie warf mir einen Blick zu, und wir gingen los, in westlicher Richtung, die Hohenzollernstraße hinunter.

Keiner von uns beachtete die Schaufenster. Wir blickten stur vor uns hin, ich nah an der Gehsteigkante. Kam uns jemand entgegen, ging ich voraus. Das passierte ständig. Schien ihr nichts auszumachen. Sie schloss wieder zu mir auf, und wir setzten unser Schweigen fort.

An der Kreuzung zur Belgradstraße wechselten wir die Straßenseite. Unabhängig voneinander hatten wir beide dieselbe Entscheidung getroffen, zu welchem Zweck auch immer. Trambahnen älterer Modelle ratterten an uns vorüber.

Kein Wort.

Nach wenigen Metern hatten unsere Schritte sich angeglichen; trotz des Stocks in der linken Hand bewegte Silvia Glaser sich zügig und geschmeidig; ich achtete darauf, nicht aus Versehen schneller zu werden.

Wer war diese Frau? Was wollte sie von mir? Warum war sie nicht in der Arbeit? Falls sie mich aushorchen wollte, lief ihr allmählich die Zeit davon. An der letzten Ampel hatte ich mir vorgenommen, sie bis zum Nordbad zu begleiten und mich zu verabschieden. Sie verbarg etwas, eindeutig; wenn sie nicht damit herausrücken wollte, wen interessierte es?

Nette Idee: Rundgang durchs Viertel an einem arbeitsfreien Montag. Besser, als zu Hause auf der faulen Haut zu liegen und Fett anzusetzen. Hatte ich nicht eine Runde Joggen im Englischen Garten auf der Liste gehabt? Das konnte ich später nachholen. Der Wind war abgeflaut, es sah nicht nach Regen aus. Vielleicht würde ich vom Nordbad den Bus zurück zur Münchner Freiheit nehmen und den Rest des Weges laufen.

Kein Zweifel, sie hielt mich hin. Mehr als dreißig Jahre bei der Polizei hatten mich eine Menge über das Verhalten der Menschen gelehrt, egal, welchen Alters oder Geschlechts.

Wer schweigt, lügt – so simpel lautete die Grundregel. Keine Ausnahme, bis heute.

Zwei Sorten von Lügnern bevölkerten unser Revier. Solche, die einem ein Ohr ablaberten und eine krude Geschichte nach der anderen auftischten, mit der sie ihr Image als Unschuldslamm aufzupolieren versuchten. Und solche mit Maulsperre. Bei diesen Kandidaten fiel uns das Zuhören schwer; sie hockten vor uns, verzogen vor lauter Anstrengung das Gesicht und verweigerten die Antwort auf jede noch so banale Frage, in der Überzeugung, wir würden sie aufgrund fehlender Aussagen früher oder später auf freien Fuß setzen müssen. Einige von ihnen redeten nicht einmal mit ihrem Pflichtverteidiger, weil sie ihm unterstellten, er würde die Schweigepflicht verletzen und Informationen an uns weitergeben. Im schlimmsten Fall landeten die Klugscheißer bei der Kripo, die Akte wanderte direkt zur Staatsanwaltschaft und das anfangs womöglich geringfügige Vergehen verwandelte sich flugs in eine echte Straftat. Irgendein notwendiges Indiz fanden wir immer, wenn wir gezielt danach suchten.

Wer schweigt, lügt.

Welchen Bären band sie mir auf, während wir schweigend und im Gleichschritt die Maxvorstadt durchquerten? Mit jedem weiteren Meter verlor ich die Geduld; ich fragte mich, warum ich mich auf sie eingelassen hatte und in der Wohnung überhaupt ans Telefon gegangen war?

Meine Festnetznummer hatte ich immer noch nicht sperren lassen. Auch das würde ich – vor meinem Auslauf im Englischen Garten – nachholen.

Pläne waren wichtig.

In der Gegend um das aus den vierziger Jahren des vorigen Jahrhunderts stammende Nordbad und das ausgebaute Stadtarchiv mit tausenden von Chroniken und Dokumenten aus

Politik und Gesellschaft hatte ich mich lange nicht mehr aufgehalten.

Nicht weit von hier hatten früher Militärkasernen gestanden, auf deren Gelände später Wohnanlagen errichtet wurden und die unterschiedlichsten Kulturveranstaltungen stattfanden. Seit Jahren hatte ich keinen Ausflug in die nähere Umgebung meiner Wohnung unternommen. Entweder ich fuhr Streife oder machte Überstunden in der Inspektion oder war zur Bewachung von Großveranstaltungen abkommandiert; oder ich stritt mit meiner Frau; oder ich hockte bei Ali an der Bar; oder ich verbrachte meinen freien Tag beim Kicken an der Isar oder mit Joggen im Park.

Meine Stadt bestand aus kaputten Fahrzeugen in Straßen mit austauschbaren Namen; blutenden, schreienden, überforderten Verkehrsteilnehmern; Autonummern und Verkehrsschildern; Verweisen und Paragrafen, Belehrungen und Kontrollen bei Sonne, Regen und Schnee, tagein, tagaus, jahrein, jahraus.

Aus.

»Es ist grün.«

Sie griff nach meinem Arm. Da ich keinen Widerstand leistete, führte sie mich über die Straße, untergehakt; sachte schob sie mich zum Zaun eines Grundstücks, das zu einem städtischen Gebäudekomplex gehörte. Um welches Amt es sich handelte, hätte ich ziemlich sicher vor einem Jahr noch gewusst. Allmählich verlor ich die Zusammenhänge.

»Ich muss Ihnen etwas gestehen«, sagte die Frau.

Ich rang nach Atem, was ich lieber verborgen hätte. Sie schien es nicht zu bemerken. »Auch ich hab Sie angelogen«, fuhr sie fort. »Ich hab gesagt, ich war nicht auf der Demo, auf der Sie mich angeblich gesehen haben. Ich war aber da, mit einem Freund. Sie hab ich nicht gesehen. Wie ist das möglich, wo wir doch nebeneinander gestanden haben, wie Sie behaupten? Ich wollt mich für meine Lüge entschuldigen, das ist alles.«

»Wieso wollten Sie sich entschuldigen?«

Wer sich für eine Lüge entschuldigt, lügt doppelt. Ein Erfahrungswert.

»Sie waren so aufrichtig zu mir. Sie haben mir die Tragödie von Ihrem Kollegen erzählt, der in einem Anfall von Wut und Verzweiflung eine Frau vom Balkon geworfen hat. Die ganze Nacht hab ich an nichts anderes denken können. Ich weiß nicht, warum Sie mich mit so was konfrontiert haben, auf offener Straße. Ich hab Sie nie vorher gesehen, und Sie kommen daher und hauen mir so eine Geschichte um die Ohren, mir, einer wildfremden Frau. Wo war Ihr Schamgefühl? So was darf man doch niemandem erzählen, vor allem keinem Fremden.

Das wollt ich Ihnen auch sagen: Mit Ihrer Geschichte haben Sie mich schwer durcheinandergebracht, ich bin immer noch ganz kirre. Deswegen war es mir wichtig, noch einmal mit Ihnen zu sprechen. Um mich für meine Lüge zu entschuldigen und zu erfahren, warum Sie das getan haben, das mit der brutalen Geschichte.

Was, wenn ich nicht zufällig aufgetaucht wär? Hätten Sie bei mir geklingelt und gesagt: Hier ist die Polizei, ich muss Ihnen dringend was mitteilen, machen Sie die Tür auf? Was hat Sie dazu getrieben, an einem Sonntag einfach bei mir aufzukreuzen? Woher wussten Sie meinen Namen?

Ja, stimmt, ich bin kontrolliert worden, gemeinsam mit meinem Begleiter. Die Polizisten waren garstig zu uns, sie haben uns beschuldigt, Flaschen auf ihre Kollegen geworfen zu haben. Das haben wir abgestritten. Sie haben uns nicht geglaubt, wir mussten unsere Ausweise vorzeigen, sie haben die Daten im Computer überprüft. Eine halbe Stunde wurden wir festgehalten, durften uns nicht wegbewegen, eingekesselt von sechs bewaffneten Polizisten, mein Begleiter und ich, eine bedrohliche Situation für uns. Und Sie waren nicht dabei, Sie hätte ich sofort wiedererkannt, Sie mit Ihrer Augenklappe, so wen vergisst man nicht.

Sie waren da nicht, in der Seitenstraße, wo wir gefilzt und abgetastet und festgehalten wurden, gegen unseren Willen, gegen jedes Recht. Wie ihr das so macht bei der Polizei. Ihr nehmt euch jedes Recht raus, das Recht des Bürgers ist euch egal. Ihr seht nur euch und macht, was euch nützt. Das Gesetz ist immer auf eurer Seite, die Politik auch. Ihr werdet geschützt von ganz oben. Im Grunde befolgt ihr nur eure eigenen Gesetze.

Wir wurden gefilmt. Niemand hat uns vorher gefragt. Sie haben Fotos von uns gemacht. Glauben Sie, wir sind blöde und sehen die kleinen Kameras auf eurer Schulter oder am Helm nicht? Meistens filmt ihr ganz offen, sehr praktisch, ihr dürft das, ihr habt das Recht dazu.

Das wollt ich Ihnen sagen. Ich danke Ihnen, dass Sie mir zugehört haben, ich wollt Sie nicht überfallen, ich wollt eigentlich behutsam sein. Und das war ich zuerst auch, Sie haben mir leidgetan, da im Café, wo Sie so hilflos dagestanden haben, wie jemand, der sich verirrt hat, umringt von lauter jungen Leuten, die einfach bloß Kaffee trinken und den Tag genießen. Und Sie kommen ganz gebeugt da herein, eingeschnürt in Ihren Mantel, die Mütze tief in die Stirn gezogen, als genierten Sie sich, erkannt zu werden. Und nur ein Auge für so viel Geschehen ringsum. Sie wirkten wie ein Mann, der aus einem tiefen Dunkel kommt und sich im quirligen Leben nicht mehr zurechtfindet. Wir hätten uns nicht in dem Café verabreden dürfen, das hab ich sofort begriffen, als ich Sie gesehen hab und Sie gleich wieder flüchten wollten.

Deswegen konnt ich erst mal nichts sagen. Ich bin Ihnen dankbar, dass Sie mein Schweigen mit mir geteilt und mich nicht stehengelassen haben und weggegangen sind. Das weiß ich zu schätzen.«

Sie hatte meinen Arm losgelassen und sah mir zum wiederholten Mal regungslos ins Gesicht. Mir kam es vor, als würde unser jetziges Schweigen so lange andauern wie das auf dem Weg bis hierher, zu dieser Kreuzung.

Ich holte mehrmals Luft. »Auch ich muss Ihnen etwas gestehen«, sagte ich.

Sie senkte den Kopf – warum, begriff ich nicht –, und ich entdeckte eine kleine kahle Stelle in ihrem rötlichen Haar.

»Wollen wir uns nicht wo reinsetzen?«, fragte sie. »Mir tut die Hüfte weh, ich würd gern einen Kaffee trinken, auf den hatte ich mich vorhin schon gefreut, hatte nämlich heut noch keinen.«

»Ich auch nicht«, sagte ich und wunderte mich über die Bemerkung.

Wir schauten uns um, als hätten wir besondere Ortskenntnisse.

»Da drüben beim Kino«, sagte sie.

Plötzlich fiel mir ein Lokal in der Georgenstraße ein, das Magda's, fünfzehn Minuten entfernt. Eine Zeitlang hatten einige Kollegen und ich uns dort zum Dartspielen und Biertrinken verabredet, eine Art Stammtisch, unregelmäßig, immer mit denselben Leuten. Dann kam das Rauchverbot, und drei der vier Kollegen trafen sich von nun an in einem privaten Keller. Das war mir zu eng – ebenso wie die ausschließliche Nähe mit dem einzig verbliebenen, nicht rauchenden Kollegen. Das Ritual endete, und Ute, mit der ich damals noch verheiratet war, hoffte vergeblich auf mehr Zweierzeit. Den freigewordenen Abend verbrachte ich in einem Fußballteam, sommers an der Isar, winters in der Halle.

Silvia Glaser war einverstanden mit der Wahl des Lokals,

das sie nicht kannte. Statt einer viertel brauchten wir fast eine halbe Stunde, weil wir unterwegs öfter innehielten, um zu verschnaufen. Nach dem zweiten Mal stützten wir uns gegenseitig, lehnten aneinander; unterdrückten das Keuchen und konnten nicht anders, als verschämt zu grinsen, wenn wir uns aus den Augenwinkeln beobachteten.

In der Nische neben der Tür hängten wir unsre Mäntel auf, an der Wand waren Haken angebracht. Wir zwängten uns an den viereckigen Ecktisch und bestellten Kaffee und ein kleines Bier. Außer uns waren an diesem Nachmittag nur noch zwei Gäste im Lokal, beides ältere Männer am Stammtisch bei der Theke; sie tranken Weißbier und redeten nur – meinem ersten Eindruck nach –, wenn die Bedienung sich zu ihnen setzte. Im Lauf der Zeit stellte ich fest, dass die junge Frau im Dirndl die Männer zwar gut zu kennen schien, ihnen aber nicht ständig zuhören mochte; dann stand sie wortlos auf und verschwand in der Küche oder sonst wohin. Aus dem Nebenraum mit der Dartscheibe und den Spielautomaten drang kein Laut.

»Mögen Sie Ihre Mütze nicht abnehmen?«

Ich fasste mir an den Kopf; an die Mütze hatte ich nicht mehr gedacht. Ich steckte sie in eine Tasche des aufgehängten Mantels. Reflexartig strich ich mir über die Haare.

»Sieht sehr gut aus«, sagte Silvia Glaser.

Die Bedienung brachte die Getränke. Ihr stark geschminktes Gesicht strahlte trotz der Tünche eine unbändige Gelöstheit aus; blanke Lebensfreude, redete ich mir ein. Mir war nicht klar, dass ich sie anstarrte. Erst, als sie mit heller Stimme fragte, ob alles in Ordnung sei, wandte ich den Blick von ihr.

»Entschuldige«, sagte ich.

»Passt schon. Also, ihr wollt nix essen?«

»Nein«, sagte ich.

Sie ging weg. Ich schnupperte ihrem Parfüm hinterher, dessen süßliche Note mir eigentlich nicht gefiel.

»Sind Sie oft hier?«, fragte die Frau.

»Nicht mehr.«

»Dann zum Wohl.« Sie hob die Tasse und ich das Glas. Sie trank einen Schluck ihres schwarzen, ungezuckerten Kaffees und schaute mich unentwegt an. Welche Verfehlung hatte ich schon wieder begangen? Waren Flecken auf meinem Hemd, das ich gewaschen und gebügelt aus dem Schrank genommen hatte? Nahm sie mir mein Verhalten gegenüber der Bedienung übel? Der Frau hatte ich nicht aufs Dekolleté gestarrt, sondern ins Gesicht: Weil da etwas war, das mich irritierte und aus einem Grund beschäftigte, den ich nicht benennen konnte. Oder doch? War das erotisches Geplänkel in üblicher Wirtshausmanier? Gast glotzt mechanisch attraktive Kellnerin an?

Nein.

Ging es um die Augenklappe, wie so häufig?

Störte Silvia sich daran? Verunsicherte sie mein Defekt? Schämte sie sich für mich in der Öffentlichkeit? Und wenn: Was ging's mich an?

Zum zweiten Mal an diesem Tag hatte ich mich zu etwas überreden lassen. Woher diese Schwäche? Was hinderte mich daran, meinen eigenen Plänen zu folgen? Aus welchem unbegreiflichen Zwang heraus verstrickte ich mich in Begegnungen, die von nichts als Lügen und versteckten Spielchen geprägt waren? Was war geschehen, dass ich mich innerhalb von zwei Tagen zwei Mal mit einer Frau traf, deren Identität ich sichergestellt hatte und die nach den bisherigen Ermittlungen in keinem beweisbaren Zusammenhang mit den Ereignissen um meine Person stand?

Worüber regte ich mich auf? Ich war Polizist, niemand hatte das Recht, mich so zu behandeln. Wer war hier der Verdächtige? Ich oder die Frau? Wer hatte die entscheidenden Fragen zu beantworten?

Wer log und trickste und erwartete, damit durchzukommen?

Noch nie in meiner Laufbahn hatte mich jemand mit einer derart billigen Masche hinters Licht geführt. Wen vermutete die Frau vor sich zu haben? Einen ausrangierten Exbullen? Einen aus der Spur geratenen Behinderten? Einen Idioten?

»Ich glaube, Sie wissen nicht mehr, wer Sie sind.«

Hundertprozentig hatte ich mich verhört.

»Was?«, schrie ich. »Reden Sie von mir?«

»Nicht so laut, bitte«, sagte sie.

Weder die beiden Männer noch die Kellnerin sahen zu uns her.

»Sie haben ...« Sie beugte sich näher zu mir. Ich schaffte es nicht, mich rechtzeitig zurückzulehnen. »Sie haben das Bier in einem Zug ausgetrunken, sind in sich zusammengesunken, wie jemand, der aus der Welt kippt. Sie wirken, als wären Sie nicht mehr anwesend, als wär ich nicht da, die Kneipe auch nicht, nichts mehr, sieht schrecklich aus. Sie sind noch blasser als vorher, sie zittern am ganzen Körper, merken Sie das nicht? Haben Sie Fieber? Soll ich mal fühlen?«

»Nein«, schrie ich.

»Bitte, Herr Oleander, bleiben Sie ruhig, schreien Sie mich nicht an, das mag ich nicht ...«

»Magda's mag das auch nicht«, lallte ich, keinesfalls betrunken. Ausgerechnet an den Namen des Lokals musste ich jetzt denken.

»Ich sollte Ihnen einen Tee bestellen«, sagte sie. »Aber den würden Sie eh nicht mögen. Lassen Sie uns einen Schnaps trinken, nur einen, der lenkt Sie ab von Ihrem inneren Aufruhr. Alkohol ist nicht immer die schlechteste Lösung. Das sag ich Ihnen als gestandene Apothekerin. Sind Sie einverstanden? Einen Klaren zur Entspannung? Ja?«

Wahrscheinlich hatte ich ja gesagt.

Kurz darauf stellte die Bedienung zwei Stamperl und zwei frische kleine Biere vor uns auf den Tisch.

»Aufs Leben.« Silvia Glaser wartete, bis ich mit ihr anstieß.

Wir kippten den Enzian und spülten mit einem Schluck Bier nach. Mein Glas war nur noch halb voll, als ich es abstellte. Hatte ich einen Aufruhr in mir? Und wenn, was bedeutete das? Dass ein wild gewordener Kerl in mir hauste und mich um den Verstand brachte?

War das auszuschließen?

Was schlossen wir aus, wenn wir einen Verdächtigen in der PI sitzen hatten, der nichts zugeben wollte und auf Zeit spielte? Wir ließen ihn schmoren und schlossen nichts aus – auch nicht, dass er eventuell schuldlos in die Sache hineingeraten und von der Situation überfordert war. Zumindest auf mich traf diese Überlegung zu. Der eine oder andere Kollege verfuhr weniger korrekt mit den Rechten und Pflichten des Verdächtigen; für so einen existierten praktisch keine Unschuldigen, es sei denn, die Beweise sprachen eine unwiderlegbare Sprache. Nachsichtig, so wurde ich hin und wieder gescholten. Das war ich nicht. Ich ließ mir bloß Zeit und meinem Gegenüber auch.

»Sie wollten mir etwas gestehen.« Sie leerte ihr Glas und betrachtete meins. »Wegen mir müssen Sie sich nicht zurückhalten, Herr Oleander.«

»Wieso haben Sie mich gerade so angestarrt? Weil Sie mich für einen Säufer halten?«

»Ich kenn Sie doch nicht, woher soll ich wissen, wie viel Sie normalerweise trinken? Ich hab Sie angesehen, weil ich Sie gern anseh.«

»So ein Unsinn.«

»Warum sagen Sie das?«

»Sie kennen mich so wenig wie ich Sie. Was gibt's an mir zu sehen, außer …« Ich zeigte auf die Augenklappe. »Und das ist keine Überraschung mehr für Sie.«

»Ich möcht was erfahren über Sie, über Ihr Leben, Ihren Beruf, Ihre Sehnsüchte.«

»Was soll das? Hören Sie mit dem Zeug auf. Wir sitzen hier, trinken Bier und Schnaps, plaudern, gegen meinen Willen übrigens. Ich weiß nicht, wieso ich mich habe breitschlagen lassen, Sie zu treffen. Regt mich auf. Treibt mich in den Wahnsinn, ehrlich gesagt.«

»Sie sind wenigstens ehrlich.«

»Im Gegensatz zu Ihnen.«

»Was meinen Sie damit?«

»Das Übliche, Sie tun so, als wäre alles ein Vergnügen …«

»Was für ein Vergnügen?«

»Unser Treffen, Ihr Anruf bei mir, der ganze Aufwand, den Sie treiben, um irgendwas zu erreichen, das ich nicht kapiere. Sie lügen, das sehe ich, Sie sind nicht schlecht darin, aber nicht gut genug. Was wollen Sie von mir? Raus damit, und wir nehmen noch einen Abschiedsdrink und sehen uns nie wieder. Sie sind dran.«

»Sie haben mir immer noch nichts gestanden. Erst sind Sie an der Reihe.«

Ich leerte mein Glas, hob es hoch in Richtung der Bedienung; sie nickte, ich gab ihr ein Zeichen, schon brachte sie zwei frische Biere. Prostlos trank ich einen Schluck; ich setzte das Glas ab und wartete und leerte es anschließend auf ex.

»Ihren Namen und Ihre Adresse habe ich aus unseren Akten«, sagte ich, mehr zum Tisch als zu ihr. »Sie wurden aus der Menge rausgezogen, weil Sie verdächtig waren, wahrscheinlich sind Sie es immer noch, Sie brauchen mir nichts vorzumachen. Frage: Haben Sie auf der Demo eine Flasche in die Reihen der Polizisten geworfen, ja oder nein?«

»Nein.«

Ich schaute sie an, eine Minute. Sie wich meinem Blick nicht aus.

»Ich glaube Ihnen nicht.«
»Warum denn nicht?«
»Wenn Sie unschuldig wären, säßen Sie nicht hier.«
»So einfach geht das bei Ihnen?«
»Manchmal.«
»Sie sind verwirrt.« Sie nahm das Glas, trank aber nicht. »Sie wissen nicht mehr, was wahr und was falsch ist. Sie wissen nicht mal mehr, wer Sie selber sind. Sie stehen auf verlorenem Posten, Herr Oleander, Sie sind allein, außerhalb der Gemeinschaft. Wär ich nicht hier mit Ihnen in diesem Lokal, würden Sie von allen guten Geistern verlassen durchs Niemandsland laufen, das Sie Ihr Leben nennen. Fragen Sie mich noch einmal: Bin ich diejenige, die die Flasche auf Sie geworfen und Ihr Augenlicht zerstört hat?«

Was scherte mich die alte Frau?

Ich stand auf und wäre fast über ihren Stock gestolpert, den sie an den Tisch gelehnt hatte. Was ich dringend brauchte, war eine Ladung kaltes Wasser und eine Gegend ohne Augen, die einen permanent angafften.

Auf dem Weg zur Toilette nahm ich die Binde ab und beschloss, mich so lange im Spiegel zu betrachten, bis ich mich übergeben müsste.

Es dauerte keine zehn Sekunden.

8

Was am siebzehnten Februar geschah

Wir saßen uns gegenüber. Ich presste die Lippen aufeinander, wie mein Kollege Gillis das immer machte, wenn er jemanden befragte und seine Ratlosigkeit angesichts der ihm präsentierten Realität zu verbergen suchte. In meinem Fall hielt ich aus einem anderen Grund den Mund geschlossen.

Nach meinem Anfall im Klo hatte ich ihn mir zwar ausgespült, doch der üble Geschmack klebte weiter an meinem Gaumen. Nach Aussage der Frau war ich eine Viertelstunde weg gewesen. Hatte sie auf die Uhr gesehen?

Vor uns die leeren Gläser und die ausgetrunkene Kaffeetasse, die die Bedienung stehen gelassen hatte. Vielleicht täuschte ich mich: Mir schien, die Apothekerin habe in meiner Abwesenheit ein wenig Rouge aufgetragen und behutsam den Lippenstift nachgezogen.

»Wie geht's Ihnen?«, fragte sie.

»Gut.«

»Das mit dem Schnaps war eine blöde Idee von mir.«

Ich lehnte mich zurück, aus Höflichkeit, wegen meiner Ausdünstungen.

»War Ihnen schlecht? Mussten Sie sich übergeben?«

Ich nickte, wandte den Kopf zum Lokal. Die Bedienung erwischte meinen Blick und streckte zwei Finger in die Luft.

»Für mich eher ein Glas Weißwein«, sagte Silvia Glaser.

»Weißwein und ein großes Bier«, rief ich und wischte mir über den Mund, verschämt, kindisch.

Das war ich nicht, sagte die Stimme in mir.

Wieder sah ich mein Spiegelbild vor mir, die grässliche Fratze in dem nach Desinfektionsmittel riechenden WC-Kabuff; meine rissigen, herunterhängenden Wangen, die knorrige Nase, die steingraue Haut, diesen abgenutzten Fetzen, der einen Totenschädel bedeckte; die Resterampe verdorrter Haare; den Kadaver meines linken Auges und das schmierige Braun meines rechten Auges, blutunterlaufen, das trostlose Sehorgan eines gestrandeten Bullen, der nirgendwo mehr dazugehörte.

Alles glasklar innerhalb von Sekunden – ich hatte es gerade noch in die Kabine geschafft, mich hingekniet und über die Schüssel gebeugt.

Danach, wie in Trance und von einer Art Schüttelfrost getrieben, schleppte ich mich zurück zum Waschbecken, taumelnd, würgend, mich selber verabscheuend. Ich drehte den Wasserhahn bis zum Anschlag auf, schaufelte mir mit beiden Händen eine Fuhre nach der anderen ins Gesicht, vermied jeden Blick in den Spiegel. Ich spülte den Mund aus, rieb mir mit dem Finger über die Zähne und wusste nicht, wohin mit meiner Scham. Wie sollte ich jemals einigermaßen aufrecht in die Gaststube zurückkehren? Wie mein Gesicht herzeigen, diesen Krater aus ungenießbarem Fleisch? Wie den Ekel überwinden, den ich empfand, wenn ich an mich selber dachte? Dazu benötigte ich nicht einmal den kleinsten Blick in den Spiegel, in ein Schaufenster oder die Augen eines anderen Menschen.

In diesen Minuten auf der Toilette einer von den Zeitläufen ramponierten Kneipe wollte ich nie wieder jemanden ansehen, mich nie wieder von jemandem anschauen lassen müssen.

Dann stürzte ich aus der Klotür und durchquerte mit zwanghaft gestrecktem Rücken den Raum und ließ mich auf meinen Stuhl fallen; faltete die Hände im Schoß und trug ein verkniffenes Gesicht zur Schau.

Nach der Bestellung sprachen wir kein Wort, wie vorher; wir sahen uns auch nicht an. Den unvermeidlichen Blick der Bedienung, als sie die Gläser hinstellte, ignorierte ich. Bestimmt würde sie gleich nebenan nachsehen. Womöglich hatte ich eine Sauerei hinterlassen.

»Auf Ihr Wohl«, sagte Silvia Glaser.

Wieder am Tisch zu sitzen kam mir irreal vor. Als wäre das, was soeben passiert war, gestern geschehen oder vor einer Woche. Als hätte ein unbegreiflicher Zeitsprung mich aus einer Gegenwart in die andere katapultiert, in eine, die mich nicht bedrohte oder aufscheuchte oder mich zu etwas verdonnerte, das mir widerstrebte. Da war ich. Und die Frau in der gelben Bluse, mit dem sommersprossigen Gesicht gehörte wie selbstverständlich dazu. Ich sah sie an, sie mich auch. Mir gefielen ihre runden, blauen, listig glänzenden Ohrstecker.

»Sie schmunzeln ja«, sagte sie.

»Nein.«

»Doch, das war ein Schmunzeln.«

Ich sah nicht weg. »Bin wahrscheinlich verwirrt, wie Sie gesagt haben.«

»Sind Sie's nicht?«

»Was?«

»Aus der Welt gefallen.«

Ein Unterton in ihrer Stimme machte mich wehrlos, ein Zittern, das ich bisher nicht wahrgenommen hatte, eine leise Andeutung von Unsicherheit.

Seit unserer ersten Begegnung zeigte sie mir gegenüber keine erkennbare Nachgiebigkeit. Ihre Worte trafen mich klar und entschieden, duldeten keinen Widerspruch. Selbst hinter ihren Fragen vermutete ich nicht Neugier oder echtes Interesse an einer Antwort, vielmehr schien sie nichts weiter als eine Bestätigung für das zu erwarten, was sie sowieso zu wissen glaubte.

Am Tisch im Magda's hatte sich ihr Tonfall geändert. Sie behauptete, ich wäre verwirrt und neben der Spur, doch es klang nicht überzeugend.

Was sie sagte, hörte sich an wie ein Schuldeingeständnis.

Ehrlich?

War mir diese Veränderung nicht längst aufgefallen und ich nur zu sehr mit mir selbst beschäftigt, um ihre Worte sacken zu lassen? Steuerte sie mit ihren Aussagen und ihrem Verhalten nicht unweigerlich auf ein solches Ergebnis zu: Dass ich verrückt sein *musste*, unkontrollierbar, unzurechnungsfähig, dem Kollaps nah? Legte sie sich ihre Schlussfolgerungen nicht selbst zurecht?

Wir unterhielten uns doch nicht! Sie redete – und hörte abrupt auf. So brachte sie mich dazu, ihr Dinge zu erzählen, die sie nichts angingen. Hatte sie mich nicht vom ersten Moment an manipuliert, in eine bestimmte Richtung gedrängt, hin zu einer fiesen Form von Offenbarungseid, mit dem ich ihr mein Leben vor die Füße schleuderte? Als stünde ich vor einem Richter, unschuldig, doch am Ende meiner Kräfte und bereit, meine Strafe anzunehmen? Damit der Prozess ein für alle Mal endete und ich in seliger Einzelhaft den Rest meiner Tage verbringen könnte – kein Spiegel weit und breit, keine Erinnerung ans Glück von einst.

Nein.

Nicht ich war der Schuldige, sie war die Schuldige. Deshalb saß sie doch hier. Ihre Stimme hatte sie verraten. Das war die Wahrheit. Ihre Vorhaltungen fielen zehn Mal auf sie zurück. Was hatte sie verbrochen?

»Sie sind die Frau«, sagte ich zwei Mal hintereinander, machte eine Pause, und noch ein drittes Mal: »Sie sind die Frau.«

»Welche Frau?«, wagte sie zu fragen.

»Die Frau, die mein Leben zerstört hat.«

»Diese Frau bin ich nicht«, sagte sie. »Bitte schreien Sie nicht wieder.«

Ich schwieg. Dann legte ich meine Hände nebeneinander auf den Tisch und ignorierte das Stechen im Rücken, mein vom Sturz in der Wohnung verbeultes, aufheulendes Gestell.

»Sie haben mich den Schreiber genannt«, sagte ich. »Meine Eltern, sie konnten nicht fassen, dass ich schon als Sechsjähriger Bleistift und Papier genommen und herumgekritzelt habe. Mit fünf konnte ich lesen, meine Großmutter las mir aus Bilderbüchern vor, sie zeigte auf die Zeichnungen und erfand Geschichten dazu. Das waren ihre Erfindungen, die reinsten Märchen. Hab mir jedes einzelne gemerkt. Bei jedem falschen Wort habe ich sie korrigiert. Ich war ein aufmerksamer Zuhörer. Bin ich immer noch, kann ich Ihnen gestehen.

Der Schreiber. Wie klingt das in Ihren Ohren? Lobend? Liebend? Gelobt, geliebt wurde bei uns niemand, war alles bloß Show. Glauben Sie mir, oder glauben Sie es nicht: Mit neun war mir alles klar, sie spielten ihr Spiel, und ich war ihr Spielzeug.

Mein Vater war Bürgermeister. Bad Hausbach. Ist Ihnen bekannt? Altstadt aus dem siebzehnten Jahrhundert, malerische Gegend, Zehntausende Touristen jedes Jahr, Kurgäste, Holzindustrie, Landwirtschaft, Lüftlmalereien an den Häusern, jeden Herbst der historische Trachtenumzug. Große Bühne für Lokalpolitiker.

Ging aufs Gymnasium, meinen Namen kannte jeder. Schon mein Großvater war Bürgermeister in Hausbach gewesen, so was vererbt sich. Meine Mutter wollte höher hinaus, hat sie auch geschafft. Sie kandidierte auf der Landesliste ihrer Partei und wurde auf Anhieb in den Landtag gewählt, gleich beim ersten Mal. Damals war ich sechzehn, alles lief prächtig. Keine Klagen. Niemand nannte mich mehr den Schreiber, ich war ein durchschnittlicher Schüler, gut in Deutsch, noch besser in Sport. Ich war der gefürchtetste Mittelstürmer der Stadt, unberechenbar, wieselflink, wendig, ich konnte ein Spiel lesen, wie man sagt.

Aus dem Schreiber war ein Leser geworden.

Lächerlich.

Wieso sie mich früher den Schreiber nannten? Ich habe alles mitgeschrieben. Dachten sie. Allen Ernstes. Als ich elf oder zwölf war und in meinem Zimmer saß und ganze Blöcke mit Sätzen vollschmierte, kam meine Mutter rein und sagte, ich solle das sein lassen; was ich täte, sei reine Zeitverschwendung; das mache man nicht, aufzuschreiben, was andere Leute redeten. Hab sie ausgelacht. Sie hätte mir eine runtergehauen, wenn das noch erlaubt gewesen wäre. In unserem Haushalt war das verboten, politisch unkorrekt, wie meine Eltern meinten. Nur Proleten schlugen ihre Kinder, hieß es, hab im Duden nachgeschlagen, was das Wort bedeutet. Proleten. Liberal und konservativ, das war die Linie der Partei; meine Eltern lebten für die Partei.

Was ich aufgeschrieben habe, handelte tatsächlich von den Leuten um mich herum, den Erwachsenen. Ich notierte, was ich so aufschnappte, und veränderte es, erfand Geschichten, wie meine Oma, und amüsierte mich. Das Erfundene war wesentlich spannender als das wirkliche Gerede. Richtige Romane habe ich mir ausgedacht. Entweder war ich auf dem Fußballplatz, oder ich schrieb in meinem Zimmer seitenweise Zeug nieder. Das Schreiben machte mir Freude, ich verfolgte kein Ziel, ich kam dann einfach gut zurecht mit mir, verstehen Sie? Im Gegensatz zu anderen war ich kein geselliger Typ, auch nicht in der Mannschaft, auf dem Platz; ja, ich passte auf meine Mitschüler auf, fühlte mich als Teil des Teams, stellte mich in den Dienst des Clubs, der Klasse, des Vereins. Außerhalb blieb ich lieber für mich.

Im Jahr vor dem Abitur löcherten sie mich mit Fragen nach meiner Zukunft.

Mein Vater meinte, ich solle Jura studieren und in die Politik gehen, wie er und meine Mutter. Was bewirken in der Gesellschaft. Mittun am großen Gefüge und so. Eventuell auch Journalismus, überlegte meine Mutter, ich hätte doch Talent, würde schon seit meiner Kindheit gern schreiben und lesen und Interesse an der Welt um mich herum zeigen.

Das stimmte. Die Welt um mich herum interessierte mich sehr, hauptsächlich beschäftigten mich solche Fragen: Wie schafften es die Menschen, mit ihren Lügen durchzukommen? Wegzuschauen, wenn was Schlimmes passierte? So zu tun, als ginge sie der Rest der Welt nicht das Geringste an? Woher hatten sie ihr Talent fürs Lügen? Warum kam ihnen niemand auf die Schliche? Und wenn doch, woher kannten sie all diese Schlupfwinkel, durch die sie flugs entwischten?

Um Gerechtigkeit ging's mir, glaube ich, nur am Rande. Ich wollte wissen, wie das Spiel funktionierte, wie die Spieler tickten, wer wann welchen Ball wohin spielte, wie man unbemerkt foulte. Kann Ihnen nicht erklären, woher dieses Interesse bei mir kam.

Kindheit, Elternhaus, zu genau hingeschaut – wer weiß? Dieses Beobachten und Hinhören wurde zu meinem Hobby, mein einziges außer Fußball, an anderen Interessen mangelte es mir. Was also sollte ich werden?

Abiturnote: Drei Komma vier. Nicht gerade überragend für den Sohn des Bürgermeisters einer fast berühmten Kurstadt und einer regelmäßig in den Zeitungen auftauchenden Landtagsabgeordneten.

Hatte mich entschieden, zur Polizei zu gehen. Das sagte ich zwei Monate nach dem Abitur zu meinen Eltern. Zur Bundeswehr wollte ich auf keinen Fall. Ein Freund aus unserer Mannschaft, Georg, der Torwart, brachte mich auf die Idee. Sein

Vater war Polizist. Georg wollte Tierpfleger werden und wurde es auch. Eines Tages besuchte ich seinen Vater in der Inspektion in Hausbach. Von ihm bekam ich Informationsmaterial und ein paar Tipps, was die Vor- und Einstellungsgespräche betraf. Ich las die Broschüren intensiv durch. Die Sache war gebongt. Meinen Eltern missfiel die Entscheidung, ihrer Meinung nach sollte ich »was Besseres werden«. Kuriose Haltung für ein Politikerehepaar. Sollten sie ihre Staatsorgane nicht wertschätzen und sich wünschen, dass engagierte Frauen und Männer ihnen dienten, um den Staat oder die Gesellschaft zu »was Besserem« zu machen?

Ist nur Spaß.

Was ich sagen will: Ich war noch kein halbes Jahr in der PI 22, da stand eines Morgens mein Chef Wilke in der Tür, während ich mit dem Abtippen und Korrigieren der Protokolle aus der Nachtschicht beschäftigt war. Minutenlang schaute er mir zu. Ich ließ mich nicht stören. Irgendwann fragte er, was ich da machte, ich sagte, das siehst du doch; er meinte, ich würde die Hingabe einer Protokollantin an den Tag legen, so akribisch, wie ich mich mit den Texten beschäftige. Ich sei ja der reinste Schreiberling, äußerst selten im Polizeidienst, den Papierkram würde niemand gern erledigen, nicht mal er.

Als ich fertig war und die Blätter sorgfältig in die entsprechenden Ordner geheftet hatte, habe ich ihm erklärt, dass ich viel beobachten und bemerken würde, weswegen ich hinterher auch mehr als andere zu protokollieren und zu verbessern hätte. Lohnt nicht die Mühe, meinte er beim Rausgehen. Ist seine Einstellung, nicht meine.

Sie, Frau Glaser, geben vor, mich zu beschreiben, aber das tun Sie nicht, Sie beschreiben die ganze Zeit sich selber. Geben Sie's zu, das sind Sie mir schuldig.«

Ich sah, wie ihre Augen wässrig wurden. Sie schlug die Hände vors Gesicht und drehte sich zur Seite, zum Fenster hin, vor dem es dunkel geworden war. Missgestimmt wandte ich mich zur Gaststube und schaute zur Theke, hinter der die Bedienung zwei Flaschen parallel in schräg gestellte Weißbiergläser leerte.

Sie schweigen, wenn sie nicht weiterwissen. Sie starren einen an oder lassen ihre Blicke durchs Büro schweifen, als wären sie auf der Suche nach dem Stern der Erleuchtung. Es war nie *unsere* Zeit, die sie verschwendeten, es war ihre; später zählte jede Minute doppelt, wenn die Wahrheit herauskam und wir sie ihre Geschichten noch mal von vorn erzählen ließen.

Mir machte niemand was vor.

Womöglich glaubte die Frau, ich wäre beleidigt – meine Laune war auf dem Nullpunkt, das war alles. Ich drehte mich wieder zum Tisch. Im selben Moment sagte sie:

»Ich hasse Polizisten, ihr seid alle gleich.«

Sofort kam Stimmung in mir auf. »Einen so dummen Satz hätte ich Ihnen nicht zugetraut«, sagte ich. »Und ich weiß schon, dass wir alle gleich sind, Sie wiederholen sich.«

»Ich wiederhole mich, sooft es mir passt. Sie haben keine Ahnung, Sie urteilen, ohne Kenntnis der Umstände. Sie laufen stur durch die Welt, und was Sie anrichten, ist Ihnen scheißegal.«

»Beschimpfen Sie mich, ich höre eh nicht zu, ich will nicht mal wissen, wieso Sie plötzlich so sind.«

»Wieso ich so bin? Plötzlich? Sehen Sie das Ding da, sehen Sie das mit Ihrem gesunden Auge? Eins reicht doch zum Hinschauen. Das nennt man Gehstock, der ist aus Aluminium, sehr stabil, gibt mir Halt. Wissen Sie, warum ich Halt brauch? Weil ich kaputt bin, weil mein Körper nicht mehr der ist, der er mal war. Weil meine Hüfte beschädigt ist, mein Rücken. Doppelter Schlüsselbeinbruch, Schulter ausgekugelt. Fünf Mal wurde ich operiert, beide Beine mussten geschient werden, acht Wochen Reha, ich ging auf Krücken. Innerhalb eines Monats bin ich um fünf Jahre gealtert. Da drinnen. Ich war keine Frau mehr, ich war eine menschliche Gerätschaft, überall Fäden und Klammern und künstliche Ersatzteile. Langweil ich Sie? Ist mir klar, dass so ein Schicksal euch am Arsch vorbeigeht ...«

»Was soll das, Frau ...«

»Mein Name ist Silvia Glaser, schon vergessen? Sie haben mich aus dem Computer gefischt? Warum noch mal? Wegen der Demo. Und weil ich verdächtig war. Stand da nichts über mein Leben in Ihrem Computer? Über die Ereignisse vom siebzehnten Februar? Nein?«

»Nein.«

»Das versteh ich nicht, Sie waren doch beteiligt an den Ereignissen, das muss doch vermerkt sein in den Akten der Staatsmacht.«

»Keine Ahnung, wovon Sie reden.«

»Sie haben es einfach überlesen. Und, Herr Oleander, im Grunde haben Sie Recht. Es ist ja gar nichts passiert, alles Einbildung. Ich war im Delirium, wahrscheinlich noch betrunken vom Vortag, völlig neben der Kappe, mit Alkohol im Blut, selber schuld an allem. Verständlich, dass darüber nichts in den Akten steht.«

Sie trank einen Schluck Wein und verzog das Gesicht. Schäbige Grimasse.

»Und sonst so?«, sagte ich. »Siebzehnter Februar, lang her. Und weiter?«

»Wollen Sie das wirklich wissen? Ich sag's Ihnen. Nichts, worüber Sie erschrecken würden, nichts Außergewöhnliches, Alltag für Sie. Eine Fahrradfahrerin stürzt und zieht sich ein paar Knochenbrüche zu. Wie oft passiert das in der Stadt? Zehn Mal am Tag? Zehn Mal in der Stunde? Plumpst auf den Asphalt, die blöde Kuh, und bleibt liegen.«

Ich musste an meinen merkwürdigen Traum denken, an die Interviews, die ich gegeben hatte, schweißgebadet in der Nacht, die Fahrradfahrerin, den Lastwagen ...

»Bin Schlangenlinien gefahren, das hat eine Zeugin der Polizei erzählt, und sie haben es geglaubt. Das Vorderrad hätt sich in einer Trambahnschiene verklemmt und ich hätt den Lenker verrissen. Freilich. Ich fahr ja erst seit ein paar Tagen mit dem Rad, bin Anfängerin, logisch. Haha. Eine alte Schachtel, die's noch mal wissen will. Deine Kollegen haben alles schön aufgeschrieben. Lauter beflissene Schreiberlinge, so, wie du einer bist. Die Verkehrsteilnehmerin Silvia G. verlor im dichten Verkehr auf der Barer Straße an einer wegen einer Baustelle unübersichtlichen Stelle die Kontrolle über ihr Fahrrad; sie blieb in einer Schiene der Verkehrsbetriebe hängen und stürzte zwischen zwei am Straßenrand geparkte Autos, wobei eines der Fahrzeuge durch das herumgeschleuderte Rad am linken Kotflügel beschädigt wurde. Und so fort, blabla.

Was deine Schreiber nicht geschrieben haben, ist, dass mich ein Streifenwagen in einem Affenzahn überholt und erst im letzten Moment das Martinshorn eingeschaltet hat. Ich bin so erschrocken. Ich hab den Lenker verrissen. Da war der Wagen schon um die Ecke in der Nordendstraße. Die Leute haben gesagt, ja, da war ein Polizeiauto, mit Blaulicht, aber die Radlerin sei viel später gestürzt.

Lügnerei.

Kannst du mir folgen? Die Bullen haben mich von der Straße gefegt, das ist die Wahrheit. Ich bin noch weitergefahren, zehn Meter oder so, auf die Baustelle zu. Das Überholmanöver war vor der Baustelle. Der Streifenwagen kam angesaust aus Richtung Schellingstraße, ich hör den nicht, wie soll ich den hören? Vor mir, das hab ich auf die Entfernung gesehen, bohren zwei Arbeiter den Bürgersteig auf, Mordsmaschinenlärm. Das Straßenstück haben sie mit einem rotweißen Gitter abgesperrt, blaues Schild mit dem weißen Pfeil, dass man außen rum fahren soll. Kein Problem.

Ich seh das Schild von der Weite, stell mich drauf ein. Da reißt mich das brutale Tuten der Polizeisirene voll aus meiner Konzentration. Wie aus dem Nichts kam der Wagen dahergeschossen. Dass ich nicht gleich gestürzt bin, ist eigentlich nicht zu erklären. Sie rasen an mir vorbei, natürlich auch an der Baustelle, was ich nicht mehr mitbekommen hab, weil ich wie unter Schock weitergeradelt bin. Mag schon sein in Schlangenlinien, kann mich nicht erinnern. Jedenfalls überquer ich die Straße und krach voll in die geparkten Autos rein. Weiß nicht, warum ich quer über die Straße bin, hab keine Erinnerung daran, hätt ja auch einfach umfallen können.

Die haben mich dermaßen erschreckt, die Bullen. Die haben das absichtlich gemacht. Die hätten einfach an mir vorbeifahren können. Wollten sie nicht. Wollten schauen, wie ich reagier. Freilich hab ich einen Schrieb von der zuständigen Polizeiinspektion gekriegt, die den Unfall aufgenommen hat, zwei Monate später. Da stand drin, dass eine Beteiligung eines Einsatzfahrzeugs des Münchner Polizeipräsidiums am Unfallhergang ausgeschlossen werden kann. Keine relevanten Hinweise oder Zeugenaussagen, die einen entsprechenden Verdacht bestätigen könnten. Aus die Maus. Der Krüppel hat seine Schuldigkeit getan, er kann weghinken.

Wie findest du übrigens meinen Stock? Sieht aus wie Bernstein, findest du nicht? Der Stock selber, schau hin, ist auf Hochglanz poliert, wie ein Auto oder deine Schuhe. Die Farbe ist angeblich kirschbaumähnlich. Mag schon sein. Leider vertrag ich Kirschen nicht, hab eine Allergie gegen Steinobst.

Also, Oleander, jetzt weißt du, warum in deinen Akten nichts über mich steht, außer mein Name und meine Adresse, alles andere geht euch am A. vorbei.«

Ihr Lächeln verschwand beim nächsten Schluck aus dem Weinglas.

In der Stille wurde mir bewusst, wie leise sie gesprochen hatte, emotionslos, als hätte sie nur Bericht erstattet, als wäre von jemand anderem die Rede gewesen.

Das kam mir vertraut vor.

»Es tut mir sehr leid«, sagte ich.

Sie tunkte ihren Blick ins Weinglas.

»Darf ich Silvia sagen?«

Nach einem Schweigen: »Sag Via.«

»Fremdeinwirkung wurde also ausgeschlossen.«

Sie nickte.

»Seitdem hasst du die Polizei.«

Sie saß da, beide Hände um das Glas gelegt, den Kopf gesenkt. An der Theke klirrten Gläser. Die zwei männlichen Gäste, die mittlerweile hereingekommen waren, unterhielten sich mit gedämpften Stimmen, ein dritter, allein am Tisch, las Zeitung und löste Kreuzworträtsel.

Auch wenn es ihr nicht richtig gelang, hellte ein Lächeln ihr Gesicht auf. Sie anzuschauen, fiel mir auf einmal leichter.

»Das hat mich nicht befreit, wütend zu sein, zu hassen, meine Wut rauszuschreien und Leute zu beschimpfen, euch alle. Hat mir nichts genützt. Der Stock ist immer noch da. Mein Partner hat mich verlassen, weil er als Geschäftsmann keinen Krüppel an seiner Seite brauchen kann. Hab der ganzen Welt die Schuld gegeben und bin nur noch krummer und verbitterter geworden. Du? Sag mir, wie man lebt, wenn plötzlich alles anders ist. Du hast es doch gelernt. Gib mir einen Rat, ich bitt dich drum. Ich weiß gar nicht, wie du mit Vornamen heißt.«

»Kay«, sagte ich.

»Kay«, sagte sie. »Geh nicht weg.«

9

Frau Kalaschnikow Nummer fünf

Wo hätte ich hingehen sollen? Wo war ich hergekommen? Seit wann saßen wir wie zwei Vertraute im Eck? Wie lange hielt die Frau schon meine Hand, und ich ließ es zu? Unsere Hände auf dem Tisch, neben den leeren Gläsern, ihre linke und meine rechte Hand. Wir saßen aufrecht, soweit uns das bei unseren Gebrechen möglich war, und kamen uns nicht näher. Was passierte, war für meine Verhältnisse Nähe genug.

Offensichtlich traute die Bedienung sich nicht, uns zu stören.
Wobei?

War ich in den Augen von Via Glaser bisher neben der Kappe gewesen, so musste sie mich inzwischen für unzurechnungsfähig halten. Eine andere Erklärung für meine Verwandlung gab es nicht. Seit drei Tagen, als mich mein Kollege Kolbek in der PI auf die Befragung eines verdächtigen Paares am Rand der Demo hingewiesen hatte, spukten mir Name und Adresse der beteiligten Frau im Kopf herum. Und das soll zu der absolut überzogenen Aktion geführt haben, an einem Sonntag bei lausigem Wetter durch die Stadt zu rennen, bis vor das Haus der Frau?

Was?

Von einem Besuch konnte keine Rede sein. Nichts weniger, als sie anzusprechen, hatte ich vorgehabt. Ich hatte überhaupt nichts Bestimmtes beabsichtigt.

Ehrlich?
Nein!
Ja, ich war nirgendwo anders als komplett neben der Spur.

Komplett.

Ich wusste es, und Silvia Glaser hatte es schon gestern gewusst. Dennoch kam ich von der Vorstellung nicht los, sie sei die Täterin. Wieso denn auch sonst hätte ich mich bereiterklären sollen, sie zu treffen? Sie war vor Ort gewesen, versteckt in der Menge, begleitet von einem Mann, der eingeweiht war und sie schützte. Natürlich hatten sie vorab alles besprochen; ein eingespieltes Team und nicht zum ersten Mal auf einer Demonstration. Die Flasche trug sie versteckt unter dem Mantel; sie war von kleiner Gestalt, niemand beachtete sie, der Mann neben ihr deckte sie; sie lauerten auf den passenden Zeitpunkt. Dann, wie auf ein Zeichen hin – oder gab es das Zeichen, und wir hatten es nur nicht bemerkt? – pöbelte eine Handvoll Demonstranten sich gegenseitig an. Die marschierende Menge geriet aus dem Gleichgewicht, Leute schlugen aufeinander ein. Kurzfristig verloren wir die Übersicht, verließen unsere angestammten Plätze, brauchten zu lange, um den Pulk zu beruhigen. Da lag ich schon am Boden, alles vorbei.

Bei der Sicherheitskontrolle präsentierte die Frau eine neue Flasche, unzerstört und noch halb voll, was sonst? Ihre läppischen Erklärungen waren nicht zu widerlegen; die Kollegen hatten das Paar auf Verdacht herausgezogen, reine Routine. Die Fotos und Daten verblieben im INPOL-System, wo sie vorerst nicht gelöscht werden würden, entgegen der Gesetzeslage. Sollte der Begleiter der Frau, ein Lehrer, wie ich der Datei entnommen hatte, uns einen dieser eifrigen Rechtsanwälte ins Haus schicken, würden wir einen Irrtum anführen, auf die Berge von Arbeit nach einer derartigen Großveranstaltung verweisen und den Fehler korrigieren.

Routine.

Und nun, wie nach einer Gehirnwäsche, hielt ich mit der Täterin Händchen in einem ehemaligen Stammlokal von Polizisten? Lachte sie sich im Stillen über mich kaputt? Wieso lachte *ich* mich nicht über mich kaputt?

Ich war kein Polizist mehr.

Ich war ein Schoßhündchen. Ließ mich tätscheln und einlullen von mitleiderregenden Geschichten. Ein Streifenwagen hätte ihr Leben zerstört! Einer, der so schnell fuhr, dass ihre Augen nicht hinterherkamen. Ihre Angaben über den Fahrtweg des Einsatzwagens blieben widersprüchlich, genau wie ihre Aussagen zum Hergang des Sturzes. Der Anwalt, den sie hinzugezogen hatte, um Schadensersatzforderungen geltend zu machen, hatte das Mandat nach Einsicht der Aktenlage niedergelegt.

Nachvollziehbar.

Vor mir saß eine mutmaßliche Lügnerin und Täterin. Und ich hielt ihre Hand und verstrickte mich innerlich in Bekenntnisse, deren Glaubwürdigkeit mir zunehmend abhandenkam.

Das durfte nicht sein, sagte ich mir und hätte beinah angefangen zu lachen.

Mir war nicht danach zumute. In mir hing ein Gewicht, das schwerer und schwerer wurde und mich nach unten zog, unter den Tisch und tiefer, irgendwohin ins fernste Verlies, das dieser Tag für mich bereithielt.

Ein niederschmetternder Gedanke hämmerte in meinem Kopf: Du darfst die Hand der Frau nicht loslassen, sonst stürzt du in einen Krater, dunkler als die Dunkelheit in deinem linken Auge. Und nie wieder Licht. Nicht der winzigste Funken.

Den Schrei, den ich ausgestoßen hatte, realisierte ich erst, als ich die Blicke der beiden Frauen und der fünf Männer im Raum bemerkte. Alle schauten mich an, stumm, aus armseliger Neugier, keiner rührte sich.

So eine schöne Stille.

Ich betrachtete meine Hände, hielt sie mir vors Gesicht und verstand die Geste nicht. Meine Finger zitterten. Ich sah die Linien auf der blassen Haut, die etwas bedeuteten, das ich vergessen hatte und woran ich in diesem Augenblick glaubte.

Ja, in den Palm meiner Hände war eine Geschichte eingeschrieben, die von mir erzählte, von niemandem sonst; folgte ich ihr, würde ich nicht verlorengehen.

»Kann ich dir helfen?«, fragte die Frau am Tisch. Fünf Sekunden später fiel mir ihr Name wieder ein.

»Ja«, sagte ich.

Nichts geschah.

Die Bedienung, die wieder am Stammtisch saß, die beiden Stammgäste und die Männer am Zweiertisch nahmen ihre Gespräche immer noch nicht auf. Der dritte Gast versteckte sein Gesicht hinter der Zeitung.

Die Arme ausgebreitet, wie ein Pfarrer in der Kirche, hockte ich auf meinem Stuhl, ließ meinen Blick schweifen und empfand Erleichterung, als ich bei Via ankam. An ihren Ohren schimmerten die Steine, in der Farbe ihrer Augen, die auf mich gerichtet waren. Ein leises Klirren ertönte aus der Gaststube, zwei Gläser stießen aneinander – wie ein Zeichen zur Rückkehr in die Normalität.

»Nichts ist mehr, wie's mal war, stimmt's, Kay?«

Ihre Stimme hätte eine Antwort verdient; mir fielen die Worte nicht ein.

»Wollen wir etwas zu essen bestellen?«, fragte sie.

»Nein.«

»Ich bin froh, dass du wieder sprichst. Frag mich was. Bitte.« Sie streckte die Hand aus.

»Der Mann an deiner Seite«, sagte ich. »Was hast du mit diesem Lehrer zu schaffen?«

»Danke, dass du ihn erwähnst.« Sie zögerte und schaute weg. »Er ist, glaub ich, ein böser Mensch, ein sehr böser Mensch.«

Holger Kranich – im selben Alter wie Silvia Glaser – arbeitete an einer Grundschule in Aubing, Ausländeranteil: mehr als siebzig Prozent. Er und die ehemalige Apothekerin lernten sich auf einer Versammlung der Neuen Volkspartei Deutschland in einer Thalkirchener Gaststätte kennen. Kranichs Name stand auf der Rednerliste. Sein Vortrag, meinte Via, habe sie beeindruckt, auch wenn sie manche Ausdrücke drastisch und gemein fand, zumal seine Ausführungen hauptsächlich Kinder betrafen. Angeblich habe er sie »unhygienisches Ungeziefer« genannt, dies, so habe er behauptet, sei vor allem an die Eltern gerichtet, weniger an die Schüler selbst.

»Wieso bist du nicht aufgestanden und gegangen?«, fragte ich. »Oder hast ihn nicht angemessen zurechtgewiesen.«

»Das ging alles so schnell«, meinte sie. »Über die Kinder kam er zu den Eltern und von den Eltern zum Staat, der zugelassen hat, dass diese Leute unser Sozialsystem schröpfen, die Polizei würd sie schützen, anstatt den Deutschen beizustehen, die sich gegen den Einmarsch der Fremden zur Wehr setzen müssten.«

Auch wir waren mehrfach zu solchen Einsätzen gerufen worden: Bürgerproteste vor Asylbewerberheimen, Schlägereien unter Geflüchteten oder Angriffe gegen das Wachpersonal, Aufmärsche rechter Gruppen vor dem Innenministerium oder vor jüdischen Einrichtungen. Beschimpfungen, Beleidigungen. Die Polizei der Knecht der feigen, von ausländischen Mächten manipulierten Regierung.

Das Übliche.

Vielleicht hätte ich mir in der Abschlussprüfung zum Polizeimeisteranwärter den Satz sparen sollen: »Als eine meiner

Aufgaben sehe ich den Schutz der Gesellschaft vor den Aktivitäten von Neonazis und deren Mitläufern.«

Was genau mich an diesem Tag dazu veranlasst hatte, eine derart unnötige und provokante Formulierung in den Abschnitt »Persönliche Bemerkungen und Anregungen« zu kritzeln, blieb mir ein Rätsel. Eventuell spielte die wieder aufgeflammte Berichterstattung über das etliche Jahre zurückliegende Attentat auf das Oktoberfest mit dreizehn Toten und mehr als zweihundert zum Teil Schwerstverletzten eine Rolle.

Dass ein Einzelner, wie es offiziell hieß, den Anschlag verübt hätte, wurde mehr und mehr nicht nur von eher links eingestellten Journalisten bezweifelt; auch unter Politikern und in der Bevölkerung mehrten sich Forderungen nach weiteren Ermittlungen, nicht zuletzt aufgrund überzeugender Hinweise auf Hintermänner aus der rechtsradikalen Szene.

Ursprünglich hatten drei Freunde und ich geplant, an jenem unheilvollen Freitag auf die Wiesn zu gehen und den Abschluss unserer ersten Prüfungen zu begießen. Dann musste einer von uns seinen bei einem Autounfall verletzten Eltern beistehen, und wir verschoben den Ausflug. Wer weiß – vielleicht wären wir nicht mehr am Leben. Die Bombe explodierte zu der Zeit, als die meisten Besucher den Heimweg antraten und auf den Haupteingang des Festgeländes, den Tatort, zuströmten.

Abgesehen von dieser beklemmenden Erfahrung und der furchteinflößenden Vorstellung, um ein Haar einem Terroranschlag entgangen zu sein – dieses Ereignis und seine Folgen hatten mich weiter beschäftigt. So unpolitisch ich mich nach außen hin verhielt, so las ich doch einigermaßen regelmäßig Zeitungen und verfolgte Nachrichtensendungen im Fernsehen.

Zu meiner Überraschung verlor mein Ausbilder kein Wort über meine unübliche Meinungsäußerung in der Prüfung;

meine Note, das war klar, verbesserte sich dadurch nicht. Ungefähr eineinhalb Jahre später – ich tat bereits Dienst in der PI 22 – fragte mich mein damaliger Vorgesetzter, ob es stimme, dass ich ein Linker sei. Verdattert brachte ich keinen Ton heraus. Dann haute er mir auf die Schulter und meinte, solche müsse es auch geben, wenngleich nicht unbedingt bei der Polizei. Damit war das Thema für ihn erledigt. Eine Zeitlang kam ich mir ausgehorcht und bespitzelt vor.

Ich ein Linker! Megawitz.

»Verurteilst du mich jetzt?«, fragte sie.
»Seit dieser Veranstaltung seid ihr ein Paar.«
»Wir sind kein Paar, ich war mit diesem Geschäftsmann zusammen, das hab ich dir doch erzählt, der mich verlassen hat, weil ich ein Krüppel geworden bin.«
»Du bist kein Krüppel.«
»In seinen Augen schon.«

Ludger Heise von Heise-Moden in der Theatinerstraße, ein Traditionsgeschäft in dritter Generation; die vierte existierte zwar, verweigerte aber laut Klatschexperten der hiesigen Boulevardzeitungen die Staffelübernahme. Heise war fünfundsiebzig und das, was man früher rüstig nannte. Er kraxelte auf Berge, fuhr Ski; jeden Morgen um acht sperrte er seinen Laden auf, servierte bei Besuchen von Reportern Espresso und Champagner; plauderte über seine arabischen Stammkunden und hielt seine tadellos implantierten Zähne ins Blitzlicht. Seit zehn Jahren geschieden, zeigte er sich hin und wieder mit einer ebenfalls ungebundenen oder verwitweten Geschäftsfrau auf Theaterpremieren und Luftbussi-Empfängen.
Nach dem Ende einer extrem virenlastigen Zeit hatten Mitglieder des Münchner Gesellschaftslebens – Hennen wie Gockel – das aus der Not entstandene Ritual beibehalten und

knutschten, anstatt sich auf die Wangen zu küssen, lieber die Luft nebenan.

In Phasen großer Einsamkeit oder aus Lust und Laune nahm Heise gern die Dienste käuflicher Damen in Anspruch und besuchte einschlägige Clubs. Einmal geriet er in eine Polizeirazzia. Sein Name gelangte nicht an die Presse, machte aber im gesamten Präsidium schneller die Runde als seinerzeit die Meldung der Kollegen von der Sitte, ein weltberühmter Tenor sei in einem Schwulenlokal bei der Ausübung bestimmter Praktiken vom Andreaskreuz gefallen und habe sich die Schulter ausgekugelt.

Nachdem sie mir seinen Namen verraten hatte, behielt ich meine Kenntnisse über das Privatleben des Geschäftsmannes für mich.

»Wie bist du an den geraten?«, fragte ich.

»Hab ihm zwei Burger, eine doppelte Portion Pommes frites und zwei Flaschen Bier geliefert.«

Sie verstummte, sah mich an.

»Leuchtet ein«, sagte ich. »Wie hättest du ihn sonst kennenlernen sollen?«

»Wollt ihr noch was?«

Die Miene der Bedienung hatte sich verändert, sie wirkte gelangweilt, müde.

»Habt ihr noch einen anderen Weißwein?«, fragte Silvia.

»Der macht dich auch nicht glücklicher ...«

»Dann nehm ich noch mal denselben.«

»Ein Bier«, sagte ich.

»Ein Bitte ist nie verkehrt.«

»Bitte ein Bier, Fräulein.«

»Noch so ein Fräulein, und es gibt Ärger.« Sie nahm die leeren Gläser mit.

»Sie hat gehofft, wir essen was«, sagte Silvia.

»Hab meine Apotheke schließen müssen, zu wenig Geschäft, kannst du das glauben? Eigentlich eine pfundige Lage, Grashofstraße, zentral, viele Geschäfte ringsum, U-Bahn, S-Bahn. Allerdings: acht Apotheken im Umkreis von einem Kilometer, teilweise riesige Läden, hell, modern, keine altertümlichen Schränke wie bei uns. Die Apotheke, die ich geleitet hab, wurde 1923 eröffnet. Für mich war es eine Ehre, die berühmte Grashof-Apotheke zu übernehmen. Die Zeiten ändern sich. Keine Grippewelle hat mich gerettet. Die Leute kommen zu uns, lassen sich beraten, kaufen was für drei Euro und bestellen den Rest im Internet. Auf dem Land geht das Apothekensterben noch schneller.

Was machst du mit Ende fünfzig und arbeitslos? Ich hatte ein Angebot aus Planegg, eine Kollegin hörte aus Altersgründen auf, sie fragte mich, ob ich übernehmen möchte. Hab abgelehnt. Eine Kollegin aus Ramersdorf rief mich an und meinte, sie könnte Hilfe gebrauchen, sie seien auf Hausbesuche spezialisiert, lieferten alten Menschen die Medikamente in die Wohnung. Schöne Idee. Ich hatte ein Auto, ein Fahrrad, hab zugesagt und bin nach einem Monat wieder ausgestiegen. Nicht wegen der Fahrerei, wegen des Jobs an sich.

Ich war vierundzwanzig Jahre lang selbstständige Apothekerin. Vier Angestellte. Alle Segmente, auch Homöopathie und Naturheilverfahren. Und dann strampele ich mich als Hilfsarbeiterin ab, auch samstags und sonntags. Nein, so wollt ich nicht sechzig werden. Also hab ich mich umgeschaut, Anzeigen studiert, mir überlegt, was mir Freude machen würd, ein bisschen menschlichen Kontakt, aber nicht zu viel. An der frischen Luft sein, wär auch nicht verkehrt, und so kam ich zu EasyEating.«

»Bei denen haben wir in der PI auch schon öfter was bestellt«, sagte ich.

»Hat's geschmeckt?«

»Weiß ich nicht mehr.«

»Sie haben mich genommen, trotz meines Alters. Ich bin fit, ich bin schnell, hab ein eigenes Fahrrad, ein Auto, ich liefere zuverlässig, mach keine Umwege, wechsel ein paar Worte mit den Kunden, krieg gutes Trinkgeld. Alle sind zufrieden.«

An einem Samstagabend im November klingelte Via Glaser an einer Tür in der Barbarossastraße in Bogenhausen. Es goss wie aus Kübeln; sie hatte Probleme mit dem Navi gehabt; in der Richard-Strauss-Straße wäre sie beinah mit einem Linienbus kollidiert. Der ganze Tag, erzählte sie, war ein einziges Chaos, hirnverbrannte Verkehrsteilnehmer, knickrige Kunden, genervte Kollegen. Ein älterer Herr in einem hellbraunen Hausmantel öffnete ihr die Tür. Nach kurzem Begrüßungsgeplänkel bat er sie herein. Hohe Wände, Teppichböden, Skulpturen, ein Kronleuchter, die Einrichtung stilvoll und steril, ihrer Empfindung nach. Sie überreichte ihm die Tüte mit dem Essen, er drückte ihr fünfzig Euro in die Hand, stimmt so! Achtundzwanzig Euro Trinkgeld. Die Burger mit ihm zu teilen, lehnte sie ab, aber der Grappa schmeckte samtig und edel und versöhnte sie mit dem biestigen Tag.

Beim zweiten Grappa trank er mit. Es wurden fünf an diesem Abend. Sie blieb über Nacht. »So was hab ich zum letzten Mal mit achtzehn gemacht«, sagte sie.

In der Adventszeit nahm er sie auf den Weihnachtsmarkt im Innenhof des Rathauses mit. Hinterher lud er sie zum Essen bei einem befreundeten Gastronomen ein. Zu Weihnachten – Heiligabend und den ersten Feiertag verbrachte er bei seinen Söhnen und Enkeln am Chiemsee, während sie allein war, »gern und freiwillig« – schenkte er ihr eine roséfarbene Halskette aus 585er Rotgold mit eingearbeiteten Diamantsteinchen. Dezent, doch unübersehbar. Sie trug das Schmuckstück bei einer Einladung von Heises Geschäftsfreunden am ersten Januar. Bei diesem Essen stellte er sie als seine »Herzensbegleiterin« vor. Sie lernte fünf ältere Männer kennen, deren Freundlichkeit, wie sie fand, einen krassen und erheiternden Gegensatz zu den »Kalaschnikowblicken ihrer Ehefrauen« bildete.

»Weißt du«, sagte sie, und die Erinnerung schien sie zu amüsieren, »vielleicht ist eine von denen auf der Barer Straße unterwegs gewesen, als ich dahergeradelt kam, sie hat mich erspäht und, zack!, ihr Blick fegte mich vom Sattel und gegen die geparkten Autos. Was meinst du? Vielleicht waren deine Kollegen gar nicht schuld. Sondern Frau Kalaschnikow Nummer fünf.«

Ihr Lächeln verunglückte auf ihren schiefen Lippen.

»Und die Kette?«, fragte ich.

»Hab ich ihm zurückgegeben. War wahrscheinlich nicht die Erste, die das getan hat.«

»Ein dummer Mann.«

»Du?«, sagte sie. »Hab Angst, dir von dem anderen zu erzählen.«

Ich machte ihr einen Vorschlag.

10

Die Möwe und der Blaue

Es ging um nichts. Wir spielten zum Zeitvertreib im Nebenzimmer, schrieben nichts auf. Ich erklärte keine Regeln, nur diese: Jedes beliebige Feld galt als Ziel. Wer als Erster ins *Bull's Eye* traf, hatte gewonnen. Dann würde es eine Revanche geben.

So weit kam es nicht. Mit einem Auge spielte ich noch schlechter als früher. Silvia brachte den Pfeil drei Mal im *Triple Ring* unter, ich kein einziges Mal. Bei ungefähr jedem vierten Wurf prallte der Stahldart von der abgenutzten, an die Wand montierten, wackligen Sisalscheibe ab. Einmal schaute die Bedienung herein, schüttelte den Kopf und verschwand wieder.

Wir sprachen kein Wort. Silvia drei Pfeile, ich drei Pfeile, und wieder von vorn. In den Wettkämpfen mit meinen Kollegen wurde ich meistens Letzter. Kümmerte mich nicht. Ich mochte das Spiel. Nach der Schule hatten wir uns regelmäßig in einer Kneipe gegenüber dem Hausbacher Postamt verabredet und die Softdarts auf die Ringe gepfeffert, als käme es auf Kraft und Schnelligkeit an. Schon damals taugte ich als Werfer nicht viel. Jedenfalls konnte ich mich nicht erinnern, die Siegprämie von fünf Mark irgendwann einmal ausgezahlt bekommen zu haben. Auf verquere Art faszinierte mich das Spiel, es sah so einfach aus; alle Beteiligten waren mit kindhaftem Eifer dabei – fast wie englische Superprofis, bei denen jedes Übertreten der Wurflinie umgehend geahndet wurde.

»Ich kann nicht mehr.« Nach einer Dreiviertelstunde stützte Silvia sich mit beiden Händen erschöpft auf den Stock, der sie beim Spielen augenscheinlich nicht behindert hatte. »Wie wär's mit einem vitaminreichen Salat?«

»In diesem Lokal?«

Trotz meiner Warnung bestellte sie einen griechischen Salat – eine Anhäufung von Grünzeug, untermengt mit Brocken von Schafskäse, verschrumpelten Oliven, Peperoni und geviertelten Tomaten, getunkt in Öl und Essig. Sie schaffte die Hälfte, ich lehnte ihr Übernahmeangebot ab.

»Du musst was essen«, sagte sie.

»Wieso ist der Mann böse?«

»Dräng mich nicht.«

Sie schlug die Hände vors Gesicht und sah mich durch die gespreizten Finger an. »Ich war dumm. Ich war allein. Ich hab mir eingebildet, die Welt hat sich gegen mich verschworen, nicht nur gegen mich, auch gegen Freunde von mir. Freunde? Bin mir nicht mehr sicher. Ich wollt einfach was tun.«

Was sie tat, entsprach keiner tiefen Überzeugung, eher einem diffusen Gefühl, einer Ahnung, die ihr jemand eingepflanzt hatte. Eine weltweit vernetzte Gruppe raffinierter, reicher, elitärer Machthaber verfolge den Plan – so erzählte ihr eine gute Bekannte, mit der sie einmal einen Urlaub auf den Malediven verbracht hatte –, die gesamte Menschheit zu unterjochen, zu manipulieren und weitgehend auszurotten. Übrig bleiben sollte nur eine überschaubare Menge, einige Millionen Menschen, die leicht zu überwachen wären. Um dieses Vorhaben nicht zu gefährden, würden wir, hieß es in einschlägigen Internet-Foren, mit vergifteten Lebensmitteln und Chemtrails klein und dumm gehalten; selbstverständlich wären sämtliche Medien längst gleichgeschaltet.

Daran glaubte Silvia Glaser zwei Jahre lang. Sie ließ sich zu Mahnwachen für den Frieden überreden, folgte den Links in gewissen Online-Foren, die sie mit immer neuen, erschreckenden Informationen versorgten. Einmal in der Woche ging sie auf die Straße und hielt selbstgebastelte Schilder hoch: »Stoppt die Sklaverei!«, »Lasst die Kinder leben!«. Sie folgte einer Mission, deren Wahrheitsgehalt sie nicht hinterfragte.

»Ich war so dumm«, wiederholte sie. »Kinder werden entführt, eingesperrt und ermordet, um ihnen dieses Adrenochrom abzuzapfen. Für die ewige Jugend von anderen? Wer glaubt denn so was? Ich hab's geglaubt. Meine Bekannte, Amalie, die hat mir das eingeredet. Nein. Ich hab's mir selber eingeredet, ich hab doch ein Gehirn, ich kann selber denken. Warum hab ich's nicht getan, so lange Zeit?«

Auf einer ihrer Aktionen auf dem Marienplatz drückte ihr ein Mann eine Broschüre der NVD in die Hand, die Einladung zu einer öffentlichen Versammlung. Sie ging hin und traf auf Holger Kranich, den Lehrer. Seinen Rassismus, meinte Silvia, habe sie »von Anfang an verurteilt«. Gleichzeitig habe er ihr bestimmte Ideen der Partei »nahegebracht« – Volksabstimmungen nach Schweizer Vorbild, Direktwahl des Bundespräsidenten durch das Volk, zeitgemäße Medienpolitik. Sie habe ihm gern zugehört, nie habe er sich wie ein Agitator benommen.

»Er hat Kinder verunglimpft«, sagte ich.

»Und nicht nur das«, sagte sie nach einem langen Schweigen.

Die Pausen zwischen ihren Sätzen wurden länger, ihre Stimme brüchiger. »Ich glaub, er will nicht nur reden, sondern auch was machen, in der Realität. Er hat Kontakte zu Leuten, die im Hintergrund oder im Untergrund agieren. Er hat mich zu einem Treffen mitgenommen, in eine Kneipe in der Nähe des Tierparks. Fünf Männer, schwarze Klamotten, Mützen, Brillen, keine Regung, als ich reinkam. Holger stellte mich vor, keiner der Kerle nannte seinen Namen. Das Thema war eine

Demo auf der Theresienwiese, gegen Flüchtlinge, gegen Asylbewerber, gegen Sozialschmarotzer, wie sie sich ausdrückten. Hab mich furchtbar gefühlt, als würd mir jemand die Kehle zudrücken.«

Als ihr Freund Kranich vor die Tür ging, um eine Zigarette zu rauchen, folgte sie ihm und fragte, wieso er sie mitgenommen habe; sie habe gedacht, es wäre eine Parteiveranstaltung wie jede andere. Sie war neugierig und habe sogar überlegt – flüsterte sie mir im Magda's zu –, sich für einen Posten in der Partei zu bewerben, »Schriftführerin vielleicht«. Daraufhin legte Kranich den Arm um sie, drückte sie sacht an sich und sagte, sie könne das Aushängeschild der Gruppe werden; sie sei sympathisch, eine gestandene Frau mit bestem Aussehen, unbelastet, nicht vorbestraft. Die Partei und ihre Unterorganisationen bräuchten eine respektable Pressesprecherin, jemanden, den die Journalisten nicht vorverurteilten, sondern dem sie zuhörten und der fähig sei, die Anliegen der NVP »sachlich und verbindlich rüberzubringen«. Und der Gruppe aus dem Lokal, bei der er sie »extra eingeführt« habe, könne sie wertvolle Dienste erweisen, indem sie »den einen oder anderen Botengang« übernähme – gegen Bezahlung, das verstehe sich von selbst.

Einige Mitglieder der Gruppe, von denen an jenem Abend nur die Wortführer anwesend waren, würden von Staats- und Verfassungsschutz beobachtet; sie mieden weitgehend öffentliche Auftritte, seien ansonsten hinter den Kulissen »unermüdlich aktiv« und mit den Vorbereitungen zu einer »bedeutenden Aktion« befasst.

Traue sie sich eine solche verantwortungsvolle Aufgabe zu?, fragte Kranich im Hinterhof des Lokals. Sie wäre dann eine Geheimnisträgerin und würde im innersten Kreis der Bewegung fungieren.

»Welche Bewegung?«, fragte ich.

»Der Bewegung derer, die sich bewegen. Und nicht nur reden. Die Bewegung plant was.«

»Was?«

»Das weiß ich nicht.«

»Du bist mittendrin.«

»Ich tu nur so.«

»Was?«

»Bin weiter mitgelaufen, damit ich nicht auffall.«

»Wem willst du nicht auffallen?«

»Den Leuten um mich her, dem Kranich, dem Blauen und den anderen.«

»Wer ist der Blaue?«

»Weiß ich nicht. Der heißt so. Ich glaub, der ist bei den Löwen, irgendwas Wichtiges im Verein.«

»Einer von 1860?«

»Glaub schon.«

»Kannst du deinen Holger nicht nach dem Namen fragen?«

»Sie reden sich alle mit Spitznamen an.«

»Mit Decknamen.«

»Ja.«

»Holger?«

»Wird Möwe genannt, wahrscheinlich wegen seinem Nachnamen.«

»Und du?«

»Ich bin die Apo.«

»Außerparlamentarische Opposition. Perfekt.«

»Apothekerin.«

»Hast du schon Botschaften überbracht? Was planen die?«

»Hab gesagt, das mach ich nicht, ich kann das nicht, ich trau mich nicht. Niemand hat mich unter Druck gesetzt, auch Holger nicht; ein paar Mal wollt er mich noch überreden. Ich glaub aber, er ist auch nicht in alles eingeweiht.«

»Wieso bist du nicht zur Polizei gegangen?«
»Um mich selber zu belasten?«
»Du läufst weiter auf Demonstrationen mit.«
»Wenn ich was rausfinde, bist du der Erste, der's erfährt, ich versprech's dir.«
»Wieso?«
»Bitte?«
»Wieso vertraust du mir?«
»Kann ich dir nicht erklären.«
»Versuch's.«
Sie brauchte lange. »Vielleicht, weil du mir auch vertraust.«
Ich ließ Zeit vergehen.
»Ich bin mir nicht sicher«, sagte ich.
»Aber wir haben nur uns, von jetzt an.«
Sie war's nicht, dachte ich bei ihrem Anblick. Sie hatte die Flasche nicht geworfen.
Dann spürte ich eine Berührung. Ich schaute hin und sah, wie sie mit dem Zeigefinger Kreise auf meinem Handrücken malte.

ZWEITER TEIL

1

Geschorener Maulwurf

Zwei Tage lang verließ ich nicht meine Wohnung. Am ersten Tag saß ich am Küchentisch und wartete auf den Regen; er kam, schlug gegen das Fenster und machte weiter, bis es dunkel wurde. Ich tat nichts, was nach einer Tätigkeit aussah. Zwischendurch verfolgte ich im Fernsehen die Nachrichten. Hörte kaum zu, schaute kaum hin, stand im Zimmer, die Hände in den Taschen meiner Jeans, ließ die Stimmen aus dem Apparat in mich eindringen und wieder austreten. Auf dem Rückweg in die Küche hatte ich die Nachrichten vergessen.

Da war nichts Merkwürdiges an meinem Verhalten, im Gegenteil: Mir schien, als würde ich mich nach einer langen Zeit der Verirrung wieder der Normalität annähern; als wäre ich endlich nüchtern genug, meinen Zustand zu akzeptieren und die Ratschläge, die in den vergangenen Wochen auf mich eingeprasselt waren, ad acta zu legen und meinen eigenen Vorstellungen zu folgen.

Beflügelnd.

Was genau ich mir vorstellte, blieb erst mal offen. Wollte nur da sein, Herrscher über den Tagesablauf, meine Gedanken und Empfindungen; niemandem Rechenschaft schuldig, abseits armseliger Blicke. Mein Hauptanliegen: nicht mehr angeglotzt werden.

Der Abend im Magda's hatte mir den Rest gegeben. Stundenlang im Fokus von Leuten, die sonst nichts zu schauen hatten – bierselige Stammgäste, eine beleidigend sich langweilende Bedienung, und die Frau mir gegenüber, die nicht wegging und am Ende zu mir sagte:

»Ich schau durch dich hindurch wie durch ein Bullauge, und alles, was ich seh, ist ein schwarzes Meer.«

Nicht mein Problem, hatte ich gedacht, angetrunken und fröstelnd vor Müdigkeit.

Dennoch hatte ich sie im Taxi bis vor die Haustür begleitet; sie hatte mir angeboten, einen Kaffee bei ihr zu trinken; ich hatte zugestimmt und war über Nacht geblieben, auf der Couch.

Ehrlich?
Wieso?
Wegen des Rausches?
Absolut nicht.
Wegen der Frau?
Eher nicht.
Wieso nicht?

Der Regen prasselte gegen die Scheibe, ich fand, mein kalt gewordener Kaffee passte hervorragend dazu. Die Tasse im Schoß, lehnte ich mich zurück; das Knarzen des weiß lackierten Holzstuhls mit der bastbespannten Sitzfläche taugte mir an diesem Vormittag besonders.

Hatte ich nach dem Verlassen des Lokals eine bestimmte Absicht verfolgt?
Welche?
Hatte ich einen Plan?
Sicher nicht.

An manches erinnerte ich mich nicht mehr. Worüber hatten wir im Taxi gesprochen? Wer hatte es gerufen? Vermutlich die Bedienung, aber wer hatte es bestellt? Via Glaser oder ich?

In ihrer Küche hatte sie einen Teller Kekse vor mich hingestellt, von denen ich keinen anrührte; so viel wusste ich noch.

Auch trank ich den Kaffee nicht aus. Was passierte in der Wohnung? Als ich aufwachte, hatte ich meine Sachen an und die Mütze auf dem Kopf. Nichts, worüber ich mir Gedanken machen sollte. Im Lokal hatten wir geredet, getrunken, eine Runde Darts gespielt; sie hatte mir was erzählt und ich ihr; sie raunte was von Leuten, die eine illegale Aktion planten, angeblich aus den Reihen der rechtsgerichteten Volkspartei. Solche Sachen. Wen mochte das aus der Reserve locken? Unseren Verfassungsschutz? Nicht einmal das war sicher.

Die Frau gehörte dazu. Eine Mitläuferin, eine Mittäterin in spe. Hatte sie nicht behauptet, sie bliebe bei der Bande, um nicht aufzufallen? Wollte sie mir nicht weismachen, sie sammele heimlich Informationen, die sie an mich weitergeben würde, damit ich den Polizeiapparat in Gang setzte?

Subtext: Friss, Blödmann, und stirb.

In Wahrheit könnte ihre offenkundige Hilfsbereitschaft nichts als ein perfides Ablenkungsmanöver sein. Nichts zu beweisen im Nachhinein, nicht einmal ihre Tatbeteiligung an einem möglichen Anschlag oder was immer die Namenlosen in Sendling aushecken, von denen sie berichtet hatte. Sie versuchte, mich einzucharmieren, von Anfang an. Sie fütterte mich mit Details aus ihrem Leben und hoffte, ich würde ihr auf den Leim gehen und schließlich als der staatstragende Idiot dastehen, den sie herbeigesehnt hatte.

Rache für ihre von der Polizei verursachte Behinderung.

Seelische Genugtuung nach Monaten des Hasses und des Abscheus gegenüber staatlichen Behörden.

Triumph über ein Würstel von Verkehrspolizisten, der am großen politischen Rad drehen und eine Terroraktion vereiteln wollte und dabei dermaßen auf die Schnauze fiel.

Silvia Glaser, genannt Via.

Eventuell sollte ich dem Staatsschutz einen Tipp geben, falls ihr Name nicht längst in den Akten auftauchte. Rieb mir ein konspiratives Treffen mit potentiellen Attentätern unter die Nase, im Glauben, sie würde mein Vertrauen gewinnen und ich wäre von nun an ein leichtes Opfer für ihre manipulativen Strategien.

Sehr geehrte Frau Apo ...

Ich hob den Arm und winkte zum Fenster hinaus, als wäre draußen jemand aufgetaucht, Britta Irgang mit ihren gelben Handschuhen vielleicht ...

Sie täuschen sich in mir. Ich traue Ihnen keine Silbe. Ich werde Sie festnehmen lassen, wegen des Verdachts der Bildung einer kriminellen Vereinigung nach Paragraf hundertneunundzwanzig StGB.

Schweigen?

Sie haben das Recht dazu.

Versuch der Bestechung eines Vollstreckungsbeamten.

Oder, Frau Apo, wie anders sollte ich Ihr Verhalten bewerten?

Nachdem ich mich in Ihrer Wohnung auf die Couch gelegt hatte, knieten Sie sich neben mich, mit halb geöffneter Bluse, und beugten sich über mich. In der Früh, als ich gerade die Wohnung verlassen wollte, kamen Sie aus dem Schlafzimmer, den Morgenmantel kaum zugebunden, schlangen die Arme um mich und pressten sich an mich. Waren meine abwehrenden Signale nicht eindeutig? Wie würden Sie eine solche Taktik nennen? Ich nenne sie Manipulation mit unlauteren Absichten.

Zum Abschied – ich war schon im Treppenhaus – sagte sie den ungeheuren Satz: »Wir haben einen Auftrag, du darfst mich nicht im Stich lassen.« Ich beschleunigte meine Schritte, nahm vor dem Haus die Straßenbahn und am Sendlinger Tor die U-Bahn.

Kurz nach acht war ich zu Hause. Ich sperrte die Tür hinter mir ab und öffnete alle Fenster. Seither verspürte ich kein Verlangen mehr nach Aushäusigkeit oder womöglich der Frau. Ich war bei mir, und da würde ich auch bleiben, eventuell unbegrenzt.

Aus dem Spiegel schaute mich derselbe, gealterte, abgemagerte, verunstaltete Kerl an, wie immer. Aber jetzt ertrug ich seinen Anblick fast klaglos.

Wir haben einen Auftrag, du darfst mich nicht im Stich lassen.

Mein Auftrag am zweiten Morgen in stiller Geborgenheit lautete: rasieren, gründlich. Ein Mann in meinem Alter durfte sein Gesicht nicht im Stich lassen.

Kapiert, Via?

Es regnete immer noch, weniger stark als am Vortag. Durch die geöffneten Fenster wehte erfrischende Luft herein, die ich tief in die Lungen sog. Von mir aus konnte mich ein Nachbar beobachten, wie ich nackt von Zimmer zu Zimmer lief, mit geschwellter Brust und erhobenen Fäusten, das scherte mich nicht. Ich brauchte Bewegung, musste meinen lädierten Rücken kurieren und durfte ihn nicht durch zu langes Sitzen und Liegen noch mehr stauchen.

Zudem fröstelte ich nicht mehr, auch in unbekleidetem Zustand. Es war, als kehrten alte, fast vergessene Lebensgeister in mich zurück. Allmählich verwandelte sich mein inneres Herumstreunern in einen Zustand lang vermisster Gelassenheit.

Ha!

Am Fenster spritzten mir Regentropfen ins Gesicht. Der Wind tapezierte meinen Körper mit wohliger Gänsehaut. War das tatsächlich ich, der mit verschränkten Armen – keine fiebrigen Gedanken, kein gehetzter Blick auf die Uhr – an einem gewöhnlichen Arbeitstag stoisch dastand und die Zeit verstreichen ließ?

Guter Witz, ich und stoisch.

Doch ich bewegte mich nicht von der Stelle und empfand nichts als Genugtuung.

Worüber?

Nein, kein Nachbohren.

Was für ein unerwarteter Segen.

Plötzlich grölte eine Stimme über den Hinterhof.

»Was 'n los mit dir, Alter?« Der verschrumpelte Gustav auf seinem Balkon. »So was heißt Erregung öffentlichen Ärgernisses. Das weißt du doch, Bulle.«

Ich reagierte nicht.

»Zeig mal her deinen Prügel, oder ist der so winzig, dass ich den auf die Entfernung nicht erkennen kann? Mach mal.«

Dem verschrumpelten Gustav durfte man nicht böse sein.

Bei einer Schlägerei auf dem Oktoberfest hatte Gustav – im Suff und weil der Andere ihn wegen einer Frau provoziert hatte – einen Mann ins Koma geprügelt. Wegen versuchten Totschlags wurde er zu fünf Jahren Gefängnis verurteilt. In der Zeit verübte er zwei Selbstmordversuche, die er nur knapp überlebte.

Aufgrund seiner Tat kündigte die Stadt ihm den Job als Clown im Großklinikum Süd. Die Arbeit war sein Lebensinhalt gewesen, nachdem er jahrelang wegen Depressionen und Schlafstörungen behandelt worden war und sich von einem kurzfristigen Anstellungsverhältnis zum nächsten gehangelt hatte. Ein Psychologe entdeckte Gustavs komisches Talent und dessen Fähigkeit, sich in schlimme Schicksale einzufühlen, verbunden mit dem tiefen Wunsch, helfen zu wollen. Über einen Bekannten des Psychologen bekam er Kontakt zur Klinik und deren Trägerin, der Stadt München. Kurz zuvor hatte die Frau, die seit Langem zur Unterhaltung der Patienten engagiert war, aus privaten Gründen aufgehört, sodass sich eine Chance für Gustav bot.

Die Kranken liebten ihn und seine hingebungsvoll-komische Art; die Kinder verlangten immer eine Zugabe mehr. Seine depressiven Phasen wurden weniger und verschwanden schließlich beinah vollständig. Er, der einmal eine Lehre als Goldschmied abgeschlossen und schon als Jugendlicher Ketten und Ringe aus einfachsten Materialien gebastelt hatte, bevor finstere Mächte von ihm Besitz ergriffen, fand seine Erfüllung als Spaßmacher unter leidenden Menschen. Sicher heilte er niemanden im Publikum von einer schweren Krankheit, ihm jedoch verschaffte die Verkleidung offensichtlich fundamentale Linderung.

Dann der Besuch auf der Wiesn. Die Begegnung mit einem Fremden aus einer Clique mit jungen Frauen, die, so Gustav später, aussahen wie gecastet für einen Softporno. Ein Wort gab das andere. Das Starkbier vernebelte Gustav die Sinne. Er schlug zu. Nie zuvor hatte er sich mit jemandem geprügelt. Hinterher konnte er sich an den Auslöser nicht mehr erinnern und bat hundert Mal um Entschuldigung. Doch die Anwälte der Clique und speziell des Opfers verfolgten eine clevere Strategie; sie schafften es, dass der Richter den Angeklagten für voll schuldfähig hielt und kein Verständnis für die Umstände zeigte, in die Gustav geraten oder gedrängt worden war.

Nach seiner Entlassung aus dem Gefängnis nahm er wieder therapeutische Hilfe in Anspruch und fand einen Job als Nachtportier in einer Pension in Bahnhofsnähe. Eine Zwei-Sterne-Absteige, doch für Gustav ideal zur Überbrückung seiner Schlaflosigkeit.

Gustav Ringseis war etwa in meinem Alter, wirkte allerdings wie mindestens siebzig; sein kahler Kopf wie geschrumpft, das Gesicht ein Faltenverhau. Was immer er an Kleidung trug, es hing ihm unförmig vom Leib. Er ging gebeugt, schwerfällig. Bloß seine Stimme schien noch Energie zu bunkern.

»Du siehst so scheiße aus.« Gustav schüttelte so heftig den Kopf wie jemand, den die Fassungslosigkeit über ein weltbewegendes Thema umtrieb.

»Schrei hier nicht rum«, rief ich ihm zu.

»Denkst du, nur du darfst rumschreien als Bulle? Du Versager. Zeig schon her dein verrostetes Teil, trau dich mal was.«

Welcher Typ Mitmensch er vor den einschneidenden Ereignissen gewesen sein mochte, konnte ich nur erahnen; garantiert hatte er nicht alles, was ihm an unflätigem Zeug gerade im Kopf herumschwirrte, durch die Gegend gebrüllt.

»Komm zur Vernunft, Gustav.«

»Komm selber zur Vernunft. Meinst du, das macht Freude, dir zuzuschauen, wie du splitternackt durch deine Wohnung tigerst und alle zwei Meter stehen bleibst, weil du keine Luft mehr kriegst? Du bist ein Wrack und tust, als wärst du ein Zehnkämpfer oder einer von diesen SKL-Typen …«

»Welche SKL-Typen?«

»Die Vermummten, die die Türen eintreten und alles plattmachen, diese Rambos mit den schwarzen Masken …«

»Die SEK-Kollegen, das Spezialeinsatzkommando.«

»Gegen die bist du eine hohle Hose, auch wenn du gar keine anhast, du Verlierer.«

»Wieso redest du so mit mir?«

»Weil dir jemand die Wahrheit sagen muss, sonst fängst du noch an, dich vor Begeisterung im Spiegel abzuknutschen. Du bist eine lausige Erscheinung, merkst du das nicht?«

»Bist du betrunken?«

»Ich trinke nicht mehr, vierzehneinhalb Jahre nicht mehr,

du ignoranter Idiot. Wie oft hab ich dir schon gesagt, dass ich keinen Alkohol mehr anrühr? Zweitausend Mal?«

»Lass mich in Ruhe. Wieso schläfst du nicht um die Zeit?«

»Geht dich das was an?«

»Nein.«

»Warum hast du nichts an?«

»Geht dich das was an?«

»Klar geht mich das was an. Du hampelst vor meiner Nase rum wie ein verunglückter Stripteasetänzer, auf und ab, hin und her, seit Stunden, gestern auch schon. Ich will das nicht sehen.«

»Ich dachte, du willst meinen Penis begutachten.«

»Dein Ding nennst du Penis? Weißt du, was ein Penis ist? Das ist ein männliches Geschlechtsorgan. Das, was du hast, ist der Wurmfortsatz eines Weicheis, sonst gar nichts.«

»Nimmst du Drogen, Gustav?«

»Ich nehme Medikamente, wie du dich vielleicht erinnerst, ich bin krank. Ist dein Hirn durch das ausgehöhlte Auge rausgelaufen?«

»Ich mach mir Sorgen um dich.«

»Mach dir lieber Sorgen um dich. Du gehst mir so was von an die Nieren.«

»Dann geh rein und lass die Rollos runter.«

»Willst du mir vorschreiben, wie ich mich in meiner Wohnung zu verhalten hab? Du halbblinder Gliedvorzeiger. Ich hab dich beobachtet, Mann, du taumelst nur noch, du musst dich an der Wand abstützen, damit du nicht umkippst, wie ein Besoffener am Berg. Du bist am Ende, Mann. Was du da treibst, ist die reinste Selbstvernichtung, Selbsttäuschung, Selbstverachtung, Selbstverarschung...«

»Fang nicht wieder an rumzuplärren.«

»Du hast mir überhaupt nichts vorzuschreiben, du Bullenkasperl. Ich weiß, wovon ich red, also hör mir zu. Was du durchmachst, hab ich auch durchgemacht, und ich bin fast draufgegangen. Hab ich dir alles erzählt, falls deine Erinnerung noch einigermaßen funktioniert. Ein einziger Blick, und ich seh, wie du dich selber ankotzt. In Wahrheit lachst du dich bloß aus. Du hast doch schon lang aufgehört, dich ernst zu nehmen und dein Gerede und dein Rumgehampel.

Was siehst du, wenn du in den Spiegel schaust? Brauchst nicht zu antworten, ich weiß Bescheid. Ich geb dir einen Rat, mein Freund und Nachbar, nimm ihn an oder nicht, das bleibt dir überlassen und ist mir scheißegal. Du checkst nichts mehr. Du drehst dich nur noch um dich selber, vierundzwanzig Stunden am Tag. In der letzten Woche bin ich dir drei Mal über den Weg gelaufen, unten auf der Straße, vor dem Supermarkt und an der Münchner Freiheit, und hast du mich gegrüßt? Hast du nicht. Du hast mich nicht mal bemerkt. Du rennst im Kreis und glaubst, du kommst voran.

Hör zu, Mann: Tu was, und zwar zügig, oder steig auf den Olympiaturm und spring runter. Du wirst schon einen Trick finden, um über die Absperrungen zu kommen. Du bist Bulle, du schaffst das. Eine Chance bleibt dir noch, mehr nicht, so, wie ich das seh.

Rennt nackt durch die Wohnung und bildet sich ein, er ist auf dem Weg in die Zukunft! Deine Zukunft, Herr Nachbar, liegt in Trümmern, genau wie deine Gegenwart. Fang an aufzuräumen oder schmeiß dich zum Müll dazu, auf ein Trumm mehr kommt's nicht an. Hast du mich verstanden? Sind meine Worte zu dir durchgedrungen, du Vollhonk?

Jemand hat dein Auge zerstört, und du bildest dir immer noch ein, du hast den Überblick. Du hast doch Abitur. Du hast Bücher gelesen, kommst aus einem gebildeten Haushalt, bist Bulle geworden. Gut, vielleicht hättst du mehr aus dir machen können, war deine Entscheidung. Soweit ich das in den letzten Jahren mitgekriegt hab, warst du ein passabler Bulle, keiner dieser Trickser, die uns Bürger verarschen und bei jeder Gelegenheit eine Strafe aufbrummen, weil sie bei ihren Vorgesetzten punkten wollen. So einer warst du nicht, glaub ich. Hast dich an die Gesetze gehalten, warst in Ordnung, hattest dich im Griff.

Jetzt nicht mehr, nie mehr, wenn du so weitermachst. Der Bulle von früher existiert nicht mehr. In den kannst du nicht mehr reinkriechen, der hat sich ein für alle Mal von dir verabschiedet, wie der Schmuckdesigner sich von mir verabschiedet hat. Hat sich in Luft aufgelöst, der Künstler, als wär er nie ein Teil von mir gewesen, ein echt wichtiger Teil, amigo. Aber du? Du bist nicht mal ein Clown, wie ich einer war, du bist eine Witzfigur, über die niemand lacht, die keiner Seele Trost spendet. Du stehst einfach nur rum, hast nichts an und kommst dir schick vor.

Hör mir zu: Ich geb dir einen Monat. Wenn du dann immer noch die Fenster aufreißt und dir einredest, du würdst mehr Luft kriegen, und wenn du dann immer noch durch die Wohnung rennst wie ein geschorener Maulwurf und dich hinstellst, dass jeder dich sehen kann, als wärst du auch nur einen Blick wert … Wenn das so ist nach einem Monat, dann geh ich in den Dom und zünd eine Kerze für dich an. Weil ich dann weiß, du wirst diese Erde bald verlassen.

Und jetzt mach's Fenster zu und zieh dir was an, sonst holst du dir noch eine Lungenentzündung und krepierst dran, was so grotesk wär, dass ich mich schämen würd.«

Eine Weile schüttelte er wortlos den Kopf.

Dann drehte er sich ruckartig um und verschwand im Halbdunkel seines Wohnzimmers. Schloss die Balkontür, zog die Gardine vor und schlug mit der flachen Hand gegen die Scheibe.

Ein geschorener Maulwurf?

Ich?

Er habe, sagte mein Kollege Arno Gillis am Telefon, keinerlei Hinweis auf die genannte Person in den INPOL-Dateien gefunden. Demnach sei der einundsechzigjährige Grundschullehrer Holger Kranich bisher nicht strafrechtlich in Erscheinung getreten; auch sonst habe er sich nichts zuschulden kommen lassen, zumindest nicht in jüngster Zeit. Weiter zurückliegende Einträge seien möglicherweise gelöscht worden. Lediglich im Zusammenhang mit der Demonstration am vierten September seien seine Personalien noch im System gespeichert.

»Was interessiert dich an dem Mann?«, fragte Gillis zum zweiten Mal.

»Könnte sein, dass die Kollegen den richtigen Riecher gehabt haben, als sie Kranich und die Frau kontrolliert haben.«

»Wie kommst du drauf?«

»Nur eine Vermutung.«

»Nichts vorhanden«, wiederholte der Polizeiobermeister. »Nicht bei ihm, nicht bei ihr. Wie geht's dir inzwischen?«

Ich würde viel schlafen, behauptete ich, und lange Spaziergänge unternehmen, was mir guttäte. »Weißt du was über Fußballfans?«

»Was muss man da wissen? Sie jubeln, sie schimpfen, sie schwenken Fahnen und schiffen in die Vorgärten fremder Leute.«

»Gehst du manchmal ins Stadion?«

»Ich komm nicht mehr dazu. Wir müssen draußen bleiben, wie du weißt, aufpassen, dass sich die Leute nicht gegenseitig die Köpfe einschlagen. Früher war ich Dortmund-Fan, jetzt bin ich Fan von Spielausfällen, da haben wir am Wochenende unsere Ruhe.«

»Kennst du zufällig jemanden bei den Sechzgern, der sich politisch engagiert, eventuell im rechten Lager?«

»So jemanden kenne ich nicht. Warum fragst du?«

»Ich jage einem Phantom hinterher.«

»Dein neues Hobby?«

Auf meine Bitte hin, den Anruf – ich hatte seine Handynummer gewählt – gegenüber den Kollegen in der Inspektion nicht zu erwähnen, meinte Gillis, darauf könne ich mich verlassen; wegen endloser Überstunden sei die Stimmung zurzeit eh miserabel. Sollten die Kollegen Wind davon kriegen, dass ich mich mit Arbeitsdingen beschäftigte, würde Chef Wilke meinen Krankenstand unverzüglich für beendet erklären.

»Und das wäre nicht gut für dich«, sagte Gillis. »Du brauchst Ruhe und musst erst wieder komplett fit werden.« Sollte sich etwas in Sachen Demo und Tatverdächtige tun, versprach er mir bei der Verabschiedung, würde er mich unter der Hand informieren.

Weiß-blau, dachte ich und legte das Handy neben mich auf die Couch, waren die Farben des Fußballclubs 1860 München. Die Blauen, wie sie genannt wurden, im Gegensatz zu den Roten vom FC Bayern.

Zur Zeit des Nationalsozialismus folgte der Verein begeistert der Ideologie der Machthaber; auch in der Nachkriegszeit bis in die Gegenwart trafen sich zum Teil vorbestrafte Mitglieder rechter Gruppierungen regelmäßig auf den Rängen und feuerten wie gewöhnliche Fans ihre Mannschaft an. Meinen Kollegen von Staatsschutz und LKA waren die Umtriebe bekannt – zu Stadionverboten oder Festnahmen kam es allerdings selten, meist fehlten eindeutige Beweise für strafbare Handlungen. Oder unsere Vorgesetzten scheuten aus Zeit- und Geldgründen den Aufwand für einen gezielten Einsatz.

Der Blaue.

Ich war überzeugt, dass Holger Kranich – *Die Möwe* – den Namen des Mannes kannte. Via musste mir helfen, ihn zu enttarnen.

Wieso enttarnen?

Wozu der Aufwand?

Ich war kein Fahnder und noch dazu im Krankenstand.

Wieso also?

Ich stand auf und ging zum Fenster, vor dem es dunkel geworden war.

Drüben brannte kein Licht.

2

Was wenn? Was dann?

Einen Anruf im Fachdezernat für Staatsschutzdelikte ersparte ich mir. Aller Voraussicht nach wäre ich im Vorzimmer hängengeblieben; eine der Assistentinnen hätte mir ausschweifend dargelegt, dass die zuständigen Kollegen verhindert, weil in einer Sitzung seien und es am besten wäre, ich würde einen Termin vereinbaren – außer, mein Anliegen erlaube aus Aktualitätsgründen keinen Aufschub …

Der Traum war schuld.

Im Lokal hatte Via auf mich eingeredet, ich müsse unter allen Umständen meine Vorgesetzten im Polizeipräsidium zwingen, sämtliche Daten verdächtiger Personen im Umfeld der Neuen Volkspartei offenzulegen. Ich solle mich nicht mit kruden Ausreden abspeisen lassen – Geheimsache oder dergleichen. Vielmehr müsse ich auf die sofortige Einberufung eines Krisenstabs drängen, ein Anschlag auf Menschenleben stünde unmittelbar bevor.

Im Traum geisterte ihre Beschwörung wieder durch meinen Kopf. Wir hätten einen Auftrag zu erledigen, bei dem ich sie nicht im Stich lassen dürfe.

Am Morgen war mein Gesicht schweißnass; fünf Uhr fünfunddreißig; Ende der Nachtruhe. Anschließend duschte ich, zog mich an, machte Kaffee, saß grübelnd auf dem Küchenstuhl.

Die Dinge veränderten sich, und ich bezweifelte, dass ich damit einverstanden war.

Auf verquere Weise gelang es mir nicht, mich von den Nachwirkungen des Gesprächs mit dem verschrumpelten Gustav zu erholen. Seine Worte, bildete ich mir ein, hallten in jedem meiner Zimmer wider, seine blecherne Stimme schepperte von einer Wand zur andern, als kickte ein wütender Spieler eine Coladose durch den Hinterhof.

In einem Akt übermütiger Selbsterniedrigung – nachdem ich die Idee, im Fachdezernat an der Ettstraße anzurufen, beerdigt hatte – überlegte ich, einen Versuch im LKA zu starten.

In der zuständigen Abteilung für politisch motivierte Kriminalität kannte ich einen Kollegen – Siebert –, den ich bei einer Tagung zur Vorbereitung der regelmäßig stattfindenden Sicherheitskonferenz kennengelernt hatte. Zu diesem Forum reisten eine Menge einflussreicher Politiker aus der halben Welt an, begleitet von ihren Unterhändlern, belagert von Demonstranten, die sich im Umkreis des im Zentrum gelegenen Hotels Bayerischer Hof, dem Tagungsort, versammelten.

Unsere Aufgabe bestand darin, gewalttätige Ausschreitungen zu verhindern und Rädelsführer rechtzeitig zu eliminieren. Ein strategisch komplexer und phasenweise unberechenbarer Großeinsatz auf engstem Raum. Dagegen nahmen sich die Zusammenkünfte so genannter Spaziergänger für Freiheit und Demokratie wie ein Ausflug aus – sofern wir keinen Bockmist bauten und aus kompletter Unachtsamkeit einen Anschlag auf einen von uns zuließen …

Vom Kollegen Jost Siebert hatte ich nach der zweitägigen Schulung nichts mehr gehört, weder während der Sicherheitskonferenz noch nach den Ereignissen auf der Sonnenstraße, deren Folgen dem Landeskriminalamt nicht verborgen geblieben sein dürften.

Dennoch – wieso nicht ein Versuch?

Siebert war stellvertretender Leiter der Staatsschutz-Abteilung. Er und seine Leute hatten Kenntnis von Vorgängen innerhalb politisch aktiver Gruppen am rechten und linken Rand der Gesellschaft, über die wir bei der Bepo nicht verfügten und die nie in unserem Kommunikationsnetz auftauchten.

Wieso sollte Siebert ausgerechnet mir Auskunft geben? Einem vorübergehend vom Dienst entbundenen Streifenkollegen? Unterste Kategorie. Solidarität? Ein Wort für polnische Gewerkschaften, hatten wir früher gesagt, wenn wir für Einsätze im Milieu Unterstützung vom LKA erbaten, was uns regelmäßig mit dem Hinweis auf den Schutz von Informanten oder irgendwelche Unfugsbestimmungen verwehrt wurde.

Ein Mann mit dem Decknamen »Der Blaue«? Warum willst du das wissen, Kollege? Hast du Informationen für uns? Dann komm her, und wir tauschen uns aus. Der Blaue? Einer von den Löwen? Ein Blauer? Und der hat was vor? Ja, die Sechzger, die haben immer viel vor, und dann wird nichts draus. Da hat dir einer von den Löwen einen Bären aufgebunden, Kollege. Mach dir nichts draus, so sind die. Aber danke für den Anruf, wir wissen die Hilfe von den Kollegen an der Front immer zu schätzen. Schönes Wochenende.

Was immer ich unternommen hätte: Am Ende wäre mein Aktionismus aufgrund des unvermeidlichen Flurfunks bis in die PI 22 vorgedrungen, direkt auf den Schreibtisch von Chef Wilke. Und Ende meiner Privatrecherchen und meines Alleinseins als Rekonvaleszent.

Wollte ich tatsächlich weitermachen, war ich auf die Frau mit dem Gehstock angewiesen, die mich jetzt schon im Traum belagerte.

Wollte ich das?

Fünf Minuten später rannte ich in Joggingklamotten aus dem Haus und in den Englischen Garten, mit Schmerzen im Rücken und den Kopf voller verknoteter Gedanken.

Mittelprächtige Idee: übermotiviertes Sporttreiben. Unter der Dusche hustete ich mir die Lunge aus dem Leib. Minutenlang massierte ich meine verspannten Muskeln mit dem heißen Wasserstrahl; die anschließende Ladung eiskalten Wassers brachte keinen neuen Schwung. Eine halbe Stunde lag ich völlig erledigt auf der Couch, dämmerte vor mich hin, im krampfhaften Bemühen, nicht zu jammern. Kläglich. Was hatte ich mit der überstürzten Rennerei erreicht?

Nichts?

Mein Bedürfnis, die Frau mit dem Stock anzurufen, war definitiv geschwunden.

Wozu der Aufwand?

Sofort musste ich an ihre abfällige Bemerkung vor dem Schwabinger Café denken: Benutzen Sie Ausdrücke wie *erneut* in Ihren Protokollen? Was sollte das? Wollte sie mich provozieren? Ständig wanzte sie sich an mich ran und versuchte, mir private Details zu entlocken und mich gleichzeitig für angeblich bedrohliche, kriminelle Vorgänge in ihrem Leben einzunehmen.

Die Frau führt was im Schilde, würde unser Fünf-Sterne-Vorgesetzter raunen, entweder du vergisst sie, oder du nimmst sie in die Mangel, schleppst sie unter einem Vorwand aufs Revier, und wir bearbeiten sie gemeinsam.

Wie Vernehmungen unter verschärften Bedingungen ausgingen, hatte ich oft genug erlebt. Noch mehr Lügen und Geständnisse, die einen Tag später widerrufen wurden. Aufmarsch von Anwälten, Anrufe aus dem Präsidium, im schlimmsten Fall fette Überschriften in der Presse. Einem Verdächtigen keinen Kaffee oder Mineralwasser oder einen Toast seiner Wahl angeboten zu haben, galt mittlerweile als Folter – nicht im völkerrechtlichen Sinne, vielmehr auf dieser pseudomoralischen Ebene, auf der vor allem Leute in den sozialen Medien ihre Veitstänze aufführten.

Vor einiger Zeit hatte der Kollege Gillis einer renitenten, schwer angetrunkenen, aggressiven Frau, die vor einer Bar im Westend einen Freund mit einem Messer angegriffen hatte, Handschellen angelegt. Wie von Sinnen hatte sie um sich getreten und unseren jungen Kollegen Burg mit voller Wucht das Bein in den Bauch gerammt, sodass er rücklings hinfiel und sich übergeben musste.

Daraufhin überwältigten Gillis und ich die Angreiferin. Wir drückten sie auf den Bürgersteig und fixierten ihre Beine mit Fußschellen. Unter Mühen verbrachten wir sie aufs Revier, wo sie weiter krakeelte, uns bespuckte und trotz der Fesseln um sich schlug. Genervt verpasste Gillis ihr eine Ohrfeige.

Sie stolperte, stürzte, schrammte mit einer Gesichtshälfte über die Tischkante.

Aufschrei allerorten.

Kaum hatte sie fünf Stunden später die Ausnüchterungszelle verlassen, galoppierte ihr Anwalt in die PI 22. Im Schlepptau die Mutter der Täterin – der Freund, den die Tochter angegriffen hatte, trug zum Glück nur leichte Schnittwunden davon – und eine Bekannte der Mutter, die, welch Zufall, für eine Boulevardzeitung schrieb.

Der Artikel am nächsten Tag – samt Foto des von Polizeibeamten misshandelten Opfers und des Gebäudes unserer Inspektion – bescherte uns viel Schönes: den Anruf des Staatssekretärs aus dem Innenministerium, des stellvertretenden Polizeipräsidenten, des Leiters einer Stelle für Opfer von Polizeigewalt, des Pressesprechers des Oberbürgermeisters und von ungefähr hundert Journalisten aus der gesamten Republik. Alle wollten wissen, wie »so etwas in einer liberalen Stadt wie München passieren« könne. Zu unserer besonderen Freude tanzten am selben Tag außerdem zwei Kollegen vom LKA an, zuständig für interne Ermittlungen.

Ein Zirkus, bloß ohne Clowns, stattdessen mit einer Handvoll dummer Auguste, über die niemand lachte.

Wir hätten uns fast totgelacht.

Sowohl der Empfangsraum der PI als auch das Vernehmungszimmer sind mit jeweils zwei Kameras ausgestattet. Das Großartige: Die Kameras funktionieren, und wir löschen die Aufnahmen nicht jede Stunde. Noch mehr Schönes: Der Anwalt, die Mutter, der Staatssekretär, der Präsident, der Oberbürgermeister, die eifrigen Kollegen vom LKA – jeder, der das Recht dazu hatte, konnte sich überzeugen, dass der Kollege Gillis der Frau zwar rechtswidrig eine Ohrfeige gegeben hatte, sie jedoch nicht von der Hand des Beamten verletzt worden, sondern unglücklich gestürzt war.

Davon abgesehen – auch das war auf den Bildern eindeutig zu erkennen – hatte der Kollege allenfalls mit halber Kraft zugeschlagen. Die Frau taumelte auch so und wäre, hätten wir sie nicht festgehalten, mehrfach hingefallen.

Die Boulevardjournalistin schaute sich die Aufnahmen nicht an, für sie stand fest: Ein durchgeknallter Bulle hatte eine wehrlose, weil gefesselte Frau mutwillig gefoltert.

Die Folge: Ein halbes Jahr Innendienst für den Kollegen Gillis und eine Ermahnung des Präsidenten an Inspektionsleiter Wilke – er war in jener Nacht nicht anwesend. Dazu Pöbeleien auf der Straße, wenn sich bei Kontrollen herausstellte, aus welchem Revier wir kamen.

Sein ursprüngliches Vorhaben, den Kollegen Gillis wegen schwerer Körperverletzung im Amt vor Gericht zu bringen, konnte der Anwalt der Westend-Frau in die Tonne treten. Die Aufnahmen unserer Überwachungskameras sprachen seinem Ehrgeiz Hohn.

Was interessierte mich der Umgang von Silvia Glaser? Ihre Kontakte zu einem Blauen, einem Kranich oder einer Möwe gingen mich nichts an. Die Bewegung bewegte sich? Nur zu! Dafür war ich nicht zuständig, ausgemustert, abgeschoben in den Krankenstand.

Selfie gefällig zum Beweis?

Mein Handy klingelte. Ich las die Nummer. Wann hatte ich ihr meine gegeben? Und meine Festnetznummer hatte ich immer noch nicht löschen lassen, fiel mir ein.

Sie sprach auf die Mailbox.

In einem Anfall von Zwanghaftigkeit hörte ich die Nachricht ab.

Sie sagte: »Mein Freund rief mich an, du weißt schon, wer, er sagt, sie könnten mich gebrauchen für ein paar Dienste. Hab ihm erklärt, dass ich nein gesagt hab, er sagte, das sei nur ein Angebot, man würd mich bezahlen, nichts ist umsonst. Wir sollten uns treffen, meint er, dringend. Hilf mir, Kay, du bist dafür zuständig.«

War ich nicht, Madame.

Ich war erschöpft, ausgelaugt, zermürbt. Man mischte sich nicht in Vorgänge ein, die andere Abteilungen betrafen, die Kripo, das LKA, den Verfassungsschutz, höher gestellte Institutionen mit eigenen Gesetzmäßigkeiten.

Falls Via Glaser sich ernsthaft Sorgen um die Sicherheit der Bevölkerung machte – im Zusammenhang mit einer möglicherweise politisch motivierten Tat –, wäre ich als unbedeutender Schandi der absolut falsche Ansprechpartner. Am besten, ich simste ihr die Nummer des Kollegen Siebert. Von mir aus durfte sie meinen Namen erwähnen, und die Sache landete an der richtigen Stelle. Garantiert verfügte seine Abteilung über eine Liste von Gefährdern inklusive Decknamen, vielleicht kam eine Möwe vor oder wenigstens ein Blauer. Sie hatten die Lage unter Kontrolle, betonten sie jedes Mal, wenn anderswo Menschen bei Anschlägen starben, verübt von Einzeltätern. So lautete die Standardbotschaft, um keine Panik vor einer im Untergrund lauernden Terrorbande aufkeimen zu lassen und um die unermüdlich wachsame Tätigkeit der Behörden zu untermauern.

Speziell im Freistaat Bayern, das würde ich Via zusätzlich mit auf den Weg geben, befände sie sich bei den verantwortlichen Kollegen in den allerbesten Händen. Den bei der Grundsteinlegung des Jüdischen Gemeindezentrums in der Landeshauptstadt geplanten Bombenanschlag hatten sie rechtzeitig vereitelt; etliche Hintermänner wurden festgenommen, acht von ihnen zu mehrjährigen Haftstrafen verurteilt. Alles unter Kontrolle. Dass der Eine oder Andere aus dem Umfeld der Täter später in der Fankurve bei Fußballspielen der Blauen auftauchte, schien juristisch unangreifbar und fiel offenbar nicht in den Aufgabenbereich der Strafverfolgungsbehörden.

Alles im Griff.

Dagegen hatten sich die Gräueltaten des so genannten Nationalsozialistischen Untergrunds, dessen Anführer jahrelang durch Bayern marodierten und Morde verübten, eindeutig der Verantwortung des Staatsschutzes beim LKA entzogen. Die Ermittlungen oblagen der Kriminalpolizei. Die Kollegen gingen aus langjähriger Erfahrung im Umgang mit Personen aus dem Migrationsmilieu zunächst von einem familiären Tatmotiv aus – trotz der warnenden Expertise eines geschulten Profilers, der eine politisch motivierte Triebkraft bei den Tätern für wahrscheinlich hielt. Hinterher waren alle schlauer, und – logisch – sie blieben auch alle schlau, bis heute.

Mach dir also keine Sorgen, sagte ich am offenen Fenster zu Via Glaser. Die kalte Luft strömte wie ein Reinigungsstrahl durch meinen Körper.

Erleichterung.

Worüber genau?

Was ich soeben gedacht hatte, erschien mir ebenso einleuchtend wie erschreckend. Tatsächlich hatte sich meine Einstellung zur Arbeit der Dezernate und Kommissariate im Lauf der Jahre geändert, auch, was meine eigenen Leute betraf.

Manche hielten mich für einen verkappten Linken, weil ich Zeitungen und ab und zu einen Roman oder ein Sachbuch zu aktuellen Themen las. Das genügte, mich in eine Schublade zu stecken, die nicht zur allgemeinen Ausstattung passte. Darüber redete niemand. Mehr und mehr neigte ich zu Wortkargheit, außer, es ging um Fußball, Etatkürzungen oder schwachsinnige Dienstpläne im Zusammenhang mit Großveranstaltungen, auf denen wir stundenlang rumstehen mussten, um der SUSI zu dienen.

Subjektives Sicherheitsempfinden der Bevölkerung.

Ansonsten verhielt ich mich unauffällig.

In den Monaten vor meinem Unfall, vielleicht schon während der letzten zwei, drei Jahre, bedachten mich die Kollegen immer weniger mit schiefen Blicken oder fragten nach meiner Meinung zu einem hochkochenden Thema. Sie wussten, wenn es darauf ankam, war ich hundertprozentig einer von ihnen, nicht links, nicht rechts, ein Polizist, der so gut wie möglich seine Arbeit verrichtete.

Mit geschlossenen Augen ließ ich den Wind über mein Gesicht streichen. Er kühlte die vage Wut, die in mir aufgestiegen war. Die Ursache meiner Wut konnte ich nicht genau benennen.

Nur ungenau.

Ungenau ziemlich genau.

Via Glaser hatte ein Recht darauf, zurückgerufen zu werden.

Ehrlich?

»Hörst du dir nicht zu?«, sagte ich und schloss das Fenster.

Ich drehte mich um und ging zögernd, fast verzagt durchs Zimmer – als traute ich mir selbst nicht über den Weg.

Wie selbstverständlich bog ich in die Lorberstraße ein. Vor mir lag das dreistöckige, halb verwitterte Gebäude mit den Blumenkästen und dem Garten auf der Rückseite, den vier Stellplätzen und dem Fahrradständer, für den außer dem jungen Kollegen Burg, der nun in Vaterschaftsurlaub war, niemand von uns je Verwendung hatte.

Allen Ernstes: Ich hatte es geschafft, mich umzuziehen und auf den Weg zu machen, zu Fuß, mit der U-Bahn, wieder zu Fuß, vorbei an der Psychiatrischen Klinik und dem Altenheim bis zur Einfahrt unserer Inspektion.

Hier verließ mich mein Schwung.

Abrupt blieb ich stehen, erschrocken über mich selbst, unfähig, einen Meter weiterzugehen.

Absurde Idee, der ich gefolgt war. Aus welchem Grund? Was war schon wieder los mit mir? Wem wollte ich etwas beweisen? Der Frau mit dem Stock? Meinem verschrumpelten Nachbarn? Mir selbst?

Mir schwindelte bei der Vorstellung, dass ich seit einer Woche im Kreis lief, in meinem Innern genauso wie in der Wohnung, auf der Straße oder im Magda's, dem Lokal, in dem ich seit Ewigkeiten nicht mehr gewesen war und das ich mit Silvia Glaser in einem Zustand von Ausweglosigkeit angesteuert hatte – wie ein Schiffbrüchiger auf hoher See einen Leuchtturm.

So einer war ich auch.

Mein Schiff gebrochen, mein Kompass zersplittert, über mir der Himmel sternenleer.

Was hatte die Frau mit dem Stock nachts an der Kneipentür zu mir gesagt?

Sie würde durch mich hindurchschauen und nichts sehen als ein schwarzes Meer?

Schau halt weg.

Und wenn's stimmte?

Ich wollte herausfinden, was an jenem Februartag in der Barer Straße passiert war, als Silvia Glaser vom Fahrrad stürzte. Licht ins Dunkel bringen, ein für alle Mal, und basta. Dann würde auch mein Schwindel aufhören und ich nicht ständig die Orientierung verlieren. Und meine Selbstachtung.

Allerdings: Hatte ich meine Selbstachtung nicht schon in der Toilette der Augenklinik runtergespült, nach dem ersten Blick in den Spiegel, beim Anblick der Fratze, hinter der ein Polizeihauptmeister begraben lag?

Mach kehrt, sagte ich zu mir, hau ab und komm nie wieder! Alles ein einziger, aberwitziger Selbstbetrug, die beschämende Maskerade eines Schattens, der noch einmal Gestalt spielen will.

Jede weitere Sekunde, die ich auf dem Vorplatz der Inspektion verbrachte, ein Indiz für Unehrlichkeit und Größenwahn, ein verlogenes Schauspiel, bei dem jeder zufällig Anwesende in schallendes Gelächter ausgebrochen wäre.

Ein Ruck, und ich hatte wieder die Einfahrt im Blick, die Straße, den Alltag, den Heimweg.

»Wollen Sie schon wieder gehen?«, hörte ich eine Stimme rufen.

Die alte Frau Irgang stand auf der frisch gemähten Wiese und winkte mir zu. Nach einem Moment hob sie die andere Hand und formte vor ihrem Mund die Kippbewegung eines Gefäßes. Dann winkte sie mich mit einer entschlossenen Geste zu sich.

Bis ich bei ihr war, hatte sie aus dem Büro im Erdgeschoss einen zweiten Stuhl geholt und neben ihren ins Gras gestellt. Auf einem Klapptisch eine Flasche und zwei Gläser. Das Büro, in dem gewöhnlich Miriam Noll und Arno Gillis saßen, war verwaist.

»Überrascht mich nicht, Sie zu sehen, Herr Oleander.« Sie

trug einen grünen, bis zu den Knöcheln reichenden Rock aus Schurwolle, einen gelben, bis zum Hals geschlossenen Anorak und eine rote Strickmütze. »Setzen Sie sich, schenken Sie uns ein, bitte.«

Ihr geheimer Obstbrand. Mit leicht zitternder Hand füllte ich die Schnapsgläser, stellte die Flasche ab und reichte der Dame ihr Glas.

»Zum Wohl«, sagte ich.

»Aufs Leben.« Sie kippte den Sliwowitz auf ex. Ich tat es ihr gleich und sah sie an; etwas verriet mich.

»Ist was?«, fragte sie.

Ich wusste nicht, wie ich mich ausdrücken sollte. »Sie ... sehen aus wie ... Sie ...« Ich machte eine hilflose Geste.

»Sie meinen, ich sehe aus wie eine Ampel, rot, gelb, grün?«

»Sie sehen großartig aus.«

»Mir ist das zu Hause nicht aufgefallen, erst, als ich hier in den Spiegel gesehen habe. Was einem alles unterläuft, wenn man nicht aufpasst. Es ist frisch geworden, aber ich wollte mein Freitagsstamperl unbedingt hier draußen trinken, deswegen habe ich mich etwas eingepackt. Würden Sie uns noch einen einschenken, bitte?«

Ich tat es. Wir tranken. Die Gläser waren wieder leer.

»Sie sind auf Recherche?«, fragte sie.

Der Alkohol zog Schlieren in meinem Gehirn. Unwillkürlich horchte ich auf Geräusche aus dem Haus. Hin und wieder klingelte das Telefon, jemand nahm ab. Mir fehlte das Interesse, zu fragen, wer Dienst schob. Ich blickte an Frau Irgang vorbei zum Schnittlauchbeet, zum Apfelbaum am Ende des Gartens, eine Handvoll blassroter Äpfel hing an den Ästen, einige lagen im Gras.

Statt noch einmal nachzufragen, sah sie mich nur an, wie es ihrer Art entsprach.

»Ich bezweifele, dass es was nützen würde«, sagte ich.

»Was?«

»Das, was ich vielleicht entdecken würde, oder auch nicht.«

»Warum bezweifeln Sie, dass es was nützen könnte?«

Ich zuckte mit der Schulter, scheute mich vor einer Antwort.

»Haben Sie Angst?«, fragte sie.

Was sollte ich darauf sagen?

»Ich hatte mein halbes Leben lang Angst, etwas herauszufinden, was ich einerseits unter allen Umständen wissen wollte und andererseits auch wieder nicht. Sie haben, wie Sie wissen, meinen Mann ermordet, meinen Schwager Gregor und eine junge Frau, die auf dem Volksfest als Bedienung aushalf und den beiden Männern gerade zwei Krüge hinstellte, als die Nagelbombe explodierte. Wer war der Täter? Ein Schreiner, seinen Namen spreche ich nicht mehr aus. Angeblich ein unscheinbarer Zeitgenosse, Vater eines neunjährigen Jungen, verheiratet, im Schützenverein, nie politisch aufgefallen. Doch, einmal schon! Als er meinen Mann und meinen Schwager in die Luft sprengte.

Racheakt? Beseitigung eines gefährlich gewordenen Kriminalbeamten? Seit Jahren verfolgten Gregor und seine Kollegen Spuren in der rechten Szene, sie hatten Vertrauensleute eingeschleust und Kontakte zu Mitgliedern diverser Gruppen aufgebaut, die wiederum beste Beziehungen zu Waffenhändlern und in die organisierte Kriminalität hatten. Ein Sumpf.

Gregor gab nicht auf. Ich weiß, dass er kurz davor war, eine Untergrund-Organisation auszuhebeln. Wir waren mal essen zusammen, Gregor, Wilhelm, mein Mann, und ich, da hat er uns, was außergewöhnlich war, ein paar Insiderinformationen mitgeteilt, sogar Namen genannt von Rädelsführern. Auch Frauen, die für die Szene arbeiteten, Botengänge erledigten, Alibis besorgten. Der Zugriff sollte einen Monat später stattfinden. Willi und ich sprachen nach diesem Abend oft davon. Ich machte mir Sorgen, ich hatte Angst, kann Ihnen nicht erklären, warum. Gregor war ein äußerst erfahrener Ermittler, und er war erst Mitte vierzig. Mein Mann, ein nüchterner Finanzbeamter, versuchte, mich zu beruhigen, das werde ich nie vergessen, ich solle mich emotional nicht in Dinge einmischen, von denen ich nichts verstünde.

Natürlich. Aber seit dem Treffen im Restaurant musste ich immer wieder an Gregors Schilderungen der observierten Örtlichkeiten denken, an die Namen, an die Beschreibung der unauffälligen, eiskalt berechnenden Frauen. Das trieb mich um. Und dann kam das Volksfest, und mein Leben war zerteilt in ein schwarzes Nichts und einen schwarzen Rest.

Niemand konnte mir einreden, dass der Killer auf eigene Faust gehandelt hätte. Schwachsinn. Das Oktoberfest-Attentat war gerade vier Jahre her, und sie hatten nichts dazugelernt. Sie erzählten uns dieselben Ammenmärchen wie nach dem Anschlag auf der Theresienwiese. Erinnern Sie sich?«

»Ja«, sagte ich und holte tief Luft – nicht, um zu sprechen.

»Ja, wir erinnern uns. Ich löcherte die Fahnder beim LKA, bei der Kripo, bei den Inspektionen mit der einen, simplen Frage: Wer steckt dahinter? Der Schreiner, hieß es, sonst niemand. Der Schreiner war der Täter und kann nicht mehr zur Rechenschaft gezogen werden. Ich fragte: Wer steckt dahinter? Sie sagten: Der Schreiner. Ich fragte: Wer steckt dahinter? Sie sagten: Der Schreiner. Ich fragte: Wer steckt dahinter? Sie sagten: Der Schreiner.

Also hörte ich auf zu fragen, weil ich solche Angst vor einer anderen Frage hatte: Was, wenn sie Recht hatten? Was, wenn der Schreiner der Täter war und sonst niemand? Was, wenn es wirklich so einfach wäre? Was, wenn ich verrückt geworden war vor lauter Fragen und Grübeln und Hassen und noch mehr Hassen und noch mehr Fragen. Was, wenn?

Was, wenn, Herr Oleander? Was dann?«

Ich reichte ihr das gefüllte Glas. Sie sah mich wieder an.

Streng, bildete ich mir ein, unnachgiebig, mit von Zorn verfärbten Wangen.

»Sie müssen sich wehren«, sagte sie, das Glas in der erhobenen Hand. »Gegen die Verschweiger. Gegen die Dämonen in Ihnen, die Ihnen einflüstern, was Sie zu denken und zu tun hätten, die Ihnen den Verstand rauben und Sie wie ein im Käfig eingesperrtes Tier von einer Ecke in die andere hetzen; die Ihnen den Glauben an sich selbst rauben und Sie am Ende aushöhlen und ausweiden. Und wenn Sie in den Spiegel sehen, erkennen Sie nichts als eine leere Hülle aus Haut. Und alles, was Sie noch tun können, ist, diese Hülle mit ein paar Farben zu kaschieren, Rot und Gelb und Grün, was immer Ihnen beliebt.

Ich will nicht, dass Sie so enden wie ich und mit den Blumen sprechen, um sich zu überzeugen, dass Ihre Stimme noch funktioniert. Denn eigentlich ziehen Sie das Schweigen vor, es schützt Sie vor den verdammten Fragen, die aus Ihnen herausbrechen wie Bestien, sobald Sie das Maul aufmachen.

Tun Sie jetzt, was zu tun ist, später wird es zu spät sein.

Übrigens kein Grund, den kostbaren Sliwowitz derart zu vergeuden.«

Meine Hand zitterte weiter, nachdem ich es geschafft hatte, sie zum Mund zu heben und den im Glas verbliebenen Schnaps zu kippen.

Minuten vergingen, bis ich die unglaubliche Wärme wahrnahm, die sich in mir ausbreitete.

3

Eine Stimme, so samten wie heiser

Am nächsten Tag meldete ich mich übers Handy bei Silvia Glaser. Sie gab mir ihre Festnetznummer, und ich rief noch einmal an. Barfuß im Flur stehend, in Jeans und Pullover, geduscht und rasiert, teilte ich ihr mit, dass sie mich nicht angelogen hatte.

Sie hörte zu, stumm.

Über verschiedene Dateien im INPOL-System und mit der Hilfe eines Kollegen aus der PI 12, die für den Bereich rund um die Barer Straße zuständig war, bekam ich Zugang zu den Dienstplänen an jenem siebzehnten Februar. Wie sich herausstellte, hatte sich am nahen Kurfürstenplatz ein Unfall zwischen einem Pkw und einem Linienbus ereignet, mehrere Fahrgäste wurden verletzt. Zur selben Zeit kontrollierte die Besatzung einer Streife beim Karolinenplatz, am südlichen Ende der Barer Straße, eine Gruppe Betrunkener. Als der Funkspruch einging, beendeten die Kollegen die Personenbefragung und machten sich mit Blaulicht und Martinshorn auf den Weg zum Unfallort. Dass sie zwischenzeitlich die Sirene abgeschaltet hätten, wie Silvia Glaser behauptete, entbehrte jeder Logik. Die Strecke führt über eine auch von Trambahnen vielbefahrene, rechts und links vollgeparkte Straße mit mindestens vier Ampelkreuzungen. Das bedeutete: Allerhöchste Vorsicht und möglichst laute Signale, um all die Handyjunkies in ihren Autos, auf ihren Fahrrädern und am Straßenrand rechtzeitig zu warnen.

In den Dienstprotokollen der Beamten fand sich kein Hinweis auf eine gestürzte Radlerin oder besondere Hindernisse – abgesehen von den üblichen Leuten, für die Rechts-Ranfahren einer Freiheitsberaubung glich.

Nachdem Silvia Glaser auf ihrem Fahrrad mit den geparkten Autos kollidiert war und einige Minuten benommen auf dem Bürgersteig liegen blieb, alarmierte eine Passantin Polizei und Notarzt. Während Silvia ins Schwabinger Krankenhaus gebracht wurde, befragten die Kollegen aus der PI 12, die den Unfall aufgenommen hatten, weitere Zeugen. Einer von ihnen erinnerte sich an die Sirene eines Streifenwagens, allerdings habe er weiter vorn an der Einmündung der Nordendstraße auf einer Bank gesessen und Zeitung gelesen; beim »Lärm eines Streifen- oder Krankenwagens« schaue er »schon lang nicht mehr extra auf«.

Die drei Arbeiter an der Baustelle sagten aus, sie seien zu beschäftigt gewesen und könnten zur Klärung des Unfalls nichts beitragen. Die Zeugin, Kundin einer Schneiderei auf der gegenüberliegenden Straßenseite, die den Notruf abgesetzt hatte, versicherte auf wiederholte Nachfrage, sie habe keinen Polizeiwagen gesehen, nur eine Schlangenlinien fahrende Radlerin. Auf den Einlass des Kollegen, von der Schneiderei aus sei die Sicht auf die Stelle, an der die Radlerin verunglückte, wegen eines geparkten Transporters ziemlich ungünstig, meinte die Zeugin, sie wisse genau, was sie beobachtet habe; die Radlerin sei wie eine Betrunkene dahergekommen und von selber umgefallen. Damit beendeten die Beamten die Unfallaufnahme.

Ungereimtheiten hin oder her: Es stimmte, dass zur Zeit des Geschehens nachweislich ein Streifenwagen den fraglichen Streckenabschnitt durchquerte; dagegen konnte kein Zeuge einen Zusammenhang mit dem Verhalten der Radfahrerin bestätigen.

Für mich blieben nach meiner Recherche etliche Fragen offen, eine davon lautete: Mit welcher Geschwindigkeit mussten die Kollegen vom Karolinenplatz durchs Viertel gerauscht sein, dass praktisch niemand den Streifenwagen wahrnahm, zumindest nicht im Umkreis von Silvia Glaser? Der Zeitungsleser, den die Neugier von seiner Bank zur Unfallstelle getrieben hatte, taugte nicht als brauchbarer Zeuge.

Welchen Sinn hätte es, die beiden Kollegen aus dem Einsatzwagen zur Rede zu stellen? Offenkundig hatten sie von dem Sturz nichts mitbekommen; falls doch, würden sie die Klappe halten. Was sonst? Die Sache war erledigt. Wir fegen keine Radler von der Straße, geht's noch?

Wohin Silvia Glaser an jenem Vormittag unterwegs war, wusste ich immer noch nicht. Zu einem Kunden, der Essen bestellt hatte? Im Unfallprotokoll stand nichts von einer Warenlieferung, einer zusätzlichen Tasche auf dem Fahrrad, einem Hinweis auf EasyEating. Hatte sie frei an diesem Tag?

»Ist das wirklich wichtig?«, fragte sie.

Ich lehnte an der Wand neben der Garderobe, wechselte den Hörer von einer Hand in die andere. »Du musst es mir nicht sagen.«

»Das tu ich auch nicht.«

»Apo«, sagte ich.

Eine Weile blieb es still am anderen Ende.

Ein Streichholz wurde entzündet, dann wieder Stille. »Rauchst du?«, fragte ich.

»Hast du mich schon mal rauchen sehen?«

»Ich kenne dich kaum.«

»Du kennst mich genug.«

Schweigen, das sie beendete. »Ich hab eine Kerze angezündet, ist ein dunkler Tag.«

Das stimmte. Ich sagte: »Mehr kann ich nicht für dich tun.«

»Wenigstens glaubst du mir endlich.«

»Ja.«

»Warum hast du das gesagt?«

»Was?«

»Du weißt schon. Meinen Namen, die idiotische Abkürzung.«

»Du warst nicht für EasyEating unterwegs.«

»Nein, war ich nicht.«

»Du hast dich für die Bewegung bewegt.«

Es klang wie ein abgehacktes, trauriges Lachen. »Hilfst du mir?«

»Wo wolltest du hin?«

»In die Konradstraße. Zu Holger.«

»Wieso?«

»Er wollte mit mir über was reden. Über Pläne. Meinen Eintritt in die Partei, meine künftige Funktion, meine Möglichkeiten.«

»Wusste dein Modezar von deinen Aktivitäten?«

»Er ist kein Modezar, er ist Geschäftsführer eines Herrenmodengeschäfts, das ihm sein Vater vererbt hat und sein Sohn nicht haben will. Seinen Namen möcht ich nicht mehr hören. Nein, der Mann wusste nichts davon.«

»Bist du sicher?«

»Ist das wichtig?«

»Vielleicht hat er sich deswegen von dir getrennt.«

»Er hat sich nicht getrennt, er hat mich weggeworfen wie einen verschlissenen Mantel, er hat mich einen Krüppel genannt, hast du das vergessen?«

»Du hast nicht gesagt, dass er dich so bezeichnet hat, ich dachte, der Ausdruck stammt von dir, auf ihn gemünzt.«

»Nein«, schrie sie ins Telefon.

Erneut Stille.

Ich rieb meinen nackten Fuß an der Jeans, in wachsender

Unruhe, die sich auf Via bezog, ihren Umgang, auf die Dinge, die sie mir anscheinend immer noch verheimlichte.

»Du?«

Aus Versehen hatte ich den Hörer vom Ohr weggehalten. »Ich bin hier.«

»Können wir von Angesicht zu Angesicht reden? Manchmal klingelt es an der Tür, ich mach nicht auf, ist meistens bloß jemand, der Werbung austrägt, oder ein Paketbote. Aber es könnten auch Holgers Leute sein.«

»Der Mann hat Leute um sich? Solche Leute?«

»Könnt sein. Inzwischen halt ich bei ihm alles für möglich.«

»Wieso?«

»Weil er was vorhat. Und weil er mich zu dem Treffen in dem Lokal mitgenommen hat, wo er meinen Namen genannt hat, die anderen ihren aber nicht. Auf gewisse Weise hat er mich ihnen ausgeliefert, hat mich bloßgestellt, mich benutzt. Wofür, frag ich dich. Praktisch weiß ich gar nichts. Er ist ein unauffälliger Lehrer. Am Anfang dachte ich, er redet nur daher, plustert sich auf, will mich beeindrucken. Schon vor dem Unfall. Nicht erst, seit der andere Herr mich fallengelassen hat und ich wieder Single bin. Verstehst du, Kay?

Vorher, das ist mir in den letzten Wochen aufgefallen, redete Holger mit mir wie auf Augenhöhe. Wir haben uns ja bei so einer Parteiversammlung kennengelernt, in seinen Augen war ich genauso auf der Suche wie er. Ja, er hatte schon Reden gehalten und agitiert, wenn du so willst. Er hatte eine Rolle. Für mich war alles neu, irritierend, ich wollt mich informieren, das musst du mir glauben. Ja, ich geb's zu, ich war durcheinander, hab mich anstacheln lassen von Berichten im Internet.

Verurteil mich nicht. Bitte.

Jedenfalls hab ich aus meiner Beziehung zu dem Herrn Soundso Holger gegenüber kein Geheimnis gemacht, ich war offen zu ihm, und er zu mir. Dachte ich. Wir haben Wein getrunken; er hat mir von seinem Sohn erzählt; der ist achtzehn, geht aufs Gymnasium, ist sozial engagiert, hat einen Führerschein und macht Krankenfahrten für Altenheime, scheint ein sympathischer Kerl zu sein, lebt bei der Mutter. Die Eltern sind getrennt, aber noch nicht geschieden.

So hat er geredet. Ich hab ihm was von dem anderen Herrn erzählt, nichts Spezielles, mehr so allgemein. Er kennt den Mann aus der Zeitung, vom Namen her. Du hast gesagt, du kennst ihn nicht, das wundert mich, so bekannt, wie der ist. Oder hast du mich angelogen?«

»Nein.«

»Ist auch egal.«

»Nach deinem Unfall hat sich Kranichs Verhalten geändert.«

Sie schniefte, trank etwas, ein Kratzen war zu hören, wie, wenn jemand mit dem Fingernagel über Stoff rieb.

»Nach und nach«, sagte sie. »Er hat die Begabung, dich in eine Richtung zu manövrieren, und du merkst nicht, was passiert. Lass uns was essen gehen, sagt er, ich lade dich ein. Gut, sag ich, und wir gehen los und landen in einem Lokal, in dem sich nach zehn Minuten ein Mann zu uns an den Tisch setzt, den er als Roland vorstellt. So ein Zufall, fügt er noch hinzu. Ich denk mir, für wie bescheuert hält der mich?

Um die vierzig, dieser Roland, an den Seiten rasierte Haare. Du kennst die Typen: weißes Hemd, Pullunder, Stoffhose. Sehr höflich, entschuldigt sich, dass er so hereingeplatzt ist, wollte nur ein Feierabendbier trinken. Und da sieht er seinen Freund Holger, Mensch, war das eine Freude. Beinah hätt ich auf den Tisch gekotzt. So blöde kann auch nur ich sein. Holger hatte sich mit dem Mann verabredet, es ging um die Personalliste der NVD für die nächsten Landtagswahlen. Dieser Roland machte den Vorschlag, ich solle mich aufstellen lassen, er wisse aus zuverlässiger Quelle, dass ich die besten Chancen hätte.

Zwinker, zwinker. Holger hatte ihm und wer weiß wem sonst noch etwas über mich erzählt. Er weigerte sich zu sagen, was. Dieser Roland trank sein Bier, machte Smalltalk, bedauerte mich wegen meines Stocks und meinte, mein Schicksal sei typisch. Arme Bürger wie ich würden von der Polizei und vom Staat schikaniert, man wolle uns klein halten und einschüchtern. Dagegen müssten Leute wie ich aufstehen. Widerstand sei das Gebot der Stunde. Wenn es nach ihm ginge, hätten wir ganz andere Gesetze im Land.

Das alles sagte er ruhig und freundlich, nickte Holger und mir immer wieder zu, schien sich irrsinnig wohl zu fühlen in unserer Gesellschaft. Dann verabschiedete er sich. Holger sagte, er würde das eine Bier selbstverständlich übernehmen. Zu guter Letzt hob dieser Roland die Faust und flüsterte mir in verschwörerischem Ton zu, ich hätt genau die richtige Ausstrahlung, um die Menschen wachzurütteln und zu motivieren, Widerstand zu leisten. Wir müssen handeln, sonst krepiert das Land, sagte er und zog mit stampfenden Schritten von dannen. Und der schlaue Holger meinte, ich solle mir nichts draus machen und die Begegnung am besten vergessen. Roland übertreibe immer, das sei seine Masche, er sei zwar ein wichtiges Parteimitglied, verrenne sich aber oft in irreale Spinnereien. Und ich Eselin fragte: Was für Spinnereien? Und er meinte, wir sollten erst in Ruhe essen, und dann, falls ich noch Interesse hätt, würd er mir ein wenig über die Partei erzählen. Er schätze mich wahnsinnig. Und er sei verliebt in mich, von Anfang an.

Von Anfang an. Und ich? Was hab ich an dem Abend getan? Das darf ich dir gar nicht sagen.«

»Du hast ihm zugehört.«

Zum dritten Mal Stille im Hörer.

Dann ein Geräusch. »Weinst du?«, fragte ich.

»Kannst du kommen, bitte?«

Auf dem Fensterbrett im Wohnzimmer brannte eine gelbe Kerze, dazu eine an ein Bücherregal geklemmte LED-Leuchte. Sonst kein Licht in der Wohnung. Via in einem schweren, beigefarbenen Polstersessel, mir gegenüber, ich auf der Couch, auf der ich geschlafen hatte. Zwischen uns ein runder Glastisch, eine Flasche Weißwein, zwei Gläser, eine Keramikschale mit Erdnüssen und Salzstangen. Sie hatte mich gefragt, ob ich Hunger hätte, und ich hatte nein gesagt.

Über die Notwendigkeit meines Besuchs hatte ich mir keine Gedanken mehr gemacht. Das verwunderte mich, als ich an ihrer Haustür klingelte, angesichts des Irrsinns der vergangenen Woche.

Nach meinem Zusammensein mit Britta Irgang im Garten, in einem Zustand ungewohnt geschmeidiger Trunkenheit, hatte ich mich an den Computer gesetzt und innerhalb einer Stunde die gespeicherten Protokolle einzelner Inspektionen durchforstet, das Gespräch mit meinem Kollegen von der PI 12 geführt, die Uhrzeiten abgeglichen, meine Notizen noch einmal durchgelesen und diese anschließend geschreddert.

Dem diensthabenden Kollegen Kutlar traute ich zwar nicht zu, in meiner Abwesenheit den Papierkorb zu filzen, für den einen oder anderen jedoch würde ich meine Hand nicht unbedingt ins Feuer legen. Natürlich würden sie sich fragen, was ich – im Krankenstand und zum wiederholten Mal – am Arbeitsplatz zu suchen hätte und wem oder was meine eifrigen Nachforschungen gälten, zumal ich alles Wesentliche im Zusammengang mit meinem Unfall bereits eruiert hatte.

Unabhängig davon misstraute ich mir seit Tagen selbst, bei all dem, was ich anzettelte.

Sonst so weit alles im Gleichgewicht?, hatte Kollege Kutlar

mich gefragt. Der Ingrimm über seine Einteilung als *Diha* an einem Freitagabend verunstaltete seine ansonsten durchaus freundliche Mimik. Während er redete, hämmerte er auf die Tastatur ein und korrigierte ununterbrochen den getippten Text. Wieder einmal hatten sie angetrunkene E-Scooter-Fahrer aufgegriffen, einer hatte versucht zu türmen, und sie mussten ihm hinterherrennen. Unfug dieser Art.

Seinen fragenden Blick ignorierend – das Anschalten des Reißwolfs im ersten Stock hatte er nicht überhören können –, erklärte ich ihm, ich hätte mir beim letzten Mal eingebildet, auf den Aufnahmen der Demo eine Person bemerkt zu haben, die mir im Nachhinein bekannt vorgekommen war, woher auch immer. Am Ende murmelte ich etwas von letztem Besuch und wünschte ihm eine ruhige Nacht. Bevor ich noch mehr sinnloses Zeug verzapfte, klingelte zum Glück sein Telefon. Jemand beschwerte sich über irgendetwas. Das übliche Grauen.

Zu dem Zeitpunkt war Frau Irgang nicht mehr im Haus. Gern hätte ich sie noch ein Stück begleitet. Dann erinnerte ich mich an eine Szene vor einigen Jahren: Chef Wilke und sie verließen eines Abends gleichzeitig die Inspektion; er bot ihr an, sie im Auto mitzunehmen. Wie aus der Pistole geschossen, lehnte sie mit der Bemerkung ab, sie brauche nach der Arbeit Luft und das Alleine-Gehen; scheinbar aus purer Höflichkeit fügte sie ein flüchtiges Danke an. Damals hatte ich gedacht, wie kurios ihre Begründung klang, immerhin verbrachte sie den halben Tag im Freien, auf dem Balkon oder im Garten. Und allein? Allein war sie, seit wir sie kannten, auch wenn sie gelegentlich eine Freundin zum Putzen mitbrachte, eine etwas jüngere Nachbarin, von der wir nichts wussten, außer, dass sie sich zu ihrer kargen Rente ein paar Euro dazuverdienen wollte.

Über die Lebensweise von Britta Irgang stand mir kein Urteil zu, über ihre Entscheidungen und Ansichten; und nach der vertrauensvollen Nähe, die sie so unerwartet und bedingungslos zugelassen hatte, erst recht nicht.

Vom Vorplatz aus hatte ich noch einmal einen Blick zu den Geranien geworfen; bald würde ihre Pflegerin sie ins Haus holen, in Zeitungspapier einwickeln und wie vor jedem Winter im Keller lagern; regelmäßig würde sie nach ihnen sehen und die Triebe besprühen. Das Erblühen im nächsten Frühjahr war gesichert.

»Dein Magen knurrt«, sagte Via. »Soll ich uns ein Brot machen? Geht schnell.«

Ich hatte keinen Hunger. Mich verfolgten Gedanken an die alte, schmächtige Dame, die unermüdliche Begleiterin von uns Polizisten und den Blumen und Pflanzen. Ihre klaren, beschwörenden Worte und ihr langes Schweigen am Ende vermischten sich mit den hingehauchten Hilferufen der Frau mit dem Stock. Beide hausten, jede auf ihre Weise, in einer Welt ohne Gnade, in die sie schuldlos hineingeraten waren und aus der sie nicht mehr herausfanden. Die eine hatte sich, nach endlosem, auszehrendem Hadern mit dem Schicksal, damit abgefunden; die andere strampelte noch und streckte flehend die Hände nach einem Erlöser aus.

Ausgerechnet nach einem, der sich seit einem Monat mit Lügen und Saufereien betäubte, nur, um sich nicht eingestehen zu müssen, dass sein Sommer vorbei und er zu nichts mehr nütze war; dass er auf den Polizei-Kompost gehörte, wie die verfaulten Äpfel im Garten der PI 22.

Mich hatte Via Glaser gerufen, und ich kapierte immer noch nicht, wieso, und schaffte es nicht, aufzustehen und zu verschwinden.

»Bin so froh, dass du hier bist«, flüsterte sie.

Plötzlich saß sie neben mir; ich rutschte nicht von ihr weg.

»Magst du was hören?«

Ich nickte.

»Du riechst gut«, sagte sie. »Du hast dich sogar rasiert.«

Ich sah sie an. Das hätte ich nicht tun sollen. Sie war zu nah. Der unmerkliche Duft nach Parfüm; ihr Gesicht, die Sommersprossen, die behutsam geschminkten Lippen, die lockigen rötlichen Haare, die ihr über die Stirn fielen, ihre blaugrauen, von einem leichten Schleier bedeckten Pupillen; ihre sommerlich anmutende, weiße Bluse mit dem Blumenmuster und den roten Streifenbordüren an der Schulter; die schlecht verheilte Narbe an der rechten Halsseite; die durchstochenen Ohrläppchen.

Als schaute ich durch ein Zielfernrohr.

Als hätte ich sie nur aus einem Grund im Visier – um sie zu eliminieren.

»Nein«, schrie ich.

Vor Schreck schnellte sie in die Höhe.

»Verzeihung«, sagte ich. »Hab keine Angst, ich tu dir nichts, ich habe mich getäuscht ...«

»Wovon redest du denn?« Sie griff nach meiner Hand, hielt sie fest, neigte den Kopf. »Worin hast du dich getäuscht, Kay?«

»In ... in ... Das hat nichts ...« Ich stotterte. Ich wollte etwas tun – sie umarmen vielleicht. Sie kam mir zuvor. Sie drückte mich an sich, strich mir über den Rücken, verharrte – ich tat nichts – und ließ mich los.

»Du zitterst wieder«, sagte sie.

Krampfhaft riss ich mich von ihrem Anblick los. Unschlüssig starrte ich vor mich hin. Dann sprang ich vom Sofa auf.

»Fang an«, sagte ich, »du darfst nichts auslassen, das ist sehr wichtig, du musst mir vertrauen.«

»Ich vertrau dir doch.«

Was ich gerade gesagt hatte, verwirrte mich vollends; auch, dass ich aufgestanden war, als würde ich mich fürchten.

Vor ihr doch nicht.

»Bitte setz dich wieder«, sagte sie.

Den erneuten Schwindel im Kopf bildete ich mir nur ein, hoffte ich und ließ mich wieder auf die Couch fallen, neben Via, nah wie zuvor.

Sie sah mich an, ich senkte den Kopf. »Du hast so viel durchgemacht«, sagte sie mit dieser Stimme, die samten klang, wenn sie leise sprach, und heiser, wenn sie lauter wurde. »Und ich mute dir noch mehr zu. Du bist der Einzige, der mir helfen kann. Ich weiß, hört sich überzogen an. Warum sollst du mir helfen, du weißt nicht mal, wobei, und ich weiß es auch nicht so richtig. Ich weiß nur, so will ich nicht weitermachen. Allein schaff ich's nicht, allein verlier ich alles und mich selber. Zur Hälfte hab ich mich schon verloren, das hast du doch gemerkt. Du bist Polizist, du durchschaust die Menschen ...«

»Nein.«

»Nein? Du brauchst mich nicht anzusehen. Ich weiß, was du über mich denkst, und es stimmt, zumindest zum Teil. Du musst mir helfen, sonst passiert vielleicht eine Katastrophe, und dafür will ich nicht mit verantwortlich sein. Das verstehst du doch.«

»Was soll passieren? Was weißt du?«

»Nichts im Detail, noch nicht. Weil: Ich soll eine Aufgabe übernehmen, soll dafür bezahlt werden.«

»Wofür kriegst du das Geld?«

»Das weiß ich noch nicht.«

»Du hast von einem konkreten Plan gehört?«

»Ja.«

»Von deinem Holger.«

»Ja.«

»Was hat er vor?«

»Ich weiß es nicht, ich glaub, er ist nur ein Mitläufer, andere führen den Plan aus.«

»Welchen Plan, Via?«
»Jemand soll ermordet werden.«
»Wer?«
»Ein Politiker.«
»Welcher?«
»Keine Ahnung.«
»Wann?«
»Weiß ich nicht.«
»Wo?«
»Hier in der Stadt.«
»Ich brauche Beweise, konkrete Hinweise.«
»Die kann ich bekommen, wenn du mir hilfst. Hilfst du mir?«
»Wo ist dieser Holger jetzt?«
»Zu Hause.«
»Sag ihm, er soll herkommen.«
»Du willst mit ihm reden?«
»Nein, du.«
»Und du?«
»Ich höre vom Schlafzimmer aus zu.«
»Aus welchem Grund soll er kommen?«
»Du willst mit ihm über den Plan reden, allein, im Schutz deiner Wohnung.«
»Er wird denken, ich will mit ihm ins Bett.«
»Das Schlafzimmer ist besetzt.«
»Ach.«
»Du brauchst Geld, das weiß er, du musst was tun, er wird dir glauben.«
»Und wenn er mich zu sich bestellt?«
»Dann gehst du zu ihm«, sagte ich.
»Und du?«
»Ich bringe dich hin und warte auf dich.«
»Da hab ich Angst.«

»Sag ihm das. Also wird er herkommen.«

»Und wenn er mir misstraut?«

»Wieso? Du hast ihm nie einen Anlass gegeben.«

»Und wenn er jemanden mitbringt, diesen schrecklichen Roland?«

»Dann bietest du ihnen Kaffee an, ihr setzt euch vertraut zusammen, und du hörst zu. Nichts weiter.«

»Hast du eine Pistole?«

»Die liegt im Spint meiner Dienststelle.«

»Du nimmst sie nicht mit nach Hause?«

»Das macht kaum einer der Kollegen.«

»Warum denn nicht?«

»Wir haben Respekt vor Waffen, sie sind gefährlich, und wir wollen sie nicht im Haus haben.«

»Versteh ich nicht. Ihr tragt sie doch den ganzen Tag, und manchmal schießt ihr auch auf Leute.«

»Ich habe noch nie auf jemanden geschossen.«

»Entschuldige. Wenn ich mir vorstell, die zwei Kerle rauschen in meine Wohnung, machen sich hier breit, trinken Kaffee wie bei einem Kaffeekränzchen, das behagt mir nicht, das jagt mir Angst ein.«

»Ich bin doch nebenan.«

»Und wenn er drauf besteht, dass ich zu ihm komm?«

»Dann sagst du nein.«

»Das macht ihn misstrauisch, da bin ich sicher.«

»Das glaube ich nicht. Er will was von dir, in der einen Sache und auch im Privaten. War er schon mal hier?«

»Spinnst du?«

»Umso besser. Er wird kommen.«

Sie ließ sich zur Seite fallen und lehnte sich an mich.

So blieben wir sitzen und rührten den warm gewordenen Wein nicht mehr an.

Ihr Telefonat war schnell erledigt.

4

Beschwingt im Englischen Garten

Der Kerl blieb zwei Stunden und hinterließ hauptsächlich Müll. Nichts Brauchbares, um ihn festzunageln, Strategien zu erkennen, geschweige denn Namen zu erfahren. Er trank Kaffee und Mineralwasser und fragte schließlich nach einem Bier. Sie habe keins im Haus, erklärte Via. Sei auch besser so, meinte er, wir würden sowieso alle zu viel trinken. Wen er mit »wir« meine, fragte Via, und er legte los: die Bürger mit Anstand, die Bürger, die um das Wohl des Volkes besorgt seien, die Bürger, die dieses Land nicht vor die Hunde gehen lassen wollen, wir alle, ereiferte er sich, du und ich und die Unterjochten und Ausgebeuteten.

In der Wahrnehmung von Holger Kranich setzte sich die deutsche Gesellschaft aus geknechteten, manipulierten, bevormundeten und in die Irre geführten Arbeitssklaven und einer Handvoll mit einer internationalen Elite verbündeten Machthabern zusammen. Deren erklärtes Ziel sei es, Kapital und Einfluss so zu steuern, dass dem einfachen Menschen keine Chance zur persönlichen Entfaltung bliebe und ihm jegliche Freiheit geraubt würde. Dagegen müssten alle guten Deutschen sich auflehnen. Wie sein Freund Roland immer sage: Widerstand sei das Gebot der Stunde, Zerschlagung des Berliner Verbrechersyndikats, Ausrottung der kompletten herrschenden Klasse.

Mindestens fünfzehn Minuten lang war von Via kein Laut zu hören. Hinter der angelehnten Schlafzimmertür verstand ich fast jedes Wort des Lehrers; es fiel mir schwer, ruhig zu bleiben. Vor allem, weil ich auf handfeste Hinweise wartete, eine nützliche Spur.

Darauf musste ich bis zu Kranichs Abgang warten.

Auf die scheinbar naiv gestellte Frage, was sie als momentan arbeitslose und bescheiden vor sich hin lebende Frau für die Gemeinschaft tun könne, erwiderte er eine Weile nichts. Wie ich später erfuhr, war er aufgestanden und im Wohnzimmer schweigend auf und ab gegangen; dann beugte er sich zu ihr hinunter – sie saß im Sessel –, nahm ihre Hand und flüsterte: Alles, du darfst nicht feige sein, wie die meisten da draußen …

Sie habe, berichtete sie mir, ihre Hand weggezogen und die Arme verschränkt. Was das bedeutete, fragte sie, und er, laut und vernehmbar: »Die Wege sind bereitet, du brauchst nur ja zu sagen, und du gehörst zu denen, die sich nicht mehr ducken. Willst du das? Willst du dazugehören? Willst du Verantwortung übernehmen für die Zukunft dieses Landes, deiner Heimat?«

Offensichtlich lauschte sie den Echos seiner staatstragenden Worte; keine Silbe zu hören, kein Geräusch. Dann ein tiefer Seufzer, ein gurgelndes Geräusch. Er habe sich, erfuhr ich, auf die Couch fallen lassen – vorher saß er auf einem Stuhl –, habe sich zurückgelehnt, den Kopf in den Nacken gelegt und eine Art Schnarchen von sich gegeben, mit offenem Mund, als wäre er allein im Raum.

Weil sie ihm nicht schon wieder die Frage stellen wollte, worum es ihm eigentlich gehe, entschied sie sich für die Offensive – im Sinn unserer Absprache. Ich hatte sie ermuntert, herausfordernde Äußerungen zu riskieren, ihn allerdings nicht zu Bemerkungen zu verleiten, die er im Nachhinein abstreiten und von denen er behaupten könnte, er sei zu missverständlichen Antworten provoziert worden.

Sie sei bereit zu handeln, erklärte sie. Nach ihren letzten Gesprächen habe sie intensiv über seine Sicht auf die Welt und speziell auf Deutschland nachgedacht. Auch habe sie bewusster als bisher die Nachrichten im Fernsehen verfolgt, oft zwei oder drei Zeitungen am Tag gelesen und festgestellt, wie widersprüchlich, ja unglaubwürdig ihr die meisten Artikel und Berichte erschienen seien.

Im Internet habe sie gezielt nach echten Informationen gesucht und diese auf bestimmten Seiten und in Chatgruppen auch gefunden; das habe sie enorm erleichtert. Mit großer Neugier, versicherte Via, habe sie mehr Zeit als je zuvor auf der Webseite der Neuen Volkspartei Deutschland verbracht und sich mit deren Forderungen auseinandergesetzt; diesen, wie er wisse, pflichte sie mehr und mehr bei. Inzwischen sei sie entschlossen, in die Partei einzutreten, die Strukturen kennenzulernen und falls erforderlich, eine Funktion zu übernehmen.

Von diesem Bekenntnis – so schilderte sie mir – schien der Lehrer überrascht, sogar ein wenig beeindruckt zu sein. Wie elektrisiert setzte er sich aufrecht, rutschte an den Rand der Couch und starrte die Frau regungslos an. Der Blick, meinte sie, habe ihr einen Schauder über den Rücken gejagt. Anfangs dachte sie, ein Fremder säße ihr gegenüber, einer, den sie nicht freiwillig in die Wohnung gelassen hätte, ein Einbrecher in ihre absolut private Welt. Sie habe die Luft angehalten und sich nicht getraut, einen Mucks zu machen. Bis er die Anspannung mit einer verblüffenden Geste beendet hätte.

Euphorisiert schlug er die rechte Faust in die linke Hand. Er sah Via an und lächelte eigenartig. Nichts Anderes, sagte er mit schmissigem Unterton, habe er von ihr erwartet. Es bestätige sich, betonte er und stand auf, was er von ihrer ersten Begegnung an gedacht habe: Sie sei exakt die patente und unerschrockene Frau, die *sie* für ihre Zwecke bräuchten; mit ihr würden *sie* endlich Wege in der Öffentlichkeit beschreiten, die direkt ins wahre Herz der Deutschen führten. Dann streckte er den Arm aus.

Während Via noch über den Ausdruck »das wahre Herz der

Deutschen« grübelte, machte er einen weiteren Schritt auf sie zu und hielt ihr die Hand hin. Was hätte sie tun sollen? Ihn abweisen? Nach ihrem eindringlichen Monolog, ihrem Bekenntnis zum Widerstand, den er die ganze Zeit einforderte und den seine Gesinnungsleute offenbar im Geheimen bereits probten? Dem Ausspielen ihrer Trumpfkarte als Frau aus dem Volk?

Behutsam beugte sie sich vor und nahm seine Hand; er hielt sie fest. Nun sei ihr Bündnis besiegelt, sagte er, seine Freunde würden applaudieren, wenn sie davon erführen. Als er ihre Hand losließ, wollte sie aufstehen. Sie traute sich nicht. Er stand direkt vor dem Sessel; sie war überzeugt, er würde die Arme um sie legen, sowie er die Gelegenheit dazu bekam. Sie sei erschöpft, sagte sie und bat ihn zu gehen.

Sofort, entgegnete er. Seine Aufwartung – er gebrauchte tatsächlich dieses Wort – habe er ihr nicht nur aus nachvollziehbaren Gründen gemacht, nämlich, um ihre wahre Einstellung auszuloten, was ihm dank ihrer fantastischen Offenheit gelungen sei. Vielmehr wolle er ihr einen Vorschlag unterbreiten. Das hätte er, ergänzte er mit Nachdruck, so oder so getan, unabhängig davon, wie das Gespräch verlaufen wäre.

Ob sie am kommenden Mittwoch Zeit habe, raunte er und senkte die Stimme, als befürchtete er geheime Mithörer hinter den Wänden oder unter der Couch.

Zunächst suchte sie nach einem Vorwand. An dem Tag, erklärte sie, habe sie wegen ihrer Hüfte einen Termin in einer Fachklinik im Landkreis Weilheim; das bedeute, sie sei den ganzen Tag unterwegs. Für Kranich kein Problem. Worum er sie bitten wollte, bezog sich auf keinen Termin für untertags; er würde sie gern am Abend wohin mitnehmen, nicht vor einundzwanzig Uhr. Wäre diese Zeit für sie machbar?

Sie hätte einen neuen Vorwand erfinden müssen. Schon möglich, sagte sie.

Er verlange ein eindeutiges Ja – ich hörte, wie er im Flur seinen Regenmantel vom Bügel nahm und anzog –, andernfalls würde er sie jetzt nicht verlassen. Rasch fügte er noch ein Bitte an. Via versprach, darüber nachzudenken. Er wiederholte seine Bitte.

Mit den Händen an ihren Oberarmen – sie schüttelte sich, als sie mir davon erzählte – insistierte er auf ihrer Begleitung. Dies sei ein entscheidender Schritt auf dem Weg in die Zukunft, an der sie den größten Anteil haben werde.

»Fürs Kneifen ist es jetzt zu spät, liebe Silvia«, hörte ich ihn mit verschwörerischer Stimme sagen. Was passiert da, fragte sie, wieder ein Treffen mit seinen Freunden in der Sendlinger Gaststätte? Der Ort, meinte er, stehe noch nicht fest, aber in der Tat handele es sich um eine Zusammenkunft, über die sie unter keinen Umständen ein Wort verlieren dürfe. Das müsse sie ihm hoch und heilig versprechen.

»Sind wir uns einig?«, fragte er an der Tür.

Inständig hoffte ich auf die richtige Antwort.

»Na gut«, sagte sie.

Jetzt drückte er sie doch an sich, kurz und fordernd und mit kalter Kraft, wie sie sich hinterher ausdrückte. Spätestens am Dienstag würde er sie kontaktieren und am darauffolgenden Tag mit dem Auto abholen. Zudem wünsche er ihr viel Glück für die Untersuchung.

Seine Schritte verklangen im Treppenhaus. Sie schloss die Tür, sperrte ab, lehnte sich dagegen. Dann bemerkte sie mich im Türrahmen des Schlafzimmers.

»Ich glaub, ich möcht erst mal duschen«, sagte Via.

Wir redeten bis Mitternacht, tranken drei Glas Weißwein – ein Bier zum Auftakt – und gelangten zu dem Schluss: Wir waren allein.

Nach der Scheidung von Ute, stellten wir fest – und ich erschrak darüber –, hatte ich praktisch keinen Gedanken mehr an mein soziales Leben verschwendet.

Im Durchschnitt sechs Tage die Woche verbrachte ich mit meinen Kollegen, mit zwei oder drei von ihnen auch die Abende. Wir gingen einen trinken oder spielten Darts. In gewisser Hinsicht waren wir Freunde, alle bis auf einen Singles oder geschieden. In kritischen Nächten jammerten wir uns gegenseitig die Hucke voll. Klagten über die Unmengen von Überstunden und mutlose Chefs im Präsidium. Machten uns über untertänige Kollegen lustig. In Wahrheit rissen wir selber die meiste Zeit wie ferngesteuerte Roboter unseren Dienst runter und kamen nie dazu, uns gegen beschissene Arbeitszeiten, Unterbezahlung, Unterbesetzung und die klägliche Ausstattung unserer Büros zur Wehr zu setzen.

Wir funktionierten und wurden gelobt. Funktionierten wir nicht, hagelte es Beschwerden von allen Seiten, intern und extern. Machten wir den Mund auf, verwies man uns auf den Beamtenstatus und den krisensicheren Arbeitsplatz.

Solche Sachen.

Wann hätte ich jemanden kennenlernen sollen? Wo? Nicht eine Frau, einen Mann, einen Kumpel, einen guten Bekannten, der nach und nach ein Freund hätte werden können. Wann? Wie? Die Wochen verstrichen, die Monate. Gerade unterschrieben wir im Amtsgericht die Scheidungspapiere – Schnitt –, schon waren zwei Jahre um – Schnitt –, und ich hatte nicht nur einen wichtigen Menschen weniger, sondern auch ein Sinnesorgan.

»Warum bist du Polizist geworden«, fragte Via mich im Lauf des Abends, nachdem die Möwe Kranich nicht mehr in jedem zweiten Satz auftauchte.

»Ich wollte nicht zur Bundeswehr.«

»Das war der einzige Grund?«

»Die anderen Gründe habe ich vergessen.«

»Immerhin bist du Beamter und kannst nicht gekündigt werden.«

»Nein, nur erschossen.«

Ich saß im Medawar bei Ali an der Bar, unterhielt mich mit Mahmood und Pierre, manchmal mit Rana, der Tänzerin. Einander vertraut, duzten wir uns, redeten Zeug, ab und zu was Persönliches, nichts, was allzu tief ging, nichts, was einen zu Tränen rührte oder in übermütiges Gelächter ausbrechen ließ. Unsere Begegnungen liefen nach einem eingespielten Schema ab, keine Überraschungen, kein Gehabe, keine Irritationen. Freundlichkeit und Abstand – das perfekte Rezept, um das Leben an sich vorbeiziehen zu lassen.

Welches Leben?

»Welches Leben?«, fragte sie.

»Du sagst, da ist nichts mehr, was dich antreibt, umtreibt, einen Sinn spüren lässt, nachdem der Unfall dein Leben verändert hat.«

»Du sagst, der Unfall hätt mein Leben verändert. Und deshalb frag ich dich: Welches Leben? War das ein Leben, das ich vorher geführt hab? Als Essensausfahrerin, für zehn Euro in der Stunde plus zwei Euro für jede Lieferung und ein gnädiges Trinkgeld dazu, mal einen Euro, mal zwei, auch mal drei. Leben nennst du so was? Ich nenn es Abfalleimer.«

»Unsinn.«

»Hast du so gelebt oder ich? Ich steh morgens auf und weiß nicht, wozu. Jetzt noch weniger als im vergangenen Jahr. Was ich mal war, bin ich schon lange nicht mehr. Und wenn ich dich so anschau und dir zuhör, denk ich, du müsstest mich doch verstehen. Wir sind beide von unserem Heimatplaneten gekippt. Was dir als Erstes morgens nach dem Aufwachen durch den Kopf geht, weiß ich nicht, ich denk immer dasselbe:

Wieder vierundzwanzig sinn- und ziellose Stunden, Verwaltung von Zeit. Das ist alles, was passiert, die monotone Inventur eines Körpers, der angeblich meiner ist, auch wenn er wie Gerümpel aussieht, das jemand dagelassen hat, damit die Sonne was zum Schattenmalen hat.«

Mein Schweigen lähmte mich.

»Na also. Man kann nichts verändern, was nicht existiert. Die Frage, die jetzt wichtig ist, lautet: Wer steht dir in deiner Inspektion nah? Wen würdest du ins Vertrauen ziehen? In unserer Angelegenheit. Wegen nächstem Mittwoch? Sag was.«

Ich war mir nicht sicher. Ich hatte die Möglichkeit, die sie nun zum zweiten Mal ansprach, bisher nicht in Erwägung gezogen. Auch im Schlafzimmer, als ich den Lehrer belauschte und die Chancen einer Observierung erwog, hatte ich nicht an einen zweiten Mann gedacht. Wir waren auf uns gestellt; das musste kein Nachteil sein.

Sollte das Treffen in einem Lokal stattfinden, könnte ich mich unter die Gäste mischen, wenn keine da waren, allein rumsitzen, Zeitung lesen, Bier trinken, mit dem Handy spielen. Ein einsamer, versoffener Typ wie jeder andere, der sich zufällig in die Kneipe verirrt hatte. Natürlich war die Augenklappe auffällig, das mussten wir riskieren.

Kein Mitwisser, kein Verräter.

Hielt ich meine Kollegen für potenzielle Verräter?

»Brauchen wir einen Außenstehenden?«, fragte ich.

»Du sicherst mich ab, der Andere dich. Soll ich noch eine Flasche Wein aufmachen?«

»Nein. Ich gehe nach Hause und denke über die Sache nach.«

»Bleib doch.«

»Ein andermal.«

»Versprochen?«

An der Tür dehnte sie die Dauer unserer Umarmung aus. Ihre Haare rochen nach Apfelshampoo.

In der Nacht von Samstag auf Sonntag fand ich keinen Schlaf. Ich saß am Küchentisch, ein unliniertes DIN-A4-Blatt vor mir, mit einem senkrechten schwarzen Strich in der Mitte, einen Kugelschreiber in der Hand. Ich trank eine Tasse Kaffee nach der anderen und betrachtete mein grünes Notizbuch mit dem abgeschabten Ledereinband, das mir Ute vor zwanzig Jahren zum Geburtstag geschenkt hatte. Darin standen Namen und Adressen von Freunden und Bekannten, Arbeitskollegen und Ärzten, Kneipen und Restaurants, Unterkünften in Österreich, Italien, Finnland. Manches unleserlich, Vieles durchgestrichen, etliche Seiten zerknittert und mit Flecken übersät.

Freunde und Bekannte?

Einige Namen hatte ich bereits vergessen. Ich überflog die Listen und blieb an keiner Zeile hängen. Das erschien mir so unglaublich, dass ich drei Mal von vorn anfing. Nichts. Keine Regung, Erregung, Aufregung. Vor- und Nachnamen, oft mit Telefonnummern und Anschrift, nirgendwo eine Mailadresse, zu lange her, das alles, aus dem Paläolithikum der Kommunikation.

Vorgenommen hatte ich mir, auf der einen Seite des Blattes die Namen alter Freunde zu notieren, auf der anderen Seite die von Kollegen, denen ich im Notfall Verschwiegenheit und Verständnis zutraute. Was ich damit bezweckte, war mir nur verschwommen klar – eine Art Bestandsaufnahme meiner abgehangenen Existenz, verbunden mit der konkreten Abwägung der gegenwärtigen Ereignisse um die unvermittelt in mein Leben getretene Frau mit dem bernsteinfarbenen Gehstock.

Und wozu?

Auf dem Heimweg hatte ich unaufhörlich an die Verachtung denken müssen, mit der Via Glaser ihr Leben betrachtete. Einen Abfalleimer hatte sie es genannt. Je länger ich unsere Unterhaltung nachwirken ließ, desto weniger glaubte ich, sie meine es ernst. Wahrscheinlich hatte sie die Begegnung mit dem Lehrer aufgewühlt und in eine unerträgliche Anspannung versetzt, gegen die sie sich nicht anders als durch grobe Selbsterniedrigung zu wehren wusste.

Mir war solches Verhalten nicht im Geringsten fremd.

Tat ich jetzt etwas Besseres?

Ja, sagte ich.

Wenig überzeugend.

Wieso stand noch kein einziger Name auf dem weißen Blatt, nicht einmal ein Vorname? Weder auf der einen Seite des Strichs noch auf der anderen? War dieses zerfranste, schäbig gewordene Notizbuch nicht ein bis oben hin mit Abfall gefüllter Eimer aus rissigem Leder? Voller weggeworfener Namen und verfaulter Erinnerungen, zerknüllter Wünsche, vergilbter Visionen von einem geordneten, normalen Dasein? Eine Ansammlung von Müll aus einer Zeit, in der wir uns mit Sehnsüchten vollgestopft hatten, die wir nicht vertrugen und eines Morgens auskotzten.

Und die Zeit war vorbei.

Sie führte eine Apotheke und dann nicht mehr. Sie verdingte sich als Fahrerin für einen Lieferservice und dann nicht mehr. Sie war eine quirlige, gesunde, übermütige Frau und dann nicht mehr. Sie war neugierig und den Menschen zugewandt und dann nicht mehr. Sie war unpolitisch und dann nicht mehr. Sie war friedliebend und dann nicht mehr. Sie war am Leben und dann nicht mehr.

Gegen den Gedanken lehnte ich mich auf. Deshalb trank ich nichts in dieser Nacht, nur Kaffee und zwischendurch ein Glas Leitungswasser. Obgleich ich nichts gegessen hatte und unter Schlafmangel litt, fror ich nicht; stattdessen stieg eine

Glut in mir hoch, deren Intensität mich an die ersten Wochen bei der Polizei erinnerte.

Also doch, dachte ich und sprang auf und rannte los, barfuß, wie ich war. Raus in den Flur, rein ins Wohnzimmer, zurück in den Flur, rein ins Schlafzimmer, zurück in die Küche und wieder ins Wohnzimmer, wo ich weitere Runden drehte.

Also doch! Da glomm noch ein Rest Leben und würde nicht erlöschen. Wieso nicht? Die Antwort schoss wie ein Projektil durch mein Schweigen: Weil du einen Auftrag hast, du darfst dich nicht im Stich lassen.

Ich?

Mich?

Mit diesen Worten hatte Via mich aus meiner Wirrnis gerissen; in dem Moment hatte ich es noch nicht kapiert. Erst jetzt scheuchte mich ihr Appell aus dem Kartoffelsack, in den ich mich seit meinem Unfall kleidete, bis zum Scheitel angefüllt mit ödem Stolz und drögem Trotz. Genau wie sie. Unsere Kartoffelsäcke stammten aus derselben Fabrik, der Fabrik der Selbstverstümmler, die vor den Spiegeln der Welt mit ihrer Verkrüppelung protzten und nicht genug davon kriegten, sich bei ihrem Anblick genüsslich anzuekeln.

Mit ausladenden Schritten und schwingenden Armen lief ich durch die Wohnung. In der Küche warf ich einen verächtlichen Blick auf das leere Blatt Papier. Am Wohnzimmerfenster fuchtelte ich mit beiden Händen herum, in Richtung des schnarchenden, verschrumpelten Gustav. Ich stürzte ins Bad, schüttete mir kaltes Wasser ins Gesicht, schüttelte den Kopf, dass die Tropfen nur so spritzten, und stieß, außer Atem zurück in der Küche, einen tierischen Schrei aus.

Bis mir die Luft ausging.

Erschöpft sackte ich auf den Stuhl und streckte die Beine. Mein Notizbuch war kein Abfalleimer, so wenig wie mein Leben und das der ehemaligen Apothekerin. Mein Leben war Bestandteil meiner Gegenwart. Und in der Gegenwart saß ich auf einem Stuhl in der Nacht, weder hungrig noch satt, weder träge noch überschwänglich, weder einsam noch in Gemeinschaft. Sondern nüchtern wie ewig nicht mehr, entschlossen, besonnen und erfüllt von einer sonderbaren Dankbarkeit, die niemand Bestimmtem galt – vielleicht dem Augenblick, dem Empfinden körperlicher Fähigkeiten, meinem kindlichen Gehopse, der Stille.

Dann wurde mir bewusst: Nichts von alldem traf zu. Ich war nicht irgendwem oder für irgendwas dankbar – ich war beseelt von meiner bloßen Anwesenheit. Dass ich noch da war und: dass *sie* noch da war, Via. Und: dass wir beide einen Auftrag erfüllten, der über unser eigenes Schattenreich hinausreichen und unsere Kartoffelsackexistenz beenden könnte.

Verpiss dich, Hund des Zweifels.

Den Befehl musste ich innerhalb der kommenden vier Stunden mehrmals wiederholen.

Acht Uhr dreißig, und ich tippte auf dem Handy die Privatnummer eines meiner Kollegen.

»Ich habe mich nicht anständig bei dir bedankt«, sagte ich nach der Begrüßung. »Das war ein feiner Zug von dir, dass du bei mir vorbeigeschaut hast, in deiner Freizeit. Danke, Arno. Ich hoffe, ich habe dich nicht geweckt, heut am Sonntag.«

»War schon Hanteln stemmen«, sagte Polizeiobermeister Gillis. »Es war mir ein Anliegen, dich im Krankenstand zu besuchen. Du bist der zuverlässigste Kollege, den ich kenne, wir haben einige Schlachten zusammen geschlagen. Ist doch klar, dass ich wissen will, was mit dir los ist. Wie geht's dir mittlerweile?«

»Mal so, mal so. Ich möchte dich um einen Gefallen bitten.«

»Jeden, den du willst.«

»Ein heikler Auftrag auf der Basis von Vermutungen. Möglicherweise löst sich alles in Wohlgefallen auf. Dennoch muss ich was unternehmen.«

»Und was?«

»Observation.«

»Wer ist im Visier?«

»Eine Gruppe von Leuten aus dem Umfeld der NVD.«

»Dieser Splitterpartei?«

»Könnte sein, sie planen was, einen Anschlag im schlimmsten Fall.«

»Die haben wir doch zuletzt auf dieser Demo gesehen, auf der die Scheiße mit dir passiert ist. Wir haben sie reden hören, das sind High-End-Looser. Labersäcke. Und die planen einen Anschlag? Mit Waffengewalt, Bomben und allem Drum und Dran?«

»So weit bin ich noch nicht. Ich habe Informationen, wonach in den nächsten Tagen ein Treffen stattfinden soll, bei dem eventuell konkrete Pläne besprochen werden. Und ich würde jemanden brauchen, der mit mir vor Ort ist.«

»Wo findet das statt?«

»Das weiß ich noch nicht.«

»Du bist sicher, die treffen sich.«

»Eine Bekannte von mir nimmt an dem Treffen teil.«

»Du hast Freunde bei der NVD?«

»Sie ist ausgestiegen, das heißt, sie war nie richtig dabei, kein Parteimitglied. Sie hat begriffen, dass sie dort am falschen Platz ist.«

»Hat die Frau was mit dem Mann zu tun, dessen Identität ich nachprüfen sollte?«

»Ja.«

»Verstehe. Der Mann ist sauber, das habe ich dir gesagt.«

»Die meisten Sympathisanten der Partei sind sauber, schätze ich. Aber es gibt Verbindungen zu anderen, radikaleren Gruppierungen.«

»Solltest du dann nicht den Staatsschutz informieren?«

»Mit welchen Argumenten? Ich habe nichts in der Hand, außer Spekulationen. Meine Informantin möchte ich nicht preisgeben, zu gefährlich.«

»Vertraust du der Frau?«

»Ja.«

»Hundertprozentig?«

»Ja.«

»Sie weiß, dass du ein Bulle bist.«

»Sie weiß Bescheid.«

»Das ist aber nicht die, die von den Kollegen bei der Demo gefilzt wurde, zusammen mit dem Typen, den ich für dich checken sollte?«

»Nein.«

»Entschuldige, dass ich frage. Du warst extra in der Dienststelle, habe ich gehört, um dir noch mal die Aufnahmen anzuschauen.«

»Meine Informantin kommt aus einer anderen Ecke.«

»Warum vertraut sie dir? Habt ihr was miteinander?«

»Wie ich grade gesagt habe: Sie ist eine Aussteigerin und hat wiederum über einen Freund aus der Szene mitgekriegt, dass was im Schwange ist, eine Aktion in der Öffentlichkeit, ihrem Gefühl nach keine kleine Sache.«

»Du musst das LKA einschalten, Kay. Das klingt nicht gut, was du erzählst.«

»Erst möchte ich mir persönlich einen Eindruck verschaffen. Mit Begleitung wäre mir wohler.«

»Wer weiß davon?«

»Nur wir, die Frau, du und ich.«

»Versteh mich nicht falsch, ich nehme das ernst, was du

sagst, und will dich unterstützen, scheiß aufs Risiko. Doch was ist, wenn wir auffliegen? Irgendwas läuft schief und bumm? Das war's, Aufstieg zum Polizeihauptmeister, Karriere zu Ende, Beruf auch.«

»Habe ich volles Verständnis.«

»Es ehrt mich, dass du mich fragst. Wann ist das Treffen?«

»Voraussichtlich am Mittwochabend.«

»Würde passen.«

»Überleg's dir, lass dir Zeit.«

»Und wenn die Kollegen vom Staatsschutz schon dran sind?«

»Niemand bringt uns mit der Gruppe in Verbindung, dann sitzen wir zufällig im selben Lokal.«

»Das Treffen findet in einer Kneipe statt?«

»Möglich.«

»Das macht die Observierung leichter, kein privates Gelände, kein stiller Flecken irgendwo im Niemandsland.«

»Du musst dich nicht gleich entscheiden, Arno. Und es bleibt alles unter uns.«

»Klar. Du hast mich angerufen und ins Vertrauen gezogen, und ich danke dir dafür. Du kannst auf mich zählen. Ich warte auf Einzelheiten.«

»Danke.«

»Wir sind ein Team, mein Freund.«

Nach dem Gespräch joggte ich eine Stunde durch den Englischen Garten, leicht beschwingt wie lange nicht mehr.

5

Eine elektrisierende Nachricht

Am nächsten Tag fuhr ich unangemeldet in die Maillingerstraße. Sollte ich den Kollegen von der PMK-Abteilung nicht antreffen, würde ich keine weiteren Nachforschungen anstellen und mich verziehen. Nicht, dass ich plötzlich mit einer neuen Form von Kooperation im LKA rechnete oder einer gewandelten Einstellung, was Amtshilfe für untergeordnete Dienstebenen betraf. Ich wollte die Chance nicht ungenutzt lassen. Und: Ich empfand eine Verantwortung meinem Job gegenüber, fühlte mich verpflichtet, den Dienstweg einzuhalten, zumindest halbwegs. Korrekt hätte ich zunächst Chef Wilke einweihen und ihm die Entscheidung über das weitere Vorgehen überlassen müssen.

Ehrenwerter Vorsatz.

Wo sind die Beweise?, hätte Wilke zwangsläufig gefragt. Wer ist die Informantin? Woher kennst du sie? Wieso wandte sie sich ausgerechnet an dich? Hat der Kollege Gillis dir nicht klargemacht, dass gegen diesen Lehrer nicht das Geringste vorliegt, kein Eintrag im System, abgesehen von seiner Teilnahme an der Demonstration? Ist die Frau, die bei ihm war, womöglich deine Informantin?

Nein, hätte ich gesagt und mit Frau Irgang noch einen Kaffee getrunken und danach die Inspektion wie ein Trottel verlassen.

Hierarchisch betrachtet, blieb mir nur der Weg zum Ober, da der Unter, Chef Wilke, nicht in Frage kam. Auf ewiges Abwägen hatte ich keine Lust mehr.

So und nur so.

Falls die Sache sich zu einer echten Bedrohung für Leib und Leben in der Bevölkerung entwickeln sollte, bräuchten Via und ich sowieso Unterstützung von höchster Stelle, nicht nur in Form einsatzbereiter Kommandos, vor allem in psychologischer und publizistischer Hinsicht.

Gegen den Schlamassel, sollte sich hinterher herausstellen, ich hätte den Sicherheitsbehörden Informationen vorenthalten, käme mir mein verlorenes Auge womöglich wie ein banaler Betriebsunfall vor.

Dennoch zögerte ich, als ich aus der U-Bahn hochkam. Kurzfristig erwog ich, Via anzurufen und sie um ihre Meinung zu bitten.

Wozu?

Ich kannte ihre Antwort. Zum jetzigen Zeitpunkt würde sie sich jede offizielle Einmischung verbitten. Eine Aussage als Zeugin lehnte sie ab. Sie befürchtete – das hatte sie in unserem letzten Gespräch angedeutet – eine Überreaktion von Kranich oder einem seiner unberechenbaren Kumpane.

Was wir vorhätten, bewege sich auf dünnem Eis, meinte sie, niemand dürfe davon erfahren, es sei denn, ich würde einem meiner Kollegen hundertprozentig vertrauen. Ihn dürfte ich dann, unter dem Siegel der Verschwiegenheit, als Begleitschutz anheuern. Für alles andere sei das Risiko zu groß.

Ihre Skepsis war verständlich. Sie fragte sich: Gewann der Polizist in mir die Oberhand und pochte auf vorschriftsmäßiges Verhalten, was jegliche Beteiligung an einer illegalen Aktion ausschlösse?

Zugegeben: Der Polizist in mir lief im Englischen Garten neben mir her. Ich hörte ihn sagen: Lauf schneller, komm in Form, werd endlich nüchtern und triff angemessene Entscheidungen, lass dich nicht von Spekulationen leiten.

Nach einem Monat im Tunnel, flüsterte der keuchende Polizist, dürfte ich nicht ins nächstbeste Kellerfenster springen. Was die Frau an Hinweisen in der Hand hatte, waren allenfalls Schnipsel eines verzerrten Bildes, das wir nirgendwo zuordnen konnten. Ein Mann, der Kranich hieß und Möwe genannt wurde, sowie ein Blauer. In meinen Ohren klangen die Bezeichnungen mehr nach Spitznamen als nach Decknamen. Ferner ein gewisser Roland, der angeblich tatsächlich so hieß. Mehr hatte Via bisher nicht in Erfahrung gebracht. Nicht zu vergessen den Namen einer Sendlinger Gaststätte: Pfauenauge.

Wieder war ein Tier im Spiel.

Nach meinem einstündigen Rundlauf durch den Park stieg der Polizist in mir mit unter die Dusche. Als ich rauskam, war er verschwunden. Meine Entscheidung stand fest, keine Widerrede. Das Risiko, dass der Kollege Siebert Rücksprache mit Wilke hielt, musste ich eingehen. Mir würden sicher ein paar nachvollziehbare Erklärungen einfallen.

Zum Beispiel: Mein Informant – er rief mich auf dem Festnetz von einem Prepaidhandy an – sprach mit osteuropäischem Akzent. In einem Biergarten habe er zufällig Gespräche mit angehört, in denen es um eine terroristische Aktion ging. Einzelheiten habe er nicht verstanden, aber die vier Männer wirkten in ihren schwarzen Jacken und mit den schwarzen Mützen entschlossen und aggressiv. Namen wurden nicht genannt, auch keine konkreten Anschlagsziele. Aus Angst wolle er den Namen des Biergartens nicht nennen.

Solche Sachen.

Zwei, drei Details fehlten noch, dann würde niemand den Anruf bezweifeln.

Auf der Treppe zum Eingang des LKA blieb ich stehen, bemerkte die beiden Kameras an der Wand. Der Polizist in mir griff nach dem Dienstausweis.

Genießbarer Kaffee, prickelndes Mineralwasser, Zitronenkekse. Weißes, angenehmes Licht in einem Raum mit zwei großen Fenstern, durch die mildes Tageslicht fiel. Weißer langer Tisch, leer bis auf das Geschirr. Unbekritzelte Flipcharts vor weißen Wänden. Runder Tisch mit einer Telefonanlage. Vier schwarze Bürostühle, zusätzlich zu den acht am Tisch, an dem ich saß und mir gegenüber Hauptkommissar Jost Siebert.

Anthrazitfarbenes Hemd, dunkelrote Krawatte, graues Sakko, dunkle Hose, silberner Ehering, kurz geschnittene Haare, kein Scheitel. Die Hände gefaltet auf dem Tisch, akkurat geschnittene Fingernägel. Seine dunklen Augen ruhten auf mir, dem unerwartet hereingeschneiten Kollegen von der Bepo.

Dem diensthabenden Beamten an der Pforte hatte die Sekretärin mitgeteilt, Herr Siebert sei zwar wegen eines Termins schon fast außer Haus, nehme sich aber für einen Kollegen gern einige Minuten Zeit.

Die Zeit verging.

Ich hatte den Grund meines Besuchs erläutert, und Siebert hatte nickend zugehört, nachdem er seine Sekretärin gebeten hatte, mir einen Kaffee zu bringen.

Meine Lederjacke hatte ich anbehalten; kein Schlips; bequeme Jeans und ein schwarz-weiß kariertes Hemd; blank gewienerte Lederschuhe. Statt mit Yoga, wie Schwester Balbina in der Augenklinik vorgeschlagen hatte, entspannte ich mich beim Putzen meiner Schuhe; jeden zweiten Tag fing ich mit der Prozedur von vorn an; hockte mich im Flur auf den Boden und legte los; sinnlos und auf kuriose Weise effizient für mein Innenleben; zumindest hielt die Wirkung vier bis fünf Stunden an.

Undurchschaubarer Blick. Eventuell eine Mischung aus routinierter Gleichgültigkeit und gleichgültiger Routine.

Schrecklich, hatte er bei der Begrüßung gesagt, schrecklich, dass so was passieren musste. Eine Anspielung auf mein zersplittertes Auge. Wie ich damit zurechtkäme, wollte er wissen. So gut's halt gehe, antwortete ich. Er freue sich, mich wiederzusehen, wenn auch in einem leider ungünstigen Moment, er sei auf dem Weg zu einer Konferenz in Erfurt. Dort tagten die Innenminister der Länder, diskutiert werde der Entwurf für ein neues, bundesweites Sicherheitskonzept, speziell gegen rechte Gewalttäter. Das passe zu meinem Besuch, meinte ich. Er erinnere sich, betonte er, dass ich auf der Tagung, bei der wir uns kennengelernt hatten, ein eifriger Kaffeekonsument gewesen sei. Immer noch, fügte ich launig hinzu.

»Durchaus bedenkenswert«, meinte er am Ende meiner Ausführungen. Mit den gefalteten Händen klopfte er drei Mal auf den Tisch. Die Uhr tickte für Erfurt.

»Sonst noch Hinweise?«

»Nein.«

»Der Informant saß in einem Biergarten?«

Ich nickte.

»Wann war das?«

»Vergangene Woche.«

»Und er rief wann bei Ihnen an?«

»Am Freitag.«

»Sie haben keine Vorstellung, wer das gewesen sein könnte?«

Ich schüttelte den Kopf.

»Klang die Person glaubwürdig?«

»Ja.«

»Woraus schließen Sie das, Kollege Oleander?«

»Der Mann wirkte verängstigt, er sagte, er hat sich Stichpunkte notiert. Er saß am Nebentisch, mit dem Rücken zu den vier Männern.«

»Und die Männer haben so deutlich gesprochen, dass er jedes Wort verstehen konnte?«

»Habe ich ihn auch gefragt. Nicht jedes Wort, sagte er, nur

so viel, dass sie etwas planen würden, einen Anschlag in der Öffentlichkeit.«

»Den Ausdruck Anschlag hat der Informant nicht gebraucht, oder habe ich das in Ihrem Bericht überhört?«

»Nein. Er sagte, die Männer hätten von einer Aktion gesprochen, und er gebrauchte die Wörter Sprengstoff und Zentrum.«

»Das habe ich verstanden. Wo der Biergarten sich befindet, wollte der Anrufer nicht sagen.«

»Nein.«

»Weil er Angst hat.«

»Ja.«

»Wovor?«

»Dass er irgendwann aussagen muss und die Männer oder die Gruppe, der sie angehören, sich an ihm rächen.«

»Er hat die Gesichter doch gar nicht gesehen.«

»Nur flüchtig beim Weggehen.«

»Für eine Beschreibung reicht's nicht, wie Sie vermuten.«

»Leider nein.«

Wieder klopfte er mit den Händen auf den Tisch. »Vier schwarz gekleidete Männer in einem Biergarten, die offen über einen Anschlag oder etwas Vergleichbares reden.« Er schnaufte. »Keine Chance, den Anruf zurückzuverfolgen?«

»Nein.«

»Sie sagten, Sie haben drei Namen für mich.«

Ich holte den Zettel aus der Jackentasche. Siebert las vor: »Holger Kranich, Grundschullehrer, Die Möwe. Ein gewisser Roland XY. Der Blaue. Unsere Freunde von Giesings Höhen?«

»Möglich.«

»Leider gibt es Zehntausende von Blauen, Hunderttausende, wenn wir Pech haben, ich meine, kriminaltechnisch Pech. Mehr haben Sie nicht?«

Ich schüttelte den Kopf.

Nach einem Schweigen, während er die Wörter weiter studierte, sagte er: »Wir geben die Namen ein, schauen, was passiert. Ich melde mich bei Ihnen, Kollege. Danke für Ihr Kommen, das war richtig. Entschuldigen Sie meinen abrupten Aufbruch. Alles Gute für Ihre Gesundheit.«

Nachdem ich den sechsstöckigen, grauen Kasten hinter mir gelassen hatte, beschleunigte ich meine Schritte und beschloss, bis zum Odeonsplatz zu Fuß zu gehen. Meine Mission war erfüllt, meine Geschichte platziert, der dienstlichen Verpflichtung Genüge getan. Was würde geschehen?

Nichts.

Wie mir der Kollege Gillis nach seiner INPOL-Recherche bereits mitgeteilt hatte, tauchte Holger Kranich in keiner Akte auf. Bei einem gewöhnlichen Vornamen wie Roland gab es wahrscheinlich diverse Treffer, aus denen man nicht zwangsläufig eine konkrete Spur würde ableiten können. Und der Blaue?

Unabhängig von den unvollständigen Namen und meinen Erzählungen, den ominösen Anrufer betreffend, hielt Siebert mich entweder für einen naiven, wichtigtuerischen Pflasterhirsch oder für einen Ex-Schandi, der mit seiner Ausmusterung aus dem Dienst auf der Straße nicht zurechtkam und nach Aufmerksamkeit gierte.

Endlich wusste ich seinen Blick zu deuten.

Das beruhigte mich enorm. Und ich war gottfroh, Via nicht mit einbezogen zu haben.

Die gelben Blumenrabatten vor dem dreißig Meter hohen Obelisken am Karolinenplatz verliehen dem bleichen Tag ein wenig Farbe. Ich überlegte, eine Runde zu drehen und meine vorübergehende Auszeit zu genießen.

Mein Handy klingelte.

»Nichts, null, nada«, sagte Siebert am Autotelefon. »Mein Kollege, der sich mit den Namen beschäftigt hat, rief mich grade an. Uns ist nichts von einem drohenden Anschlag in der Stadt bekannt, und seien Sie versichert, wir haben unsere Leute überall, vor allem in der Szene. Machen Sie sich keine Sorgen, wahrscheinlich hat der Anrufer sich einen dummen Scherz erlaubt. Alles Gute.«

Ich steckte das Handy ein und drehte zwei Runden, eine im Uhrzeigersinn, eine in die entgegengesetzte Richtung.

Abends telefonierte ich mit Via, die bisher keine weiteren Instruktionen erhalten hatte. Sie fragte mich nach meinem Tagesablauf. Ich sei ein paar Runden gelaufen, habe Zeitung gelesen und weiter nichts unternommen, sagte ich. Ihr Bedürfnis, das Gespräch nicht vorzeitig versanden zu lassen, war unüberhörbar. Auch sie, teilte sie mir mit, habe Zeitung gelesen, sogar vier verschiedene, darunter zwei Boulevardblätter, und sich Notizen gemacht und speziell auf Meldungen über politische Splittergruppen geachtet. Einen Bericht über eine Tagung der NVD habe sie ausgeschnitten. Es ging um Forderungen an die Bundesregierung, bestimmte Gesetze zur Überwachung und Regeln der Datenspeicherung zurückzunehmen, andernfalls würde die Partei Klage beim Verfassungsgericht einreichen. Schon lange nicht mehr habe sie sich mit solcher Hingabe dem aktuellen politischen Geschehen gewidmet.

»Via?«

»Kay?«

»Was ist los mit dir?«

»Ich hab Angst.«

»Vor dem Treffen?«

»Vor dem Anruf.«

»Du brauchst nichts zu sagen, du hörst nur zu und versprichst, zur richtigen Zeit am richtigen Ort zu sein.«

»Hast du mit jemandem über die Angelegenheit gesprochen?«

»Nur mit dem Kollegen, von dem ich dir erzählt habe.«
»Den Namen hab ich vergessen.«
»Das macht nichts.«
»Sonst mit niemandem?«
»Nein.«
»Wirklich?«
»Das hast du mich gestern schon drei Mal gefragt.«
»Entschuldige.«

»Dir kann nichts passieren. Sie wollen mit dir reden und dich überzeugen, mitzumachen. Bleib bei deiner Linie. Dein Freund, die Möwe, wird seinen Leuten von dir berichtet haben, wie du dich ihm gegenüber geäußert und verhalten hast. Du bist die Frau, die Antworten und eine Perspektive sucht. Die Möwe hält dich für wehrlos, für formbar, für ein leichtes Opfer. Du bist kein Opfer, du bist wachsam und kannst dich wehren, wenn's drauf ankommt. Zeig das nicht, rede nicht zu viel. Denk immer dran, alles, was die Möwe von dir weiß, wissen inzwischen auch die anderen, wie immer sie heißen. Du brauchst dich nicht mehr zu erklären, deine Gesinnung ist eindeutig und passt hundertprozentig ins Bild. Niemand wird dich noch einmal aushorchen.«

»Bist du sicher?«

»Nein«, sagte ich. »Sicher ist man bei diesen Leuten nie. Versetz dich in die Frau, die du auf den Demonstrationen warst, sei diese Person und spiel deine Rolle, dann bist du perfekt.«

»Diese Frau bin ich nicht mehr, das weißt du doch.«

»Die Frau ist immer noch in dir.«

»Was meinst du denn?«

»Eine Person, die du einmal warst, kannst du nicht einfach in den Schrank sperren, sie ist und bleibt Teil deiner Persönlichkeit.«

»Ich kann mich doch ändern.«

»Kannst du, aber du kannst dich nicht neu erschaffen. Wozu soll das nötig sein? Vielleicht hast du dich wirklich verändert, das heißt nicht, dass du nur ein Gesicht hast, wenn du in den Spiegel schaust.«

»Glaubst du mir nicht, dass ich mich verändert hab?«

Mir fielen die wütenden Sätze meines Nachbarn Gustav ein. Seiner Überzeugung nach hatte sich seine alte Persönlichkeit als Goldschmied infolge tragischer Ereignisse in Luft aufgelöst. Das Gleiche träfe auf mich zu: Der Bulle, der ich drei Jahrzehnte lang gewesen war, existierte nicht mehr und würde nie wiederauferstehen.

Seine Sicht der Dinge.

Bei Gelegenheit sollte ich mit Gustav nochmals über das Thema reden – falls für ihn ein Diskurs mit einer nackt durch die Wohnung strauchelnden Witzfigur einen Sinn ergab.

»Lass uns bei unserem Auftrag bleiben«, sagte ich.

Sie versank in Schweigen.

Störte mich nicht.

Sollte sie immer noch glauben, ich hielte sie für die Täterin mit der Flasche, bekäme ich kein schlechtes Gewissen.

Wer bewies mir das Gegenteil? Sie nicht, die Videoaufzeichnungen nicht, schon gar nicht ihr Begleiter von der Demo. Sie sei es nicht gewesen, versicherte sie.

Der Polizist in mir war nicht fähig, ihr absolut zu glauben.

Der Polizist in mir fragte sich, wofür die Frau all ihre Anstrengungen nach Nähe zu mir unternahm, wenn sie nicht das Ziel verfolgte, irgendwelche Schuldgefühle zu bewältigen.

Andererseits war ich es gewesen, der durch seinen sonntäglichen Amokspaziergang bis vor ihre Haustür eine Begegnung herausgefordert hatte.

Der Polizist in mir verstummte, wie es seine Art war, nur vorübergehend.

»Du warst die Frau in deinem Wohnzimmer«, sagte ich.

»Du hast eine überzeugende Vorstellung abgeliefert. Die Möwe hat dir innerlich applaudiert, glaube mir.«

»Hab Angst.«

»Wir sind in deiner Nähe, mein Kollege und ich.«

»Wie heißt der noch mal?«

»Arno.«

»Und er ist hundertprozentig zuverlässig?«

»Sonst hätte ich ihn nicht gefragt.«

»Macht ihr Fotos?«

»Hängt von der Situation ab, eventuell kannst du welche mit deinem Handy machen.«

»Das trau ich mich bestimmt nicht.«

»Du könntest die Aufnahmefunktion an deinem Handy einschalten.«

»Spinnst du? Ich glaub, ich nehm gar kein Handy mit, die durchsuchen mich doch.«

»Wieso sollten sie das tun? Der Mann vertraut dir.«

»Der eine vielleicht. Und die anderen?«

»Hab keine Angst, Via.«

Ich nippte am Plomari – ein Stamperl, kein Bier dazu.

»Hast du keine Angst?«, fragte sie. »Vor nichts? Auch keine Scotomaphobie?«

»Bitte?«

»Dass du erblindest. Dass du überhaupt nichts mehr siehst, nie wieder.«

»Du kennst Wörter.«

»Hab ich gestern zufällig in der Zeitung gelesen. Und?«

»Darüber habe ich noch nie nachgedacht.«

»Du lügst.«

»Wieso sollte ich lügen?«

»Weil du fast erblindet wärst. Du hast nur noch ein Auge.«

»Es funktioniert.«

»Und damit gibst du dich zufrieden?«

»Was bleibt mir übrig?«

Sie gab einen Seufzer von sich. »Magst du vorbeikommen?«

»Morgen vielleicht.«

»Versprich mir, dass du morgen kommst. Ich will nicht allein sein in der Nacht vor … Du weißt schon …«

»Warten wir ab, ob es bei dem Termin bleibt.«

»Hoffentlich nicht. Kommst du?«

Ich versprach es ihr.

Wir redeten noch eine Weile über allgemeines Zeug, das ihr beim Durchblättern der Zeitungen aufgefallen war. Mitten im Geplänkel schreckte sie plötzlich auf.

»Du?«, sagte sie.

Ich hörte das Rascheln von Papier.

»Das hätt ich fast vergessen: Der Bundespräsident kommt nach München, das stand in einer Meldung im Lokalteil. Es soll einen Festakt geben, zum Jahrestag der Grundsteinlegung des Jüdischen Zentrums. Hätte es da nicht schon mal einen Anschlag geben sollen, ganz am Anfang?«

»Ja.«

Die Nachricht elektrisierte mich.

Ich dachte daran, wie die Kollegen das geplante Attentat vereitelt und die Täter rechtzeitig verhaftet hatten. Das könnte bedeuten, Siebert und seine Leute wären bereits instruiert, die Abläufe minutiös vorbereitet und sämtliche potentiellen Gefährder im Visier des Staatsschutzes, in Kooperation mit BKA und Verfassungsschutz.

»Wäre das nicht ein Ziel für Terroristen?«, fragte Via mit einem leichten Zittern in der Stimme.

»Sicher.«

»Und?«

»Wann ist der Jahrestag?«

»Am neunten November. Ich will da nicht hin, Kay, zu diesem Treffen. Stell dir vor, die wissen meinen Namen, die können mich hinterher erpressen, die sagen, ich war dabei, ich bin eine von denen, eine Mittäterin. Ich geh nicht dran, wenn Holger anruft. Ich geh überhaupt nicht mehr ans Telefon. Ich mach auch nicht auf, wenn's an der Tür klingelt. Außer, du bist's. Kannst du nicht doch herkommen?«

»Du hast nichts getan, Via«, sagte ich. »Und du wirst auch nichts tun. Du bist keine von denen, du bist eine von uns. Noch mal: Du hörst zu, schaust dir die Gesichter an, falls sie sich nicht wieder vermummen ...«

»Vermummt waren die nicht, die hatten nur diese schwarzen Schals um und Sonnenbrillen auf, die haben sie wahrscheinlich abgenommen, als ich mit Holger draußen war. Das war so unheimlich ...«

»Zuhören, hinschauen, Fragen stellen.«

»Und wenn sie sagen, ich soll jemandem eine Botschaft überbringen, dem Attentäter womöglich. Was dann? Was?«

»Dann fängst du noch mal von vorne an, fragst, wieso sie dich ausgewählt haben. Du hättest so was noch nie gemacht, du hättest Angst. Bleib bei deiner Wahrheit. Je mehr du zögerst, desto mehr Einzelheiten müssen sie dir nennen, um dich zu beruhigen. Halt sie hin. Irgendwann muss einer aufs Klo, dann haben Arno und ich vielleicht die Gelegenheit, ein Foto zu machen oder zumindest den Mann in Augenschein zu nehmen.«

»Vor allem du mit deinem einen Auge. Sehr unauffällig.«

»Mein Foto war nie in den Medien, niemand kennt mich.«

»Ich schaff das nicht.«

»Ich habe was gut bei dir.«

»Was denn?« Abruptes Schweigen. Dann, zaghaft: »Du hast nichts gut bei mir.«

Wozu mit alten Zweifeln gurgeln? Eine weitere Bemerkung schluckte ich runter. »Das habe ich nur so gesagt. Lass uns mutig sein und die Chance nutzen.«

Während sie weiter grübelte, trank ich das Glas aus und genoss den süßlich herben Geschmack im Gaumen.

»Und wenn er mich entführt?«, fragte sie.

»Wer?«

»Der Lehrer, Holger, er holt mich ab und entführt mich.«

»Geh jetzt schlafen, Via.«

»Suchst du mich dann?«

»Ja.«

»Und findest du mich?«

»Du fährst nicht gemeinsam mit dem Mann zum Treffpunkt, du nimmst ein Taxi und lässt dir eine Quittung geben.«

»Warum denn?«

»Auf der Quittung stehen Namen und Nummern, und der Fahrer ist ein Zeuge im Notfall.«

»In welchem Notfall?«

»Das ist ein geheimer Treffpunkt, oder nicht?«

»Schon.«

»Mit einem Taxifahrer als Zeugen ist er nicht mehr geheim.«

»Das klappt nicht. Holger wird drauf bestehen, dass er mich abholt. Ich glaub nicht, dass sie sich in einer Kneipe treffen, sondern privat, da bin ich sogar ziemlich sicher. Du hast mir das nur eingeredet mit dem Lokal, damit ich mitmach und mich nicht aufreg. Und wenn wir in einer Wohnung sind, könnt ihr gar nichts machen, dein Freund und du. Dann bin ich allein, und niemand ist da, wenn ich Hilfe brauch.«

»Sie wissen, wie du dich fühlst.« Ich stand auf, ging in die Küche, zögerte vor dem Kühlschrank – und stellte das Glas in die Spüle.

Saufen verboten.

»Sie wissen, du bist verunsichert, auch misstrauisch, vorsichtig. Sie wollen dich für sich gewinnen. Sie werden dich nicht in eine fremde Wohnung beordern, sondern an einen relativ öffentlichen Ort, vermutlich an einen, den du schon kennst. Wir sprechen morgen weiter, wenn du mehr weißt.«

Bis zum Ende des Telefonats dauerte es noch fünf Minuten. Hinterher hielt ich es für möglich, dass sie im letzten Moment der Mut verließ und die Sache platzte.

Am nächsten Tag, kurz nach dreizehn Uhr, rief sie mich an.

Das Treffen war gebongt. Meine Vermutung, was den Ort betraf, bestätigte sich, meine Befürchtung, was Via anging, zum Glück nicht.

Der Lehrer hatte ihr sogar versprochen, das Taxigeld zu übernehmen.

6

Verfickte Sackgesichter

Er wartete im Wagen auf mich. Der BMW stand mit dem Heck zu den Müllcontainern in der Feuerwehreinfahrt, vor dem Friseurladen am Eck. Als ich aus dem Haus kam, zeigte der Friseur von drinnen auf das unerlaubt geparkte Auto und hob die Schultern; ich nickte ihm zu und stieg ein.

Geruch nach Leder und Politur.

Kollege Gillis in Freizeitmontur: Bluejeans, zerknittertes grünes Baumwollhemd, schäbiger Anorak, keine Uhr, keine Ringe. Mit kritisch gespitzten Lippen betrachtete er mein Outfit: Bluejeans, ausgewaschenes rotes Baumwollhemd, ausgeleierter Anorak. Zu allem Überfluss trugen wir fast die gleichen Turnschuhe, abgetreten, schmutzig. Wir verloren kein Wort darüber. Ich warf einen kurzen Blick nach hinten: schwarzes, glänzendes Leder, kein Fitzelchen von etwas, kein Staubkorn. Eine aufpolierte, neuwertige Karre wie aus dem Schaufenster.

Erstaunliche Anschaffung für einen Polizeiobermeister, Besoldungsgruppe A8.

»Du wunderst dich?«, fragte Gillis. »Zu Recht. Hab ich mir geleistet, musste sein, vor einer Woche geliefert. Wahrscheinlich Midlife-Krise.«

»Dafür bist du zu jung. Was ist passiert?«

»Das Übliche. Frau will Veränderung, Mann hat keine Zeit, hört nicht zu, verschiebt die Entscheidungen von einer Woche auf die nächste. Irgendwann wird's ihr zu blöd, sie setzt ein Ultimatum, das Ultimatum verstreicht, sie sagt, sie macht Schluss, ich sag, viel Spaß, sie geht.«

»Ihr wart lange verheiratet.«

»Neunzehn Jahre, Kollege. So läuft's. Die letzten Jahre waren nur noch Quälerei, ewiges Mäkeln an meiner Arbeit, an meinen Freunden, an meiner Freizeitbeschäftigung, wenn mal Freizeit stattfand. Irgendwann reicht's, dann sagst du dir, was will die Frau? Sie kriegt das Geld, sie hat die Boutique mit ihrer Freundin, sie trinken den halben Tag Prosecco, haben Spaß. Und nörgeln pausenlos.

Du warst selber verheiratet, du kennst dich aus. Eine Zeitlang gibst du dir Mühe, bis du realisierst, du kannst dir das Gesülze sparen. Sie will nicht mehr. Sie sagt zwar, sie will was ändern, sie muss mal raus, Fernreisen, mal am Wochenende in die Berge, die Eltern besuchen, das klassische Programm.

In Wahrheit, und ich weiß, du hast das Gleiche durchgemacht wie ich, wollen sie ganz raus, wollen nichts ändern im Alltag, sie wollen ein neues Leben mit einem neuen Kerl, so einfach ist das. Und? Verstehst du das? Logisch verstehen wir das, uns geht's doch genauso. Die Ehe ist so abgelatscht wie unsere dämlichen Turnschuhe. Wer zieht heut noch solche Schuhe an? Außer zwei Schupos auf Undercover-Mission. Schau dich an. Schau mich an.

Also hab ich gesagt, du hast Recht, es ist Schluss und tschüss. Musste sie ein paar Tage dran kauen. Hat sie nicht mit gerechnet, die schöne Frau. Ich zieh das durch, was ich mir vorgenommen hab, anders kommst du nicht weiter. Sonst scheißt dir die Welt auf den Kopf. Du musst was tun, die Zügel in die Hand nehmen, und los geht's. Die Frau kriegt von mir keinen Cent, nur das Nötigste.

Hab gleich mal das passende Fahrzeug bestellt, Leasing, optimale Raten. Du gibst einmal Gas und bist in fünf Minuten in Starnberg. Nicht, dass ich da hinwill, nur als Beispiel. Bringt Schwung ins Leben. Und? Sitzt du bequem? Willst du Musik hören?«

»Nein«, sagte ich.

»Lagebesprechung: Was hat sich in der Zwischenzeit getan? Fakten, Einschätzungen, schieß los.«

Nach Vias Hinweis auf die Zeremonie am Jüdischen Zentrum hatte ich nach entsprechenden Informationen im Internet gesucht. Mehr als sie mir mitgeteilt hatte, war nicht zu eruieren: Datum, Ort, Festredner. Erfahrungsgemäß lagen in den zuständigen Inspektionen die Dienstpläne inzwischen auf dem Tisch; die Einsatzleiter verteilten ihre Gruppen auf Zufahrtswege und Gebäude; die Streifenführer erhielten Listen der eingeladenen Gäste; im Hintergrund agierten die Staatsschützer auf Hochtouren. Das Prozedere dürfte sich kaum von den Vorbereitungen zur jährlichen Sicherheitskonferenz unterscheiden. Da der Veranstaltungsort zu den klassischen Zielen von Rechtsradikalen zählte – anders als die von eher linksgerichteten Agitatoren attackierte Siko –, richtete sich die Aufmerksamkeit der Behörden verstärkt auf die Neonazi-Szene.

Im Maschinenraum der umfangreichen und unter Ausschluss der Öffentlichkeit stattfindenden Vorbereitungen gab eine Abteilung die Richtung vor: das PMK-Team im Landeskriminalamt. Schon auf dem Heimweg vom LKA war ich überzeugt gewesen, dass der Experte für politisch motivierte Kriminalität, Hauptkommissar Jost Siebert, gelogen hatte – einmal mir ins Gesicht, einmal ins Ohr, als er am Telefon erklärte, er wisse von keinerlei Anschlagsplänen in der rechten Szene. Gäbe es welche, würden seine V-Leute rechtzeitig Alarm schlagen.

Was auch sonst, Kollege?

Logische Schlussfolgerung des verarschten Bepo-Hirsches: Die Namen von Holger Kranich, einem gewissen Roland und dem Blauen tauchten sehr wohl in einer LKA-Datei auf, blieben aus Gründen verdeckter Ermittlungen aber unter Verschluss – vor allem für abgehalfterte Versehrtenbullen, die ihre Nase in fremde Schubladen steckten.

Keine neue Erkenntnis in der schönen heilen Polizeiwelt.

Ich schlief gut in der Nacht, fast sechs Stunden, keine Unterbrechung, kein Alp.

Traumhaft wäre, wenn am morgigen Treffen ein von Siebert bezahlter V-Mann aus der Szene teilnähme. Und dieser würde anschließend nichts von der bislang unbekannten, offenbar skrupellosen Gefährderin berichten, weil: Die Frau faszinierte ihn, politisch und sexuell, und er traute ihr einen echten Erfolg bei der geplanten großen Sache zu.

Wegen solcher V-Leute – geldgeil, unberechenbar und, allen Beteuerungen zum Trotz, rechts bis in die Knochen – war die NPD immer noch nicht verboten, und die NVD würde es nie sein.

Kein Zynismus. Purer Realitätssinn.

»Da vorn ist die Kneipe«, sagte Gillis und parkte am Straßenrand, in unauffälliger Entfernung. »Checken wir sie ab, Franz.«

Wir hatten uns Decknamen überlegt, mehr aus Spaß.

Fünf Minuten nachdem ich mich an den Tisch neben dem Durchgang zum Nebenraum gesetzt hatte, kam Gillis herein und schaute sich in dem leeren Lokal um. Er entschied sich für einen Platz zwei Tische von mir entfernt, Rücken zum Fenster, Gesicht zum Lokal, wie ich.

Hinter dem Tresen ein etwa siebzigjähriger, glatzköpfiger Mann, schmächtig, mittelgroß; grauer Pullover, Hose mit schwarzgrauem Karomuster. Die Arme vor der Brust verschränkt, blickte er reglos zur Tür. Ich hatte mich gesetzt, den Anorak ausgezogen und auf die Bank neben mich gelegt und seinen Blick bemerkt. Ein Bier, bitte, sagte ich. Er zapfte es, stellte das Glas vor mich hin. Danke, sagte ich, er murmelte

Bitte, ging zurück an seinen Platz, verschränkte die Arme, starrte geradeaus. Bei Gillis' Eintreten dasselbe: Gillis sagte Guten Abend, der Wirt nickte, mehr nicht.

Tische und Stühle aus dunkelbraunem Holz, keine Tischdecken; sechs viereckige Tische, drei davon vor den beiden Fenstern, die anderen im Raum verteilt. An der Wand ein Spielautomat, im Eck überm Tresen ein Fernseher, abgeschaltet. Aufgeräumter Thekenbereich, die Gläser ordentlich in den Regalen, daneben Schnaps- und Likörflaschen; keine Musik. Von der Lampenleiste an der Theke baumelten zwei weißblaue Fußballwimpel und ein entsprechender Schal, die Farben des TSV 1860.

Auch Gillis bestellte eine Halbe. Der Wirt brachte sie ihm, kein Wortwechsel.

Dienstag, achtzehn Uhr. Niemand kam rein.

Gillis holte sein Handy hervor, tippte darauf herum, schien über etwas nachzudenken, strich mit dem Daumen übers Display.

Ich saß da und haderte mit mir.

War das gescheit, die Frau mit dem Gehstock einer Situation auszusetzen, die sie unmöglich selbst unter Kontrolle behalten konnte? Hatte sie ihre Entscheidung freiwillig getroffen oder nur mir zuliebe?

Wieso mir zuliebe?

Wertlose Frage.

Entscheidende Frage: Bestand eine Gefahr für Leib und Leben? Waren wir in der Lage, im Notfall einzugreifen? Was wäre ein Notfall? Welches Druckmittel könnten die Männer um Holger Kranich gegen Silvia Glaser in der Hand haben? Sie war eine unbescholtene Bürgerin, die nicht einmal befürchten müsste, ihren Job zu verlieren; sie hatte keinen. Wen könnten die Männer erpressen, um sie gefügig zu machen, wofür auch immer? Welche Waffe stellte die Frau für sie dar?

Wäre eine Geiselnahme das schlimmstmögliche Szenario?

Kidnapping im Hinterzimmer eines Lokals in Sendling? Mit welchem Ziel? Den Staat zu erpressen? Die Stadt? Mit welcher Forderung? Absage der Jubiläumsfeierlichkeiten auf dem Jakobsplatz, wo sich die Synagoge befand, oder ein Mensch würde sterben?

Die Vorstellung kotzte mich an.

Wahnvorstellung?

Nicht einmal Flugzeuge, die Männer aus Hass auf die westliche Welt kapern und in Wolkenkratzer steuern, waren mehr eine Wahnvorstellung.

Nicht einmal die willkürliche Abschlachtung von Ausländern durch wiederauferstandene Nazis.

Nicht einmal die Ermordung eines Regierungspräsidenten auf dem eigenen Grundstück.

Der Wahn war Wirklichkeit und die Wirklichkeit normal.

Ich saß da wie ein normaler Gast, bestellte, indem ich das leere Glas hob, ein zweites Bier und glotzte scheinbar teilnahmslos vor mich hin.

Mit aller Anstrengung weigerte ich mich, die Möglichkeit einer Geiselnahme in Betracht zu ziehen. Sie ergab keinen Sinn. Sie durfte keinen Sinn ergeben. Angenommen, es passierte – was erwartete ich dann? Dass die Veranstaltung auf dem Jakobsplatz abgesagt wurde? Dass die Polizei nachgab? Dass der Staat sich erpressen ließ? Dass ein Spezialkommando Via Glaser im letzten Moment befreite?

Ausgeschlossen.

Sie müssten sie von hier wegschaffen, und das würde ihnen nicht gelingen. Gillis und ich würden die Flucht verhindern, wenn es sein musste, mit Waffengewalt.

Wir waren da.

Sie war nicht allein.

Deswegen machten wir uns jetzt, einen Tag vor dem fraglichen Abend, mit den Gegebenheiten vertraut. Deswegen hatten wir uns kläglich verkleidet, noch dazu auf fast identische Weise.

Wir mussten einen Blick ins Nebenzimmer werfen.

»Entschuldigung.« Gillis stand auf und ging zum Tresen. »Ich such einen Raum für meine Kumpels und mich. Sie haben uns in der Firma gekündigt, den Alten und den Jungen, wir wollen Abschied feiern. Nichts Großes. Kann man das Hinterzimmer mieten?«

»Wie viele Leute?«, fragte der Wirt.

»Zehn.«

»Und was soll das werden? Nur trinken oder auch essen?«

»Was haben Sie zu essen?«

»Schnitzel, Fleischpflanzerl, Eintopf.«

»Klingt super. Kann ich den Raum mal sehen?«

»Sicher, schau rein.«

Gillis öffnete eine Seite der hölzernen Flügeltür, machte ein paar Schritte in den dunklen Raum, knipste das Licht an. Eine Minute später kam er zurück, schloss die Tür. »Ist gemütlich. Ich meld mich in den nächsten Tagen wegen des Termins.«

Der Wirt deutete mit dem Kopf in Richtung von Gillis' Tisch, auf dem ein leeres Glas stand. Gillis nickte, der Wirt nahm ein Glas aus dem Regal, tunkte es in kaltes Wasser, stellte es unter den Zapfhahn. Währenddessen war Gillis zu den Toiletten verschwunden.

»Vom Nebenraum kommst du direkt zu den Klos«, sagte er eine Stunde später im Auto.

Wir hatten jeder drei Bier getrunken. Zuerst hatte er bezahlt und war gegangen; ich hatte noch einen Schnitt bestellt und mir Zeit gelassen. Morgen würde ich ohne Gillis hereinkommen und mich an denselben Tisch setzen, wie man das so macht als zwanghafter Gast. Mein Kollege würde vom Auto aus den Hintereingang im Auge behalten. Das Bier hatte mich ein wenig sediert.

»Deiner Zeugin wird nichts passieren«, sagte er. »Was hältst du von dem Wirt?«

»Vielleicht ist er deprimiert, weil nichts los ist.«

»Morgen ist Umsatz angesagt.«

»Holst du mich wieder ab?«

»Klar. Um neun soll's losgehen? Also bin ich um halb sieben vor deiner Haustür.«

»Besser um sechs. Hast du noch ein zweites Auto?«

»Wofür?«

»Als Ersatz für diesen edlen Schlitten.«

»Du meinst, mehr was sendlingmäßiges?«

»Ein Auto, das weniger auffällt.«

»Kein Problem. Ich leih mir die alte Kiste von meinem Nachbarn, der darf zurzeit nicht fahren, weil unsere Kollegen ihm den Führerschein gezwackt haben, nachts um zwei auf der Leopoldstraße, haha.«

»Achtzehn Uhr«, sagte ich. »Morgen wieder hier. Danke fürs Mitnehmen.«

Er hielt an. »Wir werden noch berühmt, wart's ab. Und befördert, nach ganz oben.« Ich stieg aus. Er beugte sich noch einmal über den Beifahrersitz. »Wir machen die Bande fertig, wir zwei.« Er schnitt eine Grimasse, zog die Tür zu und gab Gas.

Das Motorengeräusch schredderte die Stille in der Artur-von-Reiser-Straße.

Als ich mich umdrehen und einen Blick zum Balkon meines Nachbarn Gustav werfen wollte, hörte ich aus dem Halbdunkel vor dem Rückgebäude eine Männerstimme. Gleich darauf eine zweite. Die Stimmen wurden lauter, aggressiver, klatschende Schläge folgten. An den Fenstern rührte sich nichts, niemand schaute zur Einfahrt hinunter.

Entlang der Hauswand näherte ich mich der Parkschranke, die das Areal mit den Garagen vom vorderen Teil mit den Müllcontainern und dem Friseursalon trennte. Ausdrücke wie »Blöde Sau«, »Du wirst bluten«, »Verräter« untermalten die Schläge, die sich die Männer – offenkundig zwei – gegenseitig zufügten, in einem fast rhythmischen Wechsel. Mich bemerkten sie nicht.

Neben dem Eingang zum Rückgebäude blieb ich stehen. Uns trennten keine drei Meter. Die Männer waren etwa gleich groß, breite Schultern, gefütterte Windjacken, Wollmützen. Der eine taumelte gegen den Zaun des Nachbargrundstücks, der andere stürzte sich auf ihn, packte ihn am Hals und wurde durch einen heftigen Tritt zurückgeworfen. Der Mann schwankte, schien das Gleichgewicht zu verlieren – und hielt in der Bewegung inne.

Er drehte den Kopf und sah mich.

Sekunden der Erstarrung.

Ich wog die Situation ab und kam zu keinem Schluss. Was hatte der Eine vor, der näher zu mir stand? Was der Andere, der sich die verrutschte Mütze ins Gesicht zog und ebenfalls zu mir herschaute? Waren sie bewaffnet? Nicht zu erkennen. Die einzige Lichtquelle eine Straßenlampe, deren Schein kaum bis zur Schranke reichte.

Meine Neugier ein idiotischer Fehler. Hätte mein Handy nehmen und eine Streife alarmieren müssen, wie das jeder Bürger in einer solchen Situation tun sollte.

Nicht so der einäugige Polizeihauptmeister.

Weglaufen wäre die Krönung gewesen.

Ich stieß mich von der Wand ab, streckte den Rücken, war gefasst auf alles, was kam.

Darauf war ich nicht gefasst:

Wie auf ein lautloses Kommando hin rannten beide Männer auf mich zu. Der erste rammte mir die Faust in den Magen, bevor ich seinen ausgestreckten Arm bemerkte. Mein Kopf kippte nach vorn. Der Hieb an die Schläfe katapultierte mich aus meinen ramponierten Tretern; ein Schuh rutschte mir vom Fuß, ich stolperte über den zweiten.

In einem Reflex hob ich mein rechtes Knie und traf einen der Angreifer zwischen den Beinen. Gleich würde mir der Andere in die Seite treten. Ich rollte auf den Bauch, versuchte, mich auf dem Asphalt abzustützen und irgendwie in die Höhe zu stemmen. Ein Trommelfeuer aus ledernen Fäusten prasselte auf mich nieder.

Ich sackte zusammen, schnappte nach Luft, unfähig, das Brennen meiner Eingeweide zu ignorieren. Wer waren die Kerle? Wieso war ich plötzlich ihr Hassobjekt? Gerade hatten sie sich selbst noch gegenseitig malträtiert. Was ging hier vor? Mein Hinterkopf knallte auf den steinharten Boden.

Mich würgte. Blut tropfte mir übers Gesicht, sickerte in meinen Mund, dessen Muskeln ich so wenig unter Kontrolle hatte wie alle anderen. Mein Auge tränte. Meine Umgebung nahm ich nur noch durch ein schleimiges, trübes Aquarium wahr.

Ein Schlag noch, und ich landete im Nirvana. Für Gegenwehr fehlte mir jede Energie – als wären die vergangenen Tage, an denen ich wieder Kraft getankt und voller Überzeugung Vorsätze gefasst hatte, in einem Traum passiert, der jetzt zu Ende ging.

Welche Art Bestien ihr auch seid, waberte es in meinem Kopf, was auch immer ich euch getan haben mag – bringt die Sache zum Abschluss.

Wer sich so dilettantisch verhielt wie ich, wer die einfachsten Regeln nicht befolgte, wer sich selbst in den Knast gesperrt und den Schlüssel weggeschmissen hatte, wer sowieso keinen Zweck mehr auf Gottes blutigem Erdboden erfüllte, für den kam diese Nacht gerade recht.

Verzeih mir, Via, dachte ich noch und schloss mein nutzloses Auge.

Ein Schrei hallte an den Garagen wider; ein zweiter; abrupt und schrill.

Dann Stille.

»Verfickte Sackgesichter«, rief jemand.

Ich spuckte aus, blinzelte mit meinem angeschwollenen Auge, spürte, wie jemand mich unter den Armen packte und in die Höhe wuchtete. Ein Mann. Er hielt mich aufrecht. Mein Kopf hing herab, meine Füße schleiften über den Boden, die Kälte kroch durch die Socken in meine Waden.

Wieso hatte ich keine Schuhe mehr an?

Wer war der Mann?

Wo waren die Killer?

Was hatte ich falsch gemacht?

Wo schleppte der Mann mich hin?

Wo war ich?

Der Boden unter mir bewegte sich. Ein Mann, der nach Rasierwasser roch, umklammerte mich. Meine Arme baumelten schlaff neben meinem krummen Körper. Der Mann presste mich an sich. Alles drehte sich. Ich schloss mein Auge.

Unbändige Angst stieg in mir auf. Die Angst, im Stehen zu ersticken. Eine Angst, die ich nicht kannte. Vielleicht war es gar keine Angst. Sondern das Gefühl, das Menschen ergriff, die bald sterben würden. Innerhalb einer Minute. Ein Schauder im letzten Bewusstsein, eine Ahnung von der anderen Seite.

Nein.

Nein.

Meine Füße bewegten sich wieder. Meine Beine glitten über glatten Boden. Der Mann hielt mich weiter fest. Hier war ich noch nie gewesen. Erklang da eine weibliche Stimme? Wir waren allein, der Mann und ich. Ich spürte seine Hand an meinem Bein. Was tat er? Wieso redete er nicht mit mir? Wieder eine Frauenstimme. Nein. Nein. Alles Einbildung. Das Wummern in meinem Kopf unerträglich.

Ich wollte etwas sagen. Mein Mund klappte auf, etwas tropfte heraus. Kein Laut. Was war das für ein Geruch? Kam mir bekannt vor. Wie nach gebratenen Zwiebeln. Wollte mir die Lippen lecken, meine Zunge klemmte.

Das war nicht Angst, die bis in meinen Rachen reichte. Das waren die Ausdünstungen des Todes. Der Tod roch nach gebratenen Zwiebeln. Was für eine lustige Idee, dachte ich. Jemand ließ mich fallen.

Weicher, anschmiegsamer Untergrund. Keine Stimmen mehr, keine Schreie, keine Schläge. Wo war ich gelandet?

So sterben war fast ein Geschenk.

»Jetzt wirst du etwas geputzt«, sagte eine Stimme. »Hab mir erlaubt, ein sauberes Laken aus dem Schrank zu nehmen und über die Couch zu breiten. Damit du die schönen Kissen nicht mit deinem Blut versaust. Hörst du mich?«

Ich hörte ihn. Wen?

»Dein Auge ist immerhin auf. Tocktock, ich bin's, dein Lieblingsnachbar Gustav. Keine Sorge wegen der Arschgeigen, ich war rechtzeitig zur Stelle. Die waren mir die ganze Zeit schon suspekt, hab die von meinem Balkon aus beobachtet. Dann bist du aufgetaucht, und ich hab gedacht, ich geh besser mal runter. Intuition. Was wollten die von dir? Scheiß drauf. Denk nicht mehr dran, ich hab sie umgeknickt. Hier, trink einen Schluck Ouzo, der weckt die Lebensgeister oder was bei dir noch davon übrig ist. Du siehst echt scheiße aus, Bulle.«

7

Der Clown auf der Couch

Vom Ende des Tunnels drang eine Stimme zu mir. Weiße Streifen durchzogen das Dunkel, durchsetzt mit roten, flimmernden Punkten. Ich begriff, dass ich mich nicht bewegen konnte. Die Stimme verzerrt und unverständlich, wie die eines Betrunkenen; sie kam näher, wurde aber nicht lauter; ein wabernder Singsang, monoton, auf eine seltsam beschwörende Art aufmunternd.

Vielleicht bildete ich mir alles nur ein, und ich lag in einem sich unendlich wiederholenden, von schwarzer Tinte angefüllten Traum, in den jemand rote Tropfen träufelte, von Nagellack oder Blut. Die schwammen vor meinen Augen hin und her. Vor meinem einen Auge, fiel mir ein. Da ahnte ich, dass ich wach sein musste. Der Einäugige konnte nur ich sein. Die Erkenntnis traf mich wie ein Hieb in den Magen.

Der Überfall.

Der Angriff.

Ich war geschlagen und getreten worden; vor der Haustür; in der Nacht. Ich war aus dem Auto gestiegen, in dem mein Kollege Gillis mich heimgebracht hatte. Wo war Gillis bei dem Überfall? Weggefahren. Wieso hätte er warten sollen? Sie hatten gestritten. Zwei Männer. Dann hatten sie mich bemerkt. Wieso war ich überhaupt dort? Wieso hatten sie mich angegriffen? Hatte ich sie provoziert? Ging ein Wortwechsel voraus? Wer redete jetzt mit mir?

Das war kein Reden. Die Stimme von vorhin wechselte ständig die Tonlage. Ein unverständliches Lied, über mir, hinter mir. Ich lag auf der Seite, mit dem Gesicht an einer weichen Wand, die Wärme ausstrahlte und den Geruch nach Schnaps. Ich schnupperte.

Dann schoben sich abgeschnittene Bilder vor meinen Blick, eine schwammige Gestalt, verzerrtes Gesicht. Eine zweite Gestalt, gebückt. Schlagartig breitete sich Übelkeit in mir aus, ein metallischer Geschmack, gemischt mit nach Nikotin stinkendem Leder.

Ich stieß einen Schrei aus, der mich bis ins Mark erschütterte. Als würde ich von einem Stromschlag geschüttelt, warf ich mich auf den Rücken und versuchte gleichzeitig, mich aufzurichten. Kraftlos sackte ich wieder zusammen, mein rechter Arm baumelte ins Leere. Ich stieß einen Seufzer aus, der sich jämmerlich anhörte.

Immerhin gelang es mir, den Kopf zu drehen.

Ich starrte in ein rotes, struppiges Geflecht.

»Willkommen zurück in der Heimat«, sagte die Stimme, die jetzt normal klang, wenngleich fremd für mich. »Mein neues Hausmittel scheint seine Wirkung getan zu haben. Willst du wissen, was es ist? Du darfst es nicht weitererzählen, sonst klaut mir jemand das Rezept. Diazepamtropfen in Anisschnaps, und du schläfst wie ein Murmeltier. Alles klar? Was guggst du? Ich dachte, ich muntere dich ein bisschen auf und hol schnell meine Perücke und kleb mir eine Nase an. Hast doch eh gepennt. Lach doch mal. Gehört, wie ich gesungen hab, extra für dich? Hänschen klein, du erinnerst dich? Ging allein in die weite Welt hinein. So wie du. Allein in der Nacht in einen dunklen Hinterhof. Leichtsinnig, mein Freund, noch dazu mit einem Auge. Ich mein das nicht despektierlich, du kennst mich, ich bin nur ehrlich. Freut mich, dass du wieder da bist, zurück aus der Unterwelt. Die hätten dich totgeprügelt, wenn ich nicht aufgetaucht wär, die waren übel drauf.«

Er hockte auf einem Stuhl, die Beine übereinandergeschlagen, mit einer roten Clownsperücke und einer gelben Knollennase aus Plastik im Gesicht. Ich hörte ihm abwesend zu. Seine Worte drangen wie Nägel in mein Hirn; jedes Bild meiner Erinnerung, das sie auslösten, schmerzte fürchterlich.

Nach und nach verwandelte sich meine Taubheit in Entsetzen. Meine Hände zitterten, ich versteckte sie unter der Wolldecke, die Gustav über mich gebreitet hatte.

»Wie schon gesagt, ich hab die beobachtet, die standen rum, quatschten, ich hatte ein komisches Gefühl. Dann seh ich, wie du aus dem Schlitten steigst, ich werf noch einen Blick zu den Arschgeigen, dann wieder zu dir, und ich denk, du gehst ins Haus, aber nein: Der Bulle hört Stimmen und muss nachsehen, könnte Kriminalität stattfinden. Hat mir nicht gefallen. Jacke an und runter. Kann dir nicht erklären, warum. Die Typen waren nicht echt. Worüber haben die gestritten? Hast du das mitgekriegt? Red ich zu schnell?«

Ich wollte etwas sagen.

»Willst du was sagen?«

Aus meinem Mund kam ein Krächzen. Gustav sprang auf, ging zum Tisch, goss Wasser in ein Glas, kam zurück, kniete sich vor die Couch, hielt mir das Glas hin. »Komm mal hoch, beweg dich, schau mal, wie's dir geht. Geht's?«

Schwerfällig ruckte ich mit dem Oberkörper. Keine Schmerzen. Ich zog eine Hand unter der Decke hervor, griff nach dem Glas. Das Wasser schwappte über den Rand.

»Das gibt sich bald«, sagte Gustav. »Mund auf.«

Er kippte mir einen Schluck in den Mund. Ich schmatzte, leckte mir die Lippen, schluckte vorsichtig. Den zweiten und dritten Schluck trank ich fast gierig. Vor dem vierten hauchte ich ein Danke. Er stellte das Glas auf den Teppich und setzte sich wieder.

»Worüber haben die sich gezofft, frag ich dich. Das musst

du doch gehört haben. Vorher haben die sich nämlich nicht gezofft. Was hat das zu bedeuten? Hast du sie gestört? Offensichtlich. Bei was? Bei was, Herr Kommissar? Bitte? Red lauter. Gib dir Mühe, Mann.«

»Nichts … nichts verstanden …« Ich wunderte mich, dass ich überhaupt eine Silbe rausbrachte. »Plötzlich waren die da …«

»Die waren nicht plötzlich da, hörst du nicht zu? Die waren schon die ganze Zeit da. Mindestens eine halbe Stunde bevor du gekommen bist. Was hatten die da zu suchen? Ihre Gesichter hab ich nicht erkennen können, auch nicht, als ich sie verprügelt hab …«

»Du … du hast … hast mich gerettet.«

»Wer sonst, Mann? Da fällt mir ein, eine Frau hat für dich angerufen. Hat ihren Namen nicht gesagt, nur, dass sie auf dich wartet und wo du bleibst. Entschuldige, dass ich an dein Telefon gegangen bin. Dein Handy hat ein paar Mal geklingelt, ich hab nicht draufgeschaut. Dann klingelt das Festnetz, und ich denk, ist vielleicht wichtig. Du warst verabredet mit der Frau. Wer ist die? Neue Freundin?«

»Via … Silvia … Was hast du …«

»Hab ihr gesagt, du hattest einen Unfall. Sie wollte herkommen, hab ich zu ihr gesagt, ist nicht notwendig, ich pass schon auf. Hoffe, das war in deinem Sinn.«

»Ja.«

»Dacht ich mir. Wie fühlst du dich?«

Ich versuchte, etwas zu fühlen. Er beugte sich über mich und legte die Hand an meine Stirn. »Glückwunsch, kein Fieber.«

»Was … was hast du …«

»Reg dich nicht auf. Ich hab die Typen nicht umgebracht, hab sie flachgelegt, im direkten Sinn, die haben sich schon wieder aufgerappelt. Als ich heut früh aus deinem Fenster geschaut hab, waren sie weg. Alles erledigt.«

»Keine Polizei?« Wieder versuchte ich, mich aufzurichten. Wieder verließen mich die Kräfte.

»Polizei war da, leider kaputt.« Er zeigte auf mich und verzog seinen Mund zu einem schäbigen, übertriebenen Grinsen. Hoffentlich, dachte ich vage, hatte er diesen Gesichtsausdruck nie vor den Kindern im Krankenhaus benutzt.

»Wie ... wie spät?«, fragte ich zur Zimmerdecke hinauf.

Theatralisch bog er den Arm und sah auf seine Uhr. »Exakt vier Minuten nach High Noon.«

»Mittag?«

»Mittagessen mach ich dir keins, so was kann ich nicht. Hast du Hunger? Ich könnt was bei Ali holen.«

Unauffällig tastete ich unter der Decke nach meinem Bauch, meinen Beinen. »Was ... was hast ... Anisschnaps?«

»Neue Mischung, altes Hausmittel. Nehm ich seit Jahren, Diazepam, entspannt die Muskeln, zaubert Träume herbei, alles, was man so braucht, wenn's schwierig wird. Du warst sauber weggetreten eine Zeitlang. Ein Wunder: nichts gebrochen, soweit ich das als Laie beurteilen kann. Ein paar Schrammen, ein paar Platzwunden, deswegen die Pflaster in deinem Antlitz. Du hattest Glück, alter Bulle. Was für ein Pack. Greifen im Dunkeln einen behinderten Mann an ...«

»Ich ... ich bin nicht ... behindert ...«

»Entschuldigen Sie, mein Herr, ist mir so rausgerutscht. Eins muss ich dir lassen, du bist zäh. Hast zwar keine Technik, knickst beim ersten Schlag ab wie ein Strohhalm, aber: Du winselst nicht, erträgst die Prügel wie ein Mann. Respekt. Natürlich würden wir anders reden, wenn ich nicht gekommen wär.«

»Schon Mittag?«

»Was?«

»Es ist ... schon ... Mittag?«

»Hast du einen Termin?«

»Ja.«

»Beim Arzt?«

»Bei ... Ich muss ... Um sechs kommt mein Kollege ...«

»Der, der dich hergebracht hat? Soll ich ihn anrufen und sagen, du bist verhindert?«

»Ruf ihn an ... Ich will mit ihm ... sprechen ...«

»Kannst du schon wieder sprechen?«

»Geh halt einfach.«

»Geht nicht, ich bin dein Schutzengel.« Wieder verzog er den Mund. Diesmal glaubte ich ein Lächeln zu erkennen, das ich erwidern wollte. Meine Lippen zuckten.

»Hilf mir.« Mit ungelenken Armbewegungen schob ich meinen Körper seitwärts, zum Rand der Couch. Hob die Schultern, so schwer es mir auch fiel, und schaffte eine leichte Drehung. Gustav stand auf, nahm ein Kissen, stopfte es mir in den Rücken, ruckelte mich zurecht wie eine Puppe.

»Tut was weh?«, fragte er.

Ich schüttelte den Kopf, was wehtat.

»Hast du was gekocht?«, fragte ich.

Er machte einen Schritt von mir weg. »Fantasierst du? Ich hab dir grad erklärt, ich koch dir kein Mittagessen, ich kann nicht kochen.«

»Hier riecht's nach Bratkartoffeln ... und Zwiebeln ...«

Er schnupperte. »Ah, die Nachbarin.« Er zeigte zur Tür. »Die kam heut Nacht auch noch daher, hat uns wohl gehört, als ich dich aus dem Fahrstuhl bugsiert hab; aus ihrer Tür roch's nach Essen, so war's. Na also, es geht aufwärts mit dir.«

»Inge ...«

»Wer?«

»Die Nachbarin, Inge ...«

»Sie wollt wissen, was los ist, und die Polizei holen. Hab ihr gesagt, du wärst in eine Schlägerei geraten. Nicht zu leugnen, dein Gesicht hat ausgesehen wie aus einem Zombiefilm. Die

Frau hat mich zugetextet, als ich in deinen Klamotten nach dem Wohnungsschlüssel gesucht hab. Hast du was mit der? Sie wollt mit in die Wohnung kommen, hab ich ihr untersagt. Dachte schon, die fängt jetzt auch noch an zu schlägern. Die hatte mindestens drei Promille. Hab ihr die Tür vor der Nase zugeknallt. Entschuldige, dass ich mich in deine nachbarschaftlichen Verhältnisse eingemischt hab, hoffe, sie liebt dich immer noch.«

»Ruf ... ruf ...«

»Ich ruf die jetzt nicht an, die nervt.«

»Ruf meinen Kollegen an ... bitte ...«

»Welche Nummer?«

»Mein Handy ...«

Vor Erschöpfung ließ ich den Kopf hängen. Mein rotes Hemd übersät von dunklen Schlieren und Schmutz, die Jeans an den Seiten gerissen, voller eingetrockneter Blutflecken. Braune Socken, keine Schuhe. Ich hob die Arme und betrachtete meine Hände: Abschürfungen, Risswunden, nicht sehr tief, getrocknet. Ich tastete nach meinem Gesicht: ein Pflaster auf jeder Wange, eines am Kinn, eines auf der Stirn, eines am Hals.

Was wäre passiert, wenn Gustav nicht eingegriffen hätte?

Hätten die Kerle mich totgeprügelt?

Wieso daran zweifeln?

Mir wurde schwindlig. Ich lehnte mich zurück, atmete mit offenem Mund, legte die Hände auf den Bauch.

»Nein, ich bin nicht der Kollege Kay«, hörte ich die vertraute, ins Schrille kippende Stimme. »Ich bin Herr Ringseis, ein Nachbar. Hier kommt Ihr Kollege, Herr Kommissar.«

Er schwenkte das Handy vor meiner Nase. »Verbindung ist hergestellt, Chef«, flüsterte er, absichtlich nicht leise genug.

»Arno ...« Ich räusperte mich, hustete, schnappte nach Luft, während Gustav das Glas vom Boden aufhob und zum Tisch trug. »Es gab ein Problem ...«

»Was ist los?«

»Ich bin überfallen worden.«

»Von wem? Wann?«

»Gestern Nacht ... nachdem wir uns verabschiedet haben.« Ich hustete mir die Lunge aus dem Hals. Anschließend schilderte ich in mageren Worten die Ereignisse, soweit ich mich daran erinnerte.

»Also fahr ich allein zu dem Lokal«, sagte Gillis.

»Du holst mich ab, wie besprochen.«

»Kannst du aufstehen?«

»Noch sitze ich.«

»Dein Nachbar hat dich verarztet? Hat dir ein Sedativum verabreicht, dich mit Pflastern versorgt?«

»Wie ich gesagt hab.«

»Das heißt, du siehst extrem ramponiert aus.«

»Ich habe noch nicht in den Spiegel gesehen, ramponiert dürfte zutreffen.«

»Nicht gerade unauffällig für unser Vorhaben.«

»Spielt keine Rolle, ich beobachte nur, bei einem Einsatz wärst du derjenige, der rennen muss.«

»Kein Problem. Du entscheidest. Wenn du dich fit genug fühlst, hol ich dich ab.«

»Danke.«

»Keine Hinweise auf die Täter?«

»Nein.«

»Der Nachbar hätte die Polizei rufen müssen, anstatt auf eigene Faust zu handeln.«

»Sie haben sich gestritten, daran erinnere ich mich. Plötzlich sind sie auf mich losgegangen.«

»Wie ein Ehepaar, das sich auf offener Straße zofft. Du willst schlichten, schon stürzen sie sich auf dich und sind plötzlich wieder ein Herz und eine Seele.«

»Die schlagen selten so zu.«

»Du solltest Anzeige erstatten, auf jeden Fall. Der Nachbar hat die Täter doch beobachtet, der wird schon eine Beschreibung hinkriegen.«

»Es war dunkel, sie hatten schwarze Sachen an, Mützen auf …« Ich rang nach Atem. Gustav eilte herbei und gab mir ein Glas Wasser. Ich trank, verschluckte mich, hustete, presste das Handy an die Brust, um zu verschnaufen. »Entschuldige …«

»Kein Problem. Geh zum Arzt, Kay. Spiel nicht den Helden.«

»Achtzehn Uhr, Artur-von-Reiser-Straße.«

»Soll mir recht sein.«

Aus dem Spiegel im Bad schaute mich wieder einmal ein Fremder an, diesmal einer aus einer anderen Galaxie.

In meinem vernarbten, eingefallenen Gesicht nahmen sich die weißen, verschieden großen Pflaster, die Gustav mir verpasst hatte, wie groteske Farbtupfer aus. Als hätte ich versucht, mich für Halloween mit Streifen von Wundverband zu schminken und zwischendrin vergessen, welche Maske mir vorschwebte. Meine Haare verklebt und verkrustet, mein nackter Körper von sich verfärbenden Fladen bedeckt.

Je länger ich hinsah, desto mehr erstaunte mich meine Fähigkeit, aufrecht zu stehen und Dinge zu tun. Die Zähne zu putzen und trotz des geschwollenen Kiefers nicht allzu viel Wasser zu schlucken; mich in die Badewanne zu knien – ein Akt absoluter Selbstbeherrschung – und zu duschen, zwei Minuten lang und ausnahmsweise lauwarm statt eiskalt.

Beim Abtrocknen glitt mir mehrmals das Handtuch aus den steifen Fingern. Schauderhaft gekrümmt, tupfte ich den geschundenen Körper ab, schwankend und kurz davor, nach Gustav zu rufen, der in der Küche Kaffee kochte. Mir entwischte ein weiterer Blick in den Spiegel.

Von diesem Wrack ging keine Gefahr aus, so viel war sicher – vielleicht die ideale Tarnung für unsere Aktion.

Mir fiel ein, dass ich dringend Via anrufen musste. Offensichtlich hatte Gustav sie in der Nacht derart geschickt beruhigt, dass sie nicht mehr das Bedürfnis hatte, sich nochmals zu melden.

Stärker als je zuvor sorgte ich mich um sie. Das mochte dem Geschehen der Nacht geschuldet sein, meiner Unsicherheit, von der ich mir einredete, sie existierte nur in meinem Kopf; meiner Verzagtheit beim Gedanken an mögliche Gewaltausbrüche in einer Gruppe aus Fanatikern, denen Vias Leben nichts bedeutete; meinem zerbröselten Selbstbewusstsein angesichts meiner Naivität und Dummheit vor wenigen Stunden.

Andererseits: Was hatte der nächtliche Überfall auf mich mit dem Geheimtreffen in der Gaststätte Pfauenauge gemein?

Nichts.

In dieser Stadt – in jeder Metropole – tauchten Gewaltakte gegen unbeteiligte Menschen regelmäßig in der Kriminalstatistik auf. Die Gründe variierten: ausartende Beziehungskonflikte, Schlägereien im Suff oder Drogenrausch, eskalierende Auseinandersetzungen um irgendeine Alltagsbanalität, tödlich endende Ausraster bisher unauffälliger Mitbürger aufgrund eines falschen Wortes, einer missverstandenen Reaktion.

Keine Ahnung, was die beiden Männer in den Hinterhof getrieben und sie veranlasst hatte, erst aufeinander und dann auf mich loszugehen. Wer auch immer zu dieser Stunde die Parkschranke passiert hätte, um nachzusehen, was sich im Halbdunkel vor den Garagen abspielte – er wäre derselben Attacke zum Opfer gefallen. Meine Person war austauschbar. Mit keinem Wort und keiner Geste hatte ich zu einer Eskalation beigetragen. Meine Erinnerung täuschte mich nicht.

Zur Sicherheit fragte ich Gustav. Er bestätigte meine Einschätzung. »Ich hab nicht alles genau gesehen«, meinte er. »Du bist mäuschenhaft an der Hauswand entlanggeschlichen und hast sonst nichts getan. Die Arschgeigen sind schuld.«

Auf meine Bitte hin, nach Hause zu gehen und sich auszuruhen, fläzte Gustav sich auf die Couch, breitete die Arme auf der Rückenlehne aus und zeigte sein Grinsen, das er womöglich für clownesk hielt. »Mich wirst du nicht mehr los, ich pass hier auf, dass du keinen Scheiß baust.«

»Nimm wenigstens die Perücke ab.«

»Dient deiner Aufheiterung, die Nase auch.«

»Sieht albern aus.«

»Spricht man so mit seinem Lebensretter?«

Um ungestört mit Via reden zu können, verzog ich mich ins Schlafzimmer und schloss die Tür. Ich versicherte ihr, alles sei in Ordnung, ich würde pünktlich vor Ort sein. Erwartungsgemäß fragte sie nach Einzelheiten. Ich erzählte ihr etwas von Betrunkenen, die auf Streit aus gewesen seien. Blöderweise hätte ich einen Moment nicht aufgepasst, einer von ihnen habe mich unglücklich erwischt und ich sei gestürzt. Zum Glück kam mir mein Nachbar zu Hilfe. Die Täter seien getürmt.

Eine ähnliche Geschichte hatte ihr auch Gustav aufgetischt, wie er mir berichtete.

»Und wie geht's dir jetzt?«, fragte sie.

»Es geht. Und dir?«

»Ich weiß nicht.«

»Hast du das Taxi bestellt?«

Sie zögerte. »Ja ... Hab's abbestellt ... Dann hab ich noch mal eins bestellt. Das ist richtig, was wir tun, oder?«

»Wir haben einen Auftrag«, wiederholte ich ihren Satz.

»Und ich lasse dich nicht im Stich.«

»Hab so Angst gehabt, als ich dich heut Nacht nicht erreicht hab. Ich hab gewartet, und du bist nicht gekommen.«

»Das ging nicht, mein Kollege hat mich gefahren, und ich möchte nicht, dass jemand weiß, wo du wohnst. Zur Sicherheit von uns allen. Ich hätte dich angerufen, wenn nicht was dazwischengekommen wäre.«

»Ist wirklich alles gut?«

»Ja. Du hast immerhin noch mit Gustav gesprochen, ich habe schon geschlafen, war sehr erschöpft.«

»Das hat er mir gesagt, er wirkte ein wenig durcheinander.«

»So ist er.«

»Erzählst du mir mal von ihm?«

»Klar.«

»Gestern hat meine Schwester aus Kiel angerufen und gefragt, wann ich sie mal wieder besuchen komm. Das ist schön da oben an der Ostsee. Begleitest du mich?«

»Vielleicht.«

»Sag ja. Dann hab ich was, worauf ich mich freuen kann.«

»Ich komme mit.«

»Warst du schon mal an der Ostsee?«

»Einmal, bei einer Tagung in Rostock.«

»Da war ich noch nie. Du? Glaubst du, es ist schlimm, wenn ich einen Schnaps trink, ein kleines Glas Wodka? Zur Aufmunterung.«

»Trink besser ein Glas Weißwein.«

»Wenn du das sagst. Du?«

»Ja?«

»Heut Nacht musst du bei mir bleiben. Versprich's mir.«

»Versprochen, Via. Ich lasse mich erst nach Hause bringen und fahre dann mit dem Taxi zu dir.«

Wir verabschiedeten uns.

Gustav hockte immer noch auf der Couch. »Du gehst weg?«, fragte er.

In groben Zügen erklärte ich ihm die Sache, vermied aber jeden Hinweis auf die rechte Szene. Ich beschränkte mich auf Andeutungen im Zusammenhang mit einer möglicherweise geplanten Gewalttat, von der meine Bekannte zufällig erfahren habe.

»Reicht dir eine Gewalttat in der Woche nicht?«, fragte Gustav.

Auf meiner Etage hing tatsächlich ein Geruch nach gebratenen Zwiebeln, als ich zwei Stunden später die Wohnung verließ. Gustav kam hinter mir her und wedelte vor der Wohnungstür von Inge Gerling mit der Hand: Wir sollten schnell machen, bevor sie wieder ihre Nase rausstreckte …

Schnell machen war für mich im Moment keine Option.

Wir nahmen den Aufzug.

Draußen wartete Arno Gillis.

»Ich hab den Hinterhof inspiziert«, sagte er. »Nicht die kleinste Spur von irgendwas.« Er sah mich prüfend an. »Du siehst schlimmer aus, als ich befürchtet hab.«

8

Frau im Haus, alles ok

»Was ich noch nicht verstanden habe«, sagte Gillis auf dem Weg durch den stockenden Feierabendverkehr und hustete in die Armbeuge. Er schniefte, seine Stimme klang heiser, angekränkelt. »Warum war der Mann, dein Nachbar, vor Ort? Was wollte er dort mitten in der Nacht?«

Wir fuhren in einem grünen Opel Kadett, dessen Gangschaltung regelmäßig bittere Grüße ans Getriebe schickte. Sein Bekannter, erzählte Gillis, habe ihn gebeten, behutsam mit der Kiste umzugehen, der Wagen sei ein Relikt aus der guten alten Zeit.

»Er hatte Sorge, die Männer würden mich angreifen«, sagte ich.

»Gutes Gespür. Warum hatte er die Sorge?«

»Er hat ihnen vom Balkon aus eine Weile zugesehen und fand ihr Verhalten verdächtig.«

»Inwiefern?«

»Sie standen längere Zeit nur rum.«

»Was ist daran verdächtig?«

»Habe ich ihn auch gefragt, er sagt, es war so ein Gefühl.«

»Jedenfalls hat er Intuition bewiesen. Und wie ist dein Gefühl, was deinen Zustand angeht?«

»Etwas schläfrig, hab eine Dolomo genommen.«

»Die nehm ich immer, wenn ich Zahnschmerzen hab.«

»Ich auch.«

»Gegen Erkältung helfen die leider nichts«, sagte Gillis. »Ich hoff, ich lieg morgen nicht flach, die Vitaminpillen wirken null.«

Im Zentrum, an der Abzweigung zum Bahnhof, stauten sich die Fahrzeuge, Straßenbahnen kreuzten die Sonnenstraße. Beinahe zwanghaft fiel mein Blick auf das Rondell auf der anderen Seite, wo vor dem Karlstor gelegentlich Kundgebungen stattfanden. Nicht weit davon entfernt war mir die Flasche ins Gesicht geflogen.

Gillis hupte, drückte aufs Gas, der Wagen gab ein schepperndes Geräusch von sich. Gillis hupte noch zwei Mal, vielleicht ein Gruß an das störrische Vehikel aus der guten alten Zeit.

»Hast du heut mit deiner Informantin gesprochen?«, fragte er.

Die Bezeichnung erschien mir übertrieben. »Nur kurz«, sagte ich. »Sie ist vorbereitet, sie wird etwas herausfinden.«

»Hoffentlich. Das dünne Eis, auf dem wir uns befinden, fängt schon an zu schmelzen.«

An Komplikationen wollte ich nicht denken; nicht mehr.

Ohne Befugnis und stichhaltige Beweise für ein mögliches Verbrechen würden wir uns lediglich in und vor einem Lokal aufhalten: zwei Männer in ihrer Freizeit, die zufällig Polizisten waren; ahnungslose Zaungäste einer geheimen Versammlung von angeblich harmlosen, besorgten Bürgern, denen nichts mehr am Herzen lag als das Wohl des deutschen Staates.

Falls wir uns in etwas verrannt hätten, würde niemand davon erfahren. Arno würde sich hüten, mich bei den Kollegen als Fanatiker mit Hirngespinsten hinzustellen, wollte er nicht die Frage riskieren, woher er von meinen Umtrieben wisse.

»Ich wette, die Mühen sind umsonst«, sagte Gillis vor der Abzweigung zur Zielstattstraße, in der sich die Gaststätte befand. »Wie viel wettest du?«

»Ich wette nicht.«

»Fünfzig Euro.«

»Nein.«

»Zwanzig Euro.«

»Was verstehst du unter umsonst?«

»Dass nichts rauskommt; dass da Leute hocken, die sich die Köpfe über irgendein Zeug heißreden und sich wichtigmachen; dass deine Freundin sich umsonst da eingeschlichen hat; dass alles für den Arsch war. Fünfzig Euro, schlag ein.«

Er hielt mir die Hand hin, Innenseite nach oben.

»Nein.«

»Feigling.«

»Das ist eine sehr ernste Sache.«

»Weiß ich doch. Wir wetten immer um ernste Sachen. Fast immer. Komm, spiel mit.«

»Nein.«

»Spielverderber.«

In Schrittgeschwindigkeit lenkte er den Wagen an den abgestellten Autos vorbei; auf dem zum Lokal gehörenden Parkplatz hielt er mit Blick zum Hinterausgang an, direkt neben einem schwarzen SUV. Fünf Autos standen nebeneinander, kein Mensch zu sehen. Das Licht über dem Eingang des Pfauenauges leuchtete kadettgrün in die Dämmerung.

Gillis löste den Sicherheitsgurt und stützte den Kopf in die Hände. »Den Abend schaff ich noch, aber dann brauch ich einen heißen Whisky gegen die Erkältung, sonst ist finito. Alles klar bei dir?«

Was hatte mein Zögern zu bedeuten?

Alles war besprochen, alles geklärt. Meine Idee. Ich hatte Via überredet und meinen Kollegen eingeweiht. Der Ort übersichtlich, keine Schlupflöcher, das simple Hinterzimmer einer Kneipe in einem Wohngebiet. Einer von uns observierte die Rückseite des Gebäudes, einer hielt sich drinnen auf.

Welcher Spuk geisterte durch meinen Kopf? Stieg die Angst

von heute Mittag wieder in mir auf und krallte sich in meine Eingeweide? Schredderte die Schmerztablette meine Gedanken? Wieso saß ich immer noch auf dem Beifahrersitz, eingehüllt in Überbleibsel kalten Zigarettenrauchs und den Geruch nach Alkohol? Was rumorte in meinem Bauch?

Gillis kurbelte das Fenster herunter und hustete ins Freie. Kühler Wind wehte herein, eine Brise Erleichterung.

Was sollte schiefgehen, wer könnte uns in die Quere kommen?

Der Wirt würde mich wiedererkennen. Ich säße auf demselben Platz wie gestern beim Bier, schweigsam, in mich versunken. Bei meinem Aussehen, das sich seit dem Vorabend eklatant verändert hatte, würde der Wirt überzeugt sein, ich hätte eine Menge zu verarbeiten.

Wieso machte ich mich mit solchen Grübeleien verrückt? Unser gemeinsamer Einsatz – Via, Arno, ich – mochte in gewisser Weise auf dünnem Eis stattfinden, doch nur hinsichtlich des Erfolgs, der Vereitelung einer Straftat oder der Festnahme von Verdächtigen. Ansonsten waren zwei aufmerksame Polizeibeamte einer Spur nachgegangen, ganz im Rahmen ihrer dienstlichen Verpflichtungen, unabhängig vom Ausgang der Ermittlungen.

Kehrten die Schmerzen zurück? In der Leber, in der Niere, am Rücken, im Schädel.

Fing ich an zu zittern? Was war los mit mir? Meine Hände eiskalt. Ich fröstelte, mehr als mein erkälteter Kollege neben mir. Oder war das Schweiß in meinem Nacken? Anders als gestern hatte ich meine übliche Lederjacke angezogen, ein beiges Hemd, darunter ein weißes T-Shirt, saubere Jeans, Lederschuhe. Mein Körper war von letzter Nacht dreckig genug.

»Ist dir schlecht?«, fragte Gillis. »Die Kiste stinkt, tut mir leid.«

Mit einer mir selbst fremden Geste klopfte ich ihm auf den

Oberschenkel und stieg aus. Durch die Windschutzscheibe nickte ich ihm zu, er nickte zurück.

An der Luft wurde mir schummrig. Ich blieb stehen und stützte, wie Gillis vorhin, den Kopf in beide Hände. Dann musste ich an die Worte des verschrumpelten Gustav denken, der meinte, ich hätte einen Knoten im Stammhirn, wenn ich in meinem Zustand an der Sache mit der Observation festhielte.

Ich stieß die Tür zum Lokal auf.

Hinter dem Tresen zapfte eine etwa fünfzigjährige Frau Bier. Zwei Tische waren mit jeweils zwei Männern besetzt, der Platz unter dem Fenster, an dem ich gesessen hatte, war frei. Nachdem die Bedienung zwei Halbe an einen der Tische gebracht hatte, kam sie zu mir und sah mich erschrocken an. »Das ist ja fürchterlich, o Gott, was is 'n passiert, sinds überfallen worden?«

»Ja.«

»Wahnsinn. Wo?«

»Vor der Haustür.«

»So eine Sauerei. Habens recht Schmerzen?«

»Ist auszuhalten. Ein Bier, bitte.«

»Bring ich sofort.«

Sie trug einen dunkelroten Lederrock, eine Bluse in fast derselben Farbe und eine Lederweste; ihre blonden Haare hatte sie hochgesteckt, Strähnen fielen ihr in den Nacken und über die Stirn; an ihren Ohren baumelten silberne Anhänger in Kreuzform; unterhalb und oberhalb ihrer Augen hatte sie mit schwarzem Kajal dünne Linien gezogen.

»Und was ist mit Ihrem Aug passiert?« Sie stellte das Bier auf einen Deckel und betrachtete mich mit einem Ausdruck erschütterter Anteilnahme.

»Ein Unfall.«

»Um Gottes willen. Sind Sie aus der Gegend?«
»Hab einen Freund besucht, ich wohne in Schwabing.«
»Da ist's auch schön. Wollen Sie was essen?«
»Nein.«
»Gehören Sie zu der Gesellschaft?«
»Welche Gesellschaft?«
»Die nebenan, eine Partei, die sind öfter da, Neue Volkspartei, kennen Sie die?«
»Nein.«
»Mein Chef ist auch dabei. Die wollen unter sich sein, kommen immer durch den Hintereingang rein, die reinste Verschwörung, ich halt mich da raus.«
»Sind die schon lang da?«
»Seit zwei Stunden. Ich darf nicht reingehen und nach Bestellungen fragen, die melden sich immer von sich aus, das ist so abgesprochen. Von mir aus ...«

Fünf vor sieben. Via war für neun bestellt. Wieso trafen sich die anderen vier Stunden früher?

Aus dem Nebenraum waren gedämpfte Stimmen zu hören, ab und zu Gläserklirren. Mein Plan, rechtzeitig vor dem vereinbarten Termin vor Ort zu erscheinen, um im besten Fall einen Blick auf die Gesichter der ankommenden Teilnehmer zu werfen, erwies sich als fundamental gescheitert. Blieb die Hoffnung, die Leute benutzten nach dem Ende der Veranstaltung den Weg durch die Gaststube; falls ich bis dahin die Bewachung nicht wegen Erschöpfung hatte abbrechen müssen. Nahmen sie den Hinterausgang, wäre Gillis eventuell in der Lage, sie vom Auto aus zu fotografieren; einen Apparat mit Teleobjektiv hatte er extra mitgebracht.

Oder war der Abend ein Test für Via? Zur Beurteilung, ob sie tatsächlich vertrauenswürdig war? Sie würden ihr weismachen, die Umstände hätten eine Vorverlegung erfordert, beim nächsten Mal wäre sie von Anfang an dabei.

Etwas in der Art.

Ich durfte nicht schlappmachen.

Im Hinterzimmer klingelte ein Handy. Schritte. Jemand verließ den Raum und ging hoffentlich nach draußen, direkt vor Gillis' Linse.

Mir machte die Wirkung der Schmerztablette zu schaffen. Meine Konzentration ließ nach, eine schwere Müdigkeit legte sich auf meine Lider. Bier zu trinken, war keine gute Idee. Was sollte ich in so einer Kneipe sonst bestellen? In dem Zustand, den ich präsentierte. So einer brauchte Alkohol, um sich vom Elend abzulenken, am besten Schnaps dazu.

Wenigstens einen Kaffee zwischendurch.

Die Bedienung brachte ihn aus der Küche, er war heiß und schmeckte unterirdisch. Ich zwang mich, die Tasse zu leeren, mit einer Extraportion Zucker.

Unauffällig sah ich auf die Uhr.

Neun vor acht.

Seit ich hier saß, waren keine weiteren Gäste gekommen; die anwesenden vier unterhielten sich über Fußball, das Fernsehprogramm, die Staatsregierung, die Nutzlosigkeit von Asylbewerberheimen, den Tod eines Gorillas im Tierpark Hellabrunn. Hin und wieder warf mir einer der Männer einen Blick zu; ich starrte ins Leere.

Dritter Strich auf dem Deckel.

Ich ging zur Toilette. Im schmalen, dunklen Durchgang, der zum Hinterausgang führte, horchte ich an der Tür. Unverständliche Stimmen aus dem Nebenraum. Gläserklirren. Ich öffnete leise die Tür nach draußen und blickte auf den unbeleuchteten Parkplatz. In einem der Fahrzeuge erhellte ein Handylicht das Gesicht des Mannes hinterm Lenkrad: Gillis telefonierte. Als er mich bemerkte, hob er die Hand mit dem Telefon. Ich winkte ebenfalls und machte kehrt. Gerade als ich mich wieder an meinen Platz setzte, kam ein Mann im Regenmantel in die Gaststube. Er nahm seinen Hut ab, knöpfte im Gehen den Mantel auf und ließ seinen Blick schweifen.

Holger Kranich, der Lehrer.

Gerötete Wangen, gestutzter Schnurrbart, kariertes Sakko, Rollkragenpullover, braune Stoffhose, braune Halbschuhe. Wortlos deutete er in Richtung Tür zum Nebenraum. Die Bedienung hielt ein leeres Bierglas hoch. Er schüttelte den Kopf, öffnete die Tür – die Stimmen verstummten abrupt – und ging rein.

Mein Glas war noch halbvoll, was die Bedienung nicht von einer Stippvisite abhielt. »Das ist ein Lehrer«, sagte sie halblaut, »der schwingt gern große Reden. Hat mir mein Chef erzählt. Der will was werden in der Partei, der Lehrer.«

»Ist das immer eine geschlossene Gesellschaft?«, fragte ich.

»Meistens. Heut scheint's besonders wichtig zu sein, weil niemand rauskommt und was bestellt. Ich bin übrigens die Geli. Magst einen Schnaps?«

»Ich bin Kay. Kein Schnaps heut.«

»Würd dir vielleicht guttun …« Sie zeigte auf mein Gesicht. »Weiß man, wer das war?«

»Die Schläger sind abgehauen.«

»Schweine. Wenn man die Polizei braucht, ist sie nie da. Alte Geschichte. Tut mir echt leid, was dir passiert ist, Kay. Und was hat dich ausgerechnet ins Pfauenauge verschlagen? Kennst du den Alex?«

»Wer ist das?«

»Mein Chef.«

»Ich bin zufällig hier.«

»Auch schön. Echt keinen Schnaps? Ich geb dir einen aus.«

»Nein danke.«

»Vielleicht später.«

»Vielleicht.«

Ich überlegte gerade, rauszugehen und mich ein paar Minuten mit kalter Luft vollzusaugen, da ging die Tür erneut auf. In aufrechter Haltung, die linke Hand auf den Gehstock gestützt, betrat Silvia Glaser das Lokal, wie ein Gast, der sich auskannte. Sie ließ die Tür hinter sich zufallen, warf einen schnellen Blick nach rechts und links – ich bemerkte ein leichtes, erschrockenes Zögern beim Anblick meines Gesichts – und steuerte die Tür zum Nebenraum an. Sie nickte der irritierten Bedienung zu, die das Polieren der Gläser unterbrach, und klopfte. Von drinnen rief jemand mit kräftiger Stimme: Ja bitte?

Fast sicher, dass es Kranich war, die Möwe.

Via drückte die Klinke, hielt kurz inne – ihr dunkelblauer Mantel fiel faltenlos – und ging hinein. Stille. Sowohl nebenan als auch in der Gaststube.

Wie gebannt blickten die vier Gäste, die Bedienung und ich zum Nebenraum. Eilig stellte Geli das saubere Glas ab und kam her. »Die war noch nie da«, sagte sie. »Was will die bloß mit den Typen, ich mein, mein Chef ist schwer in Ordnung, aber die anderen?«

»Was ist mit den anderen?«

»Denen würd ich keinen Schnaps ausgeben.«

»Wieso nicht?«

»Gefallen mir nicht.«

»Und wieso gibt sich dein Chef mit denen ab?«

»Ein alter Freund von ihm mischt da mit, er ist neugierig, der Alex, und, na ja, recht konservativ ist er auch. Er mag halt keine Leute, die herkommen und unseren Staat abschöpfen, weißt schon, finanziell und überhaupt. Kann man nichts machen. Ich arbeite gern für ihn. Magst jetzt was essen? Gulaschsuppe? Hab ich selber gemacht.«

»Selber gemacht? Ehrlich?«

»Ja, fast.«

»Dann bring mir einen Teller.«

»Brot dazu?«

Ich nickte.

Bevor sie ging, sagte sie noch: »Eine Frau mit Krückstock, die hat das Leben auch gebeutelt.« Seufzend machte sie sich auf den Weg in die Küche.

Zwei der vier Männer an der Wandseite schauten zu mir her. Ich hob mein halbvolles Glas, um ihnen zuzuprosten und damit ihr heimliches Glotzen aufhörte.

Eine Stunde später war ich der letzte Gast.

Nie zuvor hatte ich eine Boulevardzeitung derart intensiv gelesen; sogar zweimal; sogar zwei Zeitungen hintereinander. Geli hatte sie mir überlassen. Bestimmt barmte sie mein trostloser Anblick, mein stummes Dasitzen, träge, gekrümmt. Vermutlich hätte sie zugesperrt, wenn ihr Chef nicht schon das zweite Mal aus dem Nebenraum gekommen wäre, um frische Getränke zu holen – zwei Helle, ein Weizenbier, zwei Mineralwasser, eine Apfelschorle, einen Weißwein. Natürlich hatte er mich sofort bemerkt. Er stutzte, musterte mich, und die Sache war für ihn erledigt. Die Bedienung hielt ihm jedes Mal die Tür auf, wenn er mit dem vollen Tablett zu seinen Freunden zurückging.

Mein Handy vibrierte; eine SMS von Gillis: *Keine Vorkommnisse.*

Erneuter Gang zur Toilette, wo ich mir viel Zeit ließ; auch diesmal keine Begegnung. Als ich am Tresen vorbeikam, hinter dem Geli auf einem Hocker saß und in einer Illustrierten blätterte, fragte sie: »Wartest du auf wen?«

»Ich will nicht nach Hause.«

»Keine Frau? Keine Geliebte?«

»Darfst du wegen mir nicht zusperren?«

»Solang die Leute da drin sind, ist auf. Bin froh, dass du da bist, zurzeit ist echt öde hier. Im Advent wird's besser, Weihnachtsfeiern und so.«

Via war jetzt seit eineinhalb Stunden nebenan. Ich hatte meinen toten Punkt überwunden und fing an, mir wieder Sorgen zu machen.

Weg damit!

So selbstbewusst, wie sie hereingekommen war, würde Via das Geschwafel und die Beschwörungsversuche souverän über sich ergehen lassen und die angemessenen Antworten zu geben wissen.

Eines stand für mich fest, nachdem ich stundenlang Zeit gehabt hatte, Argumente abzugleichen, meine Überlegungen neu zu ordnen und die Realität in allen Winkeln gedanklich auszuleuchten: Eine weitere, ähnliche Aktion würde es nicht geben. Wir hatten die Gelegenheit, wir hatten ein Motiv, wir hatten den Willen. Brachte Vias Einsatz kein brauchbares, kriminalistisch, juristisch verwertbares Ergebnis, sollten sich also die Erklärungen meines Staatsschutz-Kollegen Siebert als zutreffend erweisen – keine Hinweise auf einen Anschlag aus der rechten Szene –, würde ich mein Konstrukt aus Mutmaßungen und dürren Belegen ein für alle Mal beerdigen.

Kleiner Streifenpolizist wittert Verschwörung inklusive Attentat.

Polizeipräsidium muss sich wegen illegaler Bespitzelung einer Parteiversammlung offiziell entschuldigen.

Streifenpolizist in den Innendienst versetzt.

Streifenpolizist vom Dienst suspendiert.

Derartige Schlagzeilen wären der letzte Gruß an meine gescheiterte Existenz als Polizeibeamter. Dann blieb mir vielleicht nichts, als Gustav zu bitten, mir einen Clownsjob zu besorgen.

Es tut mir leid, sagte ich im Stillen zu Via. Im selben Moment meldete mein Handy eine SMS.

Roland ist da, das ist der Blaue, glaub ich, sie reden von NINE ELEVEN, Holger bringt mich gleich heim. So schlimm, Dein Gesicht. Bis später. Kuss.

Aus dem verdunkelten Bereich der Toiletten war ein Geräusch zu hören, eine Tür schlug, eine zweite. Sofort schickte ich Gillis eine Nachricht: Er solle dem Wagen folgen, in den der Mann mit dem Regenmantel und die Frau mit dem Gehstock einsteigen würden.

Mir war egal, dass jetzt auch mein Kollege Vias Adresse erfuhr. Sicherheit hatte Vorrang.

Ich wollte noch auf den Wirt warten und ihm ein paar Fragen stellen, zum Abschluss meiner Ermittlungen.

NINE ELEVEN.

Was meinte sie damit, sie würden darüber reden? Über den Terroranschlag auf die Twin Towers in New York an jenem elften September? Aus welchem Grund sprachen sie heute über dieses Ereignis?

Nine Eleven.

Verfolgten sie eine ähnlich irrsinnige Strategie? Heckte in einer unscheinbaren Münchner Gastwirtschaft eine Handvoll Personen einen gigantischen Plan aus, der das Leben in der Stadt und im ganzen Land elementar verändern würde? Und eine ahnungslose, unschuldige Apothekerin mittendrin?

Absurde Vorstellung.

Tatsächlich?

Was wäre das Zielobjekt? Woher die Gerätschaften, die Waffen? Welcher Täterkreis? Oder wussten die Behörden Bescheid, die Verfassungsschutzämter, BKA, die Landeskriminalämter, der Staatsschutz, die Regierung? Beobachteten V-Leute oder Ermittler die Vorgänge seit langem und würden im richtigen Moment zuschlagen? Stand die Festnahme der potenziellen Attentäter kurz bevor? Auszuschließen war das nicht.

Wie damals beim Zugriff vor der Grundsteinlegung des Jüdischen Museums.

Nine Eleven.

Nine Eleven.

Wahrscheinlich meinten sie nicht die amerikanische Variante, sondern benutzten nur den englischen Ausdruck: Nine Eleven für neun-elf.

Neunter November.

An diesem Tag lud die Israelitische Kultusgemeinde zur Jubiläumsfeier anlässlich des Jahrestags der Grundsteinlegung. Festredner: Der Bundespräsident, in Anwesenheit des Ministerpräsidenten, des Oberbürgermeisters, der Stadträte und anderer Honoratioren. Ein staatstragendes Ereignis, gesichert durch Hundertschaften und Zivilkräfte der Polizei und diverser schwer bewaffneter Einsatzkommandos.

Der neunte November.

Morgen früh um acht Uhr dreißig würde ich beim Kollegen Siebert im LKA auf der Matte stehen und mich nicht mit hohlen Verlautbarungen in Pressemanier abspeisen lassen. Und ich würde den Teufel tun und ihm meine Informantin verraten.

Stühle- und Tischerücken im Hinterzimmer. Unverständliche Männerstimmen. Gläserklirren. Die Tür wurde geöffnet, nur eine Person kam in die Gaststube: Alex, der Wirt, mit einem Tablett leerer Gläser. Niemand folgte ihm. Ein matter Lichtschein, Schritte auf Holzboden. Draußen das Geräusch startender Automotoren. Der Wirt schloss die Tür zum Nebenzimmer. Schwarze Hose, schwarzes Hemd, glattrasiert, im Gegensatz zu gestern. Sekundenlang stand er reglos da, begutachtete mich.

»Wir schließen jetzt«, sagte er.

»Anstrengende Versammlung?«

»Im Gegenteil, stimulierend, würde ich sagen. Was ist passiert?«

»Bin überfallen worden.«

»Nicht schön.«

»Kann ich noch einen Schnaps haben? Ich lade Sie ein, Ihre Bedienung auch.«

»Er mag nicht heim«, sagte Geli.

Der Wirt zeigte keine Reaktion. Er ging hinter den Tresen, holte eine Flasche aus dem Kühlschrank, nahm drei Gläser vom Regal, schenkte ein, stellte die Flasche zurück. Er schob Geli das Glas hin und kam mit den beiden übrigen zu mir.

»Zum Wohl«, sagte ich.

»Gute Besserung«, sagte Geli.

Wir tranken.

»Kann man in der Partei noch Mitglied werden?«, fragte ich.

»Welche Partei?«

»NVD.«

»Musst du dich erkundigen. Wie kommst du auf die Partei?«

»Wegen der Versammlung.«

»Das sind unterschiedliche Leute, Partei schon auch, aber gemischt. Wir diskutieren, geschlossene Gruppe. Ich muss dich bitten zu gehen.«

»Ich bräuchte ein Taxi.«

Der Wirt drehte sich zur Bedienung um; sie griff nach einem schnurlosen Telefon.

»Komm mal wieder«, sagte Geli zum Abschied.

Zwanzig Minuten Wartezeit. Geli wischte die Tische ab, stuhlte auf. Ich durfte sitzen bleiben, ebenso wie am Ecktisch der Wirt, der intensiv sein Handy durchforstete. Sie leerte den Mülleimer und polierte ein letztes Mal den Tresen. Gillis schickte mir eine SMS: *Frau im Haus, alles ok, muss ins Bett, bis morgen.*

Als ich das Lokal verließ, erwischte mich die kalte Luft wie eine Dusche. Ich breitete die Arme aus, öffnete weit den Mund und genoss eine Minute lang die unerwartete Erfrischung. Ich sah das Taxi auf dem Parkplatz. Der Fahrer hupte. Ich ließ mir Zeit.

Obwohl er nach drei Sätzen kapiert haben musste, dass ich nicht reden wollte, teilte mir der mit einem Wiener Akzent sprechende Mann mit: »Heut habi hier drin nur Tschuschen g'habt.« Auf der Rückbank ans Fenster gelehnt, brummte ich eine Erwiderung und hoffte, Via habe noch ein Stück Brot – eine Butterschnitte – für mich übrig. Die Fahrt durch die Stadt kam mir ewig vor.

An der Abzweigung zur Falkenstraße blockierte ein Streifenwagen die Kreuzung. Blaulichter kreisten im Dunkeln, eines gehörte zu einem Krankenwagen, der quer auf dem Bürgersteig stand. Auf der Straße zwei weitere Streifenwagen.

Vor einem Eingang der Häuserzeile drängten sich Passanten oder Nachbarn, redeten aufeinander ein.

Das Haus, in dem Via wohnte.

Vier Beamte hantierten mit Sprechfunkgeräten. Einem von ihnen zeigte ich meinen Dienstausweis und fragte, was los sei. Ich würde im Haus jemanden kennen. Eine Frau, sagte der Kollege, sei schwer verletzt worden, vermutlich niedergestochen. Sie habe vom Balkon im ersten Stock aus noch um Hilfe rufen können, dann sei sie zusammengebrochen. Die Umstände seien noch völlig unklar, kein Verdächtiger bis jetzt. Zwei Kollegen vom Mord seien schon oben. Den Namen der Frau wisse er nicht.

Auf dem Weg ins Klinikum Großhadern erlag Silvia Glaser ihren schweren inneren Verletzungen.

9

Mit Stumpf und Stiel

Ich war nicht da.

Ich war nicht bei ihr, als sie starb.

Ich war nicht da, als sie zu Hause ankam.

Ich war nicht da.

Ich war weg. Ich hockte in der Kneipe. Ich war angetrunken. Ich hatte mir was eingeredet.

Keine Zeugen.

Unmöglich.

Holger Kranich versicherte, er habe Silvia Glaser um 23.25 Uhr vor der Haustür abgesetzt; sie sei ins Haus gegangen und er weggefahren. Ja, er habe sie hineingehen sehen. Nein, er sei ihr nicht gefolgt. Nein. Nein.

Ich war nicht da.

Die Tatwaffe war verschwunden. Stahlklinge, zehn Zentimeter. Das Messer bis zum Griff im Körper. Ein Stich.

Kein Blut im Treppenhaus.

Der Täter tötete in der Wohnung.

Ich trank Williamsbirne im Pfauenauge, plauderte mit dem Wirt, mit der Bedienung.

Sie fuhr mit dem Mann, der schon einmal in ihrer Wohnung war, nach Hause. Mein Kollege Gillis bestätigte Kranichs Aussage, dieser habe Frau Glaser aussteigen lassen und gewartet, bis sie den Schlüssel aus dem Mantel genommen und aufgesperrt hatte und reingegangen war. Dann sei Kranich in nördlicher Richtung weggefahren, sagte Gillis zu den Kollegen der

Kripo. Er selbst habe sich auf den Heimweg zu seiner Wohnung in der Innenstadt gemacht, das habe um diese Zeit, da kaum Verkehr herrschte, knapp zehn Minuten gedauert. Er sei im Badezimmer gewesen, als ich ihn anrief und ihm mitteilte, was geschehen war. Er habe, sagte Gillis, sofort ins Klinikum fahren wollen, trotz seines erkältungsbedingten, lausigen Zustands, und hätte sich dort von den Kripo-Kollegen befragen lassen.

Nicht nötig, hatte ich zu ihm am Telefon gesagt, er möge sich bereithalten, bestimmt kämen die Kollegen in spätestens einer Stunde zu ihm oder würden ihn ins Dezernat bitten.

Nachdem die Kollegen Holger Kranich in seiner Wohnung in der Konradstraße abgeholt hatten – er lag schon im Bett und schlief, wie er behauptete –, begannen sie mit der Vernehmung, die bis fünf Uhr morgens dauerte. Unaufhörlich beteuerte der Lehrer seine Unschuld. Er weigerte sich beharrlich, die Namen der Versammlungsteilnehmer zu nennen. Er beschimpfte die Kommissare als Handlanger und Landesverräter und schrie ihnen ins Gesicht, er würde sich von ihnen nicht brechen lassen.

Das Motiv lag auf der Hand. Er hatte Via durchschaut, möglicherweise hatte sie sich durch eine unbedachte Bemerkung verraten. Oder er hatte ihre SMS an mich gelesen. Oder sie hatte ihm auf der Rückfahrt zu verstehen gegeben, dass sie seine und die Gesinnung der anderen verabscheue und sich an die Polizei wenden würde, sollte er sie noch einmal belästigen.

Oder er drehte einfach durch, weil er zu ihr in die Wohnung wollte und sie ihn abgewiesen hatte.

Falsch.

Eine Rangelei oder eine verbale Auseinandersetzung hätte mein Kollege Gillis bemerkt. Garantiert wäre er eingeschritten, hätte sich als Polizist zu erkennen gegeben und die Personalien des Mannes überprüft. Aller Wahrscheinlichkeit nach hätte Via keine Anzeige erstattet – sie wollte ihre Ruhe von dem Kerl und seiner Bagage.

Wie Gillis bezeugte, war Kranich weitergefahren. Vielleicht zweihundert Meter: Dann kehrt er um, klingelt bei ihr, bittet um Entschuldigung und eine kurze Unterredung, will alle Unstimmigkeiten aus der Welt schaffen; er verspricht, sie danach nie wieder zu kontaktieren. Und sie lässt ihn rein.

Ich war nicht da.

In meinem Kopf war alles geklärt gewesen, alles an seinem Platz – Bier, Schnaps, Schlagzeilen. Was sollte noch schiefgehen, Via? Die Veranstaltung war aus, niemand verletzt oder gekidnappt worden. Ich wartete auf mein Taxi.

Sicherlich würde Via mir noch eine Scheibe Brot schmieren, uns beiden. Wir würden ein Nachtessen zu uns nehmen, Wein trinken und allmählich körperlich werden. Ich war bereit.

Ich war nicht da.

Noch in der Nacht klingelten die Kollegen Alexander Nolte aus dem Bett, den Wirt der Gaststätte Pfauenauge. Sie erklärten ihm die Situation und nahmen ihn mit ins Dezernat. Nach einer Stunde durfte er wieder gehen. Er hatte sämtliche Namen der Anwesenden im Nebenzimmer seiner Kneipe aufgeschrieben, dazu die Telefonnummern, soweit sie ihm bekannt waren.

Die Frau im blauen Mantel, deren Name ihm nicht mehr einfiel, habe er zum ersten Mal gesehen, sie habe noch nie an einer der Versammlungen teilgenommen. Ja, er sei der Organisator dieser privaten Treffen von gesellschaftspolitisch interessierten Bürgern. Man tausche Meinungen aus, diskutiere über aktuelle Entwicklungen in der Stadt und im Land. Ja, oft nähmen auch Mitglieder der NVD teil, gerade in jüngster Zeit. Vor dem Hintergrund der Landtagswahlen im nächsten

Jahr sei die Partei auf der Suche nach Sponsoren und engagierten Unterstützern. Den Lehrer Holger Kranich kenne er seit etlichen Jahren. Nolte nannte ihn einen mutigen Mann mit Visionen, der sich vor keiner Konfrontation scheue. Was genau er damit meine, wurde er gefragt. Herr Kranich sage öffentlich, was er denke, erwiderte der Wirt, faule Kompromisse seien ihm ein Graus, unerschrocken attackiere er die angepassten Mainstreammedien. Kranich, so der Wirt, würde alles dafür tun, die bestehende Regierung mit Stumpf und Stiel auszurotten.

Den Kollegen, mit dem ich telefonierte, fragte ich zwei Mal nach der Bemerkung; sie sei wörtlich so gefallen, sagte er.

Mit Stumpf und Stiel ausrotten.

Wie passten die Aussagen des Wirts, wonach die Partei auf der Suche nach Gefolgsleuten sei, mit denen der Bedienung Geli zusammen, die Gruppe treffe sich hauptsächlich hinter verschlossenen Türen und wolle nicht gestört werden?

Nolte log.

Kranich log.

Wie hatte Silvia Glaser solches Geschwafel bloß ertragen?

Bei Kranich wurde kein Messer gefunden. Unzählige Male wiederholte er dieselbe Aussage. Er habe Frau Glaser vor ihrer Haustür abgesetzt. Nein, vorher habe es keinen Streit gegeben, er und Frau Glaser hätten während der Fahrt den Abend rekapituliert und seien sich über eine weitere Zusammenarbeit einig gewesen. Welche Art Zusammenarbeit? Engagement in der Partei, Vorbereitung von Versammlungen, Pressearbeit. Frau Glaser habe sich bereit erklärt, in die Partei einzutreten. Welchen Grund sollte er gehabt haben, ihr etwas anzutun? Vielmehr habe sich zwischen ihnen eine Beziehung angebahnt. Demnächst hätte er sie zum Essen eingeladen, und sie wäre einverstanden gewesen, da sei er sich sicher.

Wo hatte er die Tatwaffe verschwinden lassen?

Nach achtundvierzig Stunden mussten die Kollegen den Lehrer gehen lassen.

Auch die übrigen Teilnehmer des Treffens kamen laut ersten Ermittlungen der Kripo vorerst nicht als Täter in Frage, sie hätten nachprüfbare Alibis, wurde mir mitgeteilt.

Zur Vernehmung meiner Person wurde ich für den nächsten Morgen einbestellt; die Kollegen gönnten mir, wie sie erklärten, ein paar Stunden Schlaf.

Schlaf war das Letzte, wonach ich mich sehnte.

Anstatt da zu sein, hatte ich geschlafen. Mit offenen Augen. Mit einem Bier in der einen und einem Schnaps in der anderen Hand und einem Kopf voller Marshmallows.

10

Sind Sie das?

Da war ich und schaute sie an, ihr unversehrtes Gesicht, ihre Haut aus gefrorenem Schnee, übersät von dunklen Punkten, mehr als je zuvor.

Ich wollte zu ihr sprechen und brachte keinen Ton heraus.
Keinen Pieps.

Ausnahmsweise hatte der Gerichtsmediziner mir den Besuch erlaubt. In einer halben Stunde, erklärte er, käme die Schwester der Toten aus Kiel, um das Opfer zu identifizieren. Natürlich hatte ich Vias Identität bereits bestätigt, nachts im Krankenhaus und in Gegenwart der Kripokollegen; sie hatten mir die üblichen Fragen gestellt.

Doch ich war kein Angehöriger, nur ein Bekannter, immerhin ein Polizeibeamter, dem auch ein Gerichtsarzt Vertrauen schenkte.

Kein Laut kam über meine Lippen.
Hörst du mich trotzdem?

Wer ...
Ich bin schuld an deinem Tod.

Ja, ich gebe alles zu: An jenem verregneten Sonntag habe ich mich auf den Weg zu dir gemacht. In einem Anfall von Wut und Verzweiflung? So hast du den Zustand meines Kollegen beschrieben, der die Frau vom Balkon gestoßen hatte.

Was genau ich von dir wollte, weiß ich bis heute nicht. Ich wollte, bildete ich mir ein, der Frau ins Gesicht sehen, die mir das halbe Augenlicht geraubt, die mich verstümmelt hatte.

Du warst das nicht.

Ich habe dich beschuldigt, wieder und wieder. Keine Beweise. Nicht einmal Indizien. Nicht einmal einen vagen Hinweis. Von dem Moment an, als ich dich auf den Fotos im Computer entdeckt hatte, war ich besessen von der Idee, dass du die Täterin sein musstest. Du und niemand anderes.

Verzeih mir.

Verzeih mir, Via Glaser.

Verzeih mir, dass ich dir nicht geglaubt habe, in dieser Sache und in der anderen, die von deinem Unfall handelte, der dich für alle Zeit verändert, verkrüppelt hat. Du bist kein Krüppel, aber du hast dein altes Leben verloren, wie ich.

Nein.

Kein Leben ist wie das andere.

Kollegen von mir haben dich von der Straße gejagt, du bist gestürzt und warst nicht mehr dieselbe. Niemand hat sich entschuldigt, niemand dich entschädigt für deine Verletzungen, deine Wunden, deine zerbrochene Existenz. Ich bitte dich um Verzeihung für das Verhalten meiner Kollegen, für ihr Verbrechen, das sie an dir verübt haben.

Nun habe auch ich ein Verbrechen an dir verübt und kann es nicht wiedergutmachen. Ein Mörder hat dich getötet, das weiß ich, aber ich gab ihm die Gelegenheit dazu. Ohne mich wärst du noch am Leben.

Wer waren die Männer im Hinterzimmer? Was haben sie dir versprochen? Haben sie dich unter Druck gesetzt?

Was ist auf der Fahrt im Auto dieses verbrecherischen Lehrers vorgefallen? Bedrohte er dich? Du hättest mir eine SMS schicken können.

Verzeih mir.

Kein Vorwurf.

Ich bin es, der auf dich vor der Haustür hätte warten müssen. Ich habe mich wichtig gemacht, wollte den Wirt aushorchen. Wenn du mich fragst, wieso, kann ich dir keine Antwort geben. Außer: Ich wollte Undercover-Polizist spielen. Dabei bin ich nicht einmal mehr ein normaler Polizist. Ich bin unnormal und anormal. Anders ist nicht zu erklären, was ich dir angetan habe.

Du musst wissen, ich habe meinen Kollegen beauftragt, euch zu folgen. Er sandte mir die Nachricht, du wärst wohlbehalten vor dem Haus angelangt und hineingegangen, niemand verfolgte dich. Trotz seiner beginnenden Grippe verbrachte mein Kollege Gillis den ganzen Abend im Auto auf dem Parkplatz des Lokals, observierte den Hintereingang und wäre jederzeit für einen Einsatz bereit gewesen. Und ich? Hockte drinnen und schlug die Zeit tot. Dann kamst du herein, eine blaue Erscheinung, und ich dachte: Diese Frau wäre eine Zukunft für mich.

Nein.

Keine Zukunft. Eine lebendige Gegenwart.

Steh doch wieder auf und komm mit mir ins Freie.

In meiner Besessenheit habe ich die Kontrolle über alles verloren, was ein Leben ausmacht. Die Schuld, die ich trage, kann mir niemand abnehmen, auch nicht die Kolleginnen und Kollegen, wenn sie den Mörder erwischen und vor Gericht bringen. Sie werden ihn kriegen, das verspreche ich dir. Noch berufen sich die Männer aus dem Hinterzimmer auf ihre angeblich nachweisbaren Alibis. Nicht mehr lang. Risse werden sich zeigen, Zeiten stimmen plötzlich nicht mehr überein, einer lügt für den anderen, wie so oft.

Den Lehrer mussten sie laufen lassen, das hat nichts zu bedeuten. Sorge dich nicht, er entwischt uns nicht. Angeblich – stell dir das vor – habe er unterwegs, nachdem er dich abgesetzt hat, mit seinem Freund Roland Ebert telefoniert. Ebert ist der, den du als den Blauen identifiziert hast, fanatischer Anhänger von 1860, ein Redenschwinger wie Kranich, die Möwe. Ebert beschimpfte meine Kollegen, die ihn in der Nacht anriefen, als erbärmliche Truppe von Stiefelleckern. Er sitzt zur Vernehmung im Dezernat. Die Verbindungsdaten der Telefongesellschaft liegen bald vor.

Kranich und Ebert.

Via. Silvia Glaser.

Weil ich dich beschuldigt und meine eigene Schuld beim Unfall auf der Sonnenstraße auf dich abgewälzt habe, liegst du jetzt hier. Das ist die Wahrheit. Kein Entkommen.

Was rede ich mit dir?

Ich rede gar nicht. Ich stehe in diesem kühlen, sterilen Raum und finde meine Stimme nicht.

Meine Stimme schämt sich so sehr.

Vergebung ist nicht mehr möglich.

»Wäre ich doch bloß vollständig erblindet und in einem Behindertenheim gelandet, weggesperrt von den Menschen für alle Ewigkeit.«

»Was reden Sie denn da?«, sagte eine Stimme. »Kommen Sie mit, mehr können wir hier nicht tun.«

Vor der Tür reichte mir die ältere Frau im schwarzen Mantel ein Papiertaschentuch, ich tupfte mir das Auge ab und schnäuzte mich, abgewandt von ihr.

Sie hatte graue Haare, war kaum größer als einen Meter sechzig, ähnlich wie Silvia Glaser. Sie nannte ihren Namen, und ich vergaß ihn sofort. Untergehakt führte sie mich zu einer Bank. Sie setzte sich neben mich und ließ meinen Arm nicht los.

Irgendwann sagte sie: »Meine Schwester schrieb mir, sie wäre einem Polizisten begegnet, der nur noch ein Auge hat, und daran trage sie die Schuld. Sind Sie das?«

11

Drei Mönche, zwei Leichen

Der Anruf erreichte mich auf dem Weg von der Gerichtsmedizin zur U-Bahn-Station. Ich ging wie in Trance. Die Leute, die mir entgegenkamen, mussten ausweichen, weil ich nicht schnell genug war. Jeder Schritt kostete mich unsägliche Mühe. Alle fünf Meter blockierten meine Beine. Verwundert schaute ich an mir herunter, der rechte Fuß einen Schritt vor dem linken; schwankender Oberkörper. Nach dem klingelnden Handy in der Innentasche meiner Jacke zu greifen, misslang mir zwei Mal; ich tastete daneben, mein Arm sackte hinab.

Der Kollege aus dem Morddezernat hatte es eilig. Die Sohlen seiner Schuhe klackten, Klinken wurden gedrückt; aus den Räumen, an denen er vorbeihastete, drangen Stimmen.

»Wir haben den Lehrer noch mal vorgeladen, du weißt, den, von dem du uns auch erzählt hast. Er quäkt rum und sagt, er wird die Presse einschalten und öffentlich machen, wie er hier behandelt wird. Flexibel, der Mann, in seiner Gesinnung. Sonst schimpft er Tag und Nacht auf die Mainstreammedien, und dann will er sich bei denen ausweinen. Soll er machen.

Was ich dir sagen will: Er hat ausgesagt, seine Bekannte, das Opfer, sei diejenige gewesen, die auf der Demo am vierten September eine Bierflasche in eure Truppe geworfen hat. Also, dass sie es war, die dich möglicherweise verletzt hat. Die beiden, sagt er, hätten nicht mitgekriegt, wen die Flasche getroffen hat. Verstehst du? Er beschuldigt eine tote Frau. Ausgeschlossen ist das natürlich nicht, aber objektive Beweise sind nicht vorhanden. Der Mann sagt, seine Bekannte ist die Täterin, er habe sie gedeckt, als deine Kollegen sie kontrolliert haben. Er wollte das mal loswerden, sagt er, das wäre sowieso nicht mehr von Bedeutung nach dem Tod der Frau. Und so einer unterrichtet kleine Kinder! Sollte der auf freien Fuß kommen, fliegt er hoffentlich aus dem Schuldienst.

Jetzt haben wir den Chef eines Sicherheitsdienstes in der Mangel, Roland Ebert, der verschweigt uns mindestens so viel wie der Lehrer. Und wir warten auf die Fotos der Ü-Kameras aus der Umgebung des Tatorts. Ich muss Schluss machen. Wir dachten, du solltest erfahren, dass die Person, die dir das angetan hat, nicht mehr zur Rechenschaft gezogen werden kann. Natürlich schließen wir noch nicht aus, dass der Lehrer selbst der Täter ist. Was ich allerdings nicht glaube, so dumm ist nicht mal der, um sich in seiner Situation auch noch mit einem anderen Delikt zu belasten. Meinem Eindruck nach findet er es gut, dass die Frau die Flasche geworfen und damit offensichtlich was bewirkt hat, seiner kranken Definition nach. Entschuldige bitte.«

Während des Anrufs hatte ich mich nicht von der Stelle bewegt. Ich bemerkte die Blicke der Leute, denen ich im Weg stand. Ich starrte das Telefon in meiner Hand an, das Display war erloschen. Mein Arm zitterte, ich kam nicht von dem Anblick los. Ein kleiner stumpfer Gegenstand, mit dem man die Welt erschlagen könnte.

Und niemand nähme Notiz.

»Bitte hören Sie auf, mich zu bedrängen, Kollege Oleander.«

Wann ich seine Nummer getippt hatte, wusste ich nicht mehr. Ich saß auf einer Bank im Alten Südlichen Friedhof, vor einem verwitterten Grabstein aus dem vorletzten Jahrhundert, und ertrug die Stimme an meinem Ohr.

»Alles, was zu sagen ist, habe ich Ihnen bereits mitgeteilt«, sagte Hauptkommissar Jost Siebert. »Es gibt keinerlei Hinweise auf einen Anschlag oder einen ähnlichen Gewaltakt aus welcher politischen Ecke auch immer. Wir haben alles unter Kontrolle. Die Einsatzpläne für die Jubiläumsfeierlichkeiten am neunten November sind minutiös ausgearbeitet und liegen den zuständigen Inspektionen vor, der Ihren übrigens auch. Ihre Kollegen sind in das Sicherheitskonzept mit eingebunden.

Die Treffen der NVD, die Sie für Brutstätten möglicher Attentate halten, sind harmlos. Das Einzige, was ich Ihnen mitteilen kann, ist, dass für den betreffenden Tag eine Demonstration angemeldet ist, in weiter Entfernung vom Jüdischen Zentrum, auf der Theresienwiese. Man rechnet mit maximal fünfhundert bis tausend Teilnehmern.

Das ist alles, Kollege Oleander. Ich bitte Sie inständig, Ihre Kompetenzen nicht mehr zu überschreiten. Mit den Kollegen vom Mord sind wir in engstem Kontakt. Sollte sich bei den Vernehmungen in der Sache Glaser überraschenderweise doch noch eine Spur ergeben, werden wir umgehend handeln und alle nötigen Maßnahmen einleiten. Das Jubiläumsfest auf dem Jakobsplatz ist definitiv nicht gefährdet.

Noch einmal, Kollege: Ich respektiere Ihre Sorge und kann Ihren Schmerz nachvollziehen. Aber überlassen Sie bitte die Aufgaben der inneren Sicherheit uns, wir wissen, was zu tun ist. Nehmen Sie sich eine Auszeit, versuchen Sie, die tragischen Ereignisse zu verarbeiten, unter denen Sie in mehrfacher Hinsicht leiden müssen. Ihre Gesundheit geht vor, Kollege. Sie wollen doch eines Tages wieder in den Polizeidienst zurückkehren, oder etwa nicht?«

Wohin zurückkehren?

Ich schaffte es nicht einmal, in meine Wohnung zurückzukehren.

Kein Ziel mehr, ich war schon da.

Umringt von lang vergessenen Gräbern, umtanzt von sterbenden Blättern bräuchte ich mich nur auf die Erde zu legen und mich einzureihen.

Wenigstens das sollte mir noch gelingen.

So und nur so.

»Aufstehen«, sagte ein Kind. »Du machst dich doch ganz schmutzig.«

»Hoffentlich hast du dem Buben kein Trauma fürs Leben verpasst, Mann.«

»Sei bitte still.« Ich hatte ihn gebeten zu kommen. Fünf Minuten später stand Gustav vor der Tür, rotes labberiges T-Shirt, blaue, ausgeleierte Latzhose, Sandalen, keine Socken, in der Hand ein Sechser-Kasten Bier.

»Hätt fast die Bullen gerufen, weil du dich nicht mehr gerührt hast.«

Meine Umarmung verschlug ihm die Sprache. Ungelenk hob er den rechten Arm, bekam ihn jedoch wegen des Bierkastens nicht geknickt.

Im Flur nahm ich ihm die Getränke ab, er trottete hinter mir her ins Wohnzimmer; ich deutete auf die Couch.

Keine Fragen seinerseits.

Er setzte sich. Ich verstaute das Bier im Kühlschrank, nahm die angebrochene Flasche Plomari heraus, holte zwei Gläser aus dem Schrank. Im Wohnzimmer schenkte ich uns ein. Wir tranken. Sagten kein Wort.

Die Flasche und mein Glas blieben auf dem niedrigen Tisch vor der Couch. Ich stellte mich ans Fenster, sah eine Zeitlang hinaus, rüber zu seiner verdunkelten Wohnung, die Hände in den Hosentaschen, fröstelnd. Wie er trug auch ich keine Socken, dazu ein ausgewaschenes, gelbes T-Shirt, die braune Cordhose für zu Hause.

Sein Schweigen war ein Segen.

»Das war kein Junge«, sagte ich. »Es war ein Mädchen.«

»Du hast gesagt, Junge.«

»Ich hab gesagt, Kind.«

»Trauma fürs Leben«, sagte Gustav.

Er streckte die Beine, warf mir ab und zu einen Blick zu, den ich zu deuten wusste. Ich nickte, und er schenkte sich noch mal ein, auch mir, aber ich rührte das Glas nicht mehr an.

Samstag, sechzehnter Oktober.

Der Hinterhof mit den Garagen und Müllcontainern angefüllt mit schäbigem Licht. Ein eifriger Wind fegte den Dreck der Straße in die abgestorbene Thujenhecke am Nachbargrundstück.

Zwei Tage waren vergangen, seit ich Vias Schwester im Gerichtsmedizinischen Institut in der Nußbaumstraße begegnet und anschließend, wie von einem schwarzen Stern geleitet, bis zum Friedhof an der Thalkirchener Straße gelaufen war. Dort rutschte ich irgendwann von der Bank, auf der ich saß; ich blieb liegen, bis sich das Mädchen bei meinem Anblick von der Hand der Großmutter losriss, angerannt kam und mich ansprach.

Zwei Tage, in denen ich auf dem Teppich im Wohnzimmer geschlafen hatte, in den Klamotten, die ich nach meiner Rückkehr angezogen hatte und dann nicht mehr wechselte.

Zwei Tage allein, keine Ansprache – abgesehen von dem kurzen Telefonat mit dem Kollegen Gillis, der vergrippt und krankgeschrieben im Bett lag. Er sprach mir noch einmal sein Beileid aus. Ich hatte ihn bitten wollen, den Kontakt zum Morddezernat aufrechtzuerhalten, doch angesichts seines Zustands ließ ich es sein.

Zwei Tage in einem Zwinger aus nichts.

Wie in der Augenklinik, nachdem ich aus der Narkose aufgewacht war und Schwester Balbina mich in den Duschraum geführt hatte, wo ein Spiegel hing: Zwei Tage abseits der Zeit. Zwei Tage weit außerhalb meines bisherigen Daseins. Zwei Tage, die ich überstanden hatte. Wofür eigentlich?

Sechs Wochen später: Wieder zwei Tage überstanden. Wofür?

»Du musst die Pflaster im Gesicht erneuern«, sagte Gustav, tonlos, wie abwesend. Die Stimme schüttelte mich.

»Die zwei Männer im Dunkeln«, sagte ich, ihm zugewandt. »Wie lange waren die da?«

»Halbe Stunde. Hat auf mich gewirkt, als wären sie mit wem verabredet.«

»Mit wem?«

»Hab sie nicht gefragt. Vielleicht mit dir.«

»Das würde bedeuten, die Schlägerei wäre inszeniert gewesen. Wieso?«

»Du bist der Bulle, du stellst doch immer die Fragen.«

»Wenn sie auf mich gewartet hätten, wozu dann eine Schlägerei vortäuschen? Sie hätten mich einfach so überfallen können.«

»Da hat er Recht, der Polizist.«

»Was habe ich denen getan? Was war der Grund?«

»Fest steht, vorher haben sie nicht gestritten. Mal was Anderes: Deine Bekannte, die Apothekerin, die war doch bei der Versammlung. Und dann hat einer der Typen sie nach Hause gefahren. Und dann ist sie überfallen worden. Wer hat gewusst, wo sie wohnt, außer dir und dem Typen, der sie gefahren hat, und deinem Kollegen, der gesehen hat, dass sie ins Haus gegangen ist? Kennst du noch andere Bekannte von ihr? Leute, die ihr was heimzahlen wollten?«

»Ich kenne niemanden aus ihrem Freundeskreis.«

»Du hast doch ihre Schwester getroffen.«

»Ja. Die Schwester. Sonst niemanden.«

»Nur den Lehrer.«

»Der in der Wohnung war, als ich auch dort war.«

»Schätze, diesen Mann würd sie auch ein zweites Mal in die Wohnung lassen.« Gustav warf mir seinen Ouzoblick zu, und ich nickte. Er füllte wieder sein Glas und nippte daran.

»Da bin ich mir nicht sicher«, sagte ich. »Sie war garantiert froh, dass sie die Versammlung hinter sich hatte und nach Hause kam. Nein, dem Lehrer hätte sie nicht geöffnet, niemandem, außer mir.«

»Sie hat's aber getan. Du hättst schneller sein müssen.«

»Sei bitte still.«

Unser Schweigen dauerte an.

Das Tageslicht versickerte im Himmel. Ich dachte an Gott, der im Dunkeln hockte, wie wir, Gustav und ich, und so wenig an uns glaubte wie wir an ihn.

Dann schaltete ich das Licht im Flur ein. Ein schmaler Schein ergoss sich ins Zimmer. Ich setzte mich vor die Couch auf den Boden, nahm mein Glas, und wir stießen an, Gustav und ich, und meine Gedanken überschlugen sich; ich wusste nicht, was ich davon halten sollte, und steigerte mich in eine Vorstellung hinein, für die ich keine Erklärung fand und an die ich mich klammerte wie ein Christ an seinen Glauben.

Wir leerten die Flasche Plomari und anschließend sechs Flaschen Bier.

An der Tür sagte Gustav mit hinkender Stimme: »Du darfst nichts Falsches tun, mein Freund. Das würd ich dir nie verzeihen, niemals in diesem Leben und im nächsten auch nicht.« Er deutete eine Umarmung an, drehte sich um und stieg mit äußerster Vorsicht die Treppe hinunter.

In der Wohnung nebenan klirrte ein Schlüsselbund. Hastig schloss ich die Tür und sperrte ab. Ich ging ins Wohnzimmer zurück, stellte mich ans Fenster und winkte meinem Nachbarn, der nach einer gewissen Zeit aus dem Haus wankte. Er sah nicht zu mir hoch.

Der Brief umfasste fünf Seiten. Um Lesbarkeit bemüht, ließ ich gut Luft zwischen den Zeilen und bemühte mich um eine klare, eindeutige Handschrift. Hier und da unterstrich ich ein Wort. Ausführlich legte ich meine Gründe dar, wies eindringlich auf bestimmte Umstände und Zusammenhänge hin. Meinen Furor im Zaum zu halten, kostete mich eine Menge Kraft und noch mehr Zeit. Mehrmals musste ich unterbrechen und minutenlang zur Beruhigung durch die Wohnung laufen. Natürlich reduzierte ich die privaten Aspekte im Brief auf ein Minimum. Am Ende steckte ich die Blätter in ein Kuvert und beschriftete es. Um acht Uhr fünfunddreißig gab ich den Brief an der Pforte ab, mit der Bitte um sofortige Zustellung an den angegebenen Adressaten.

Dann machte ich mich auf den Weg in die Innenstadt.

Ich rechnete damit, nicht mehr zurückzukehren.

Sonntag. Regen. Landwehrstraße. Gewusel in den türkischen und arabischen Läden. Türsteher vor den Table-Dance-Bars und Kellerlokalen. Ausschließlich Männer an den Tischen in den Cafés. Geparkte Autos Stoßstange an Stoßstange auf beiden Seiten der Einbahnstraße.

Das übliche Bild im Orient-Eck der Stadt.

Rückgebäude, erster Stock. Vorn ein Geschäft für gebrauchte Computer, Handys, Fernseher. Bisher hatte ich keinen Grund gehabt herzukommen. Auch jetzt nicht, wenn ich ehrlich war.

Ich folgte meiner Verzweiflung, in einem kruden Anfall von Wut.

Ich folgte dem Dunkel, das sich in mir ausbreitete.

Die Haustür angelehnt. Ausrangierte Schränke und Stühle unterhalb der Treppe, Kisten voller alter Bücher und CDs. Aus den Blechbriefkästen ragten Werbeprospekte. Gedämpfte arabische Musik. Knarzende Stufen, rissige Wände. Eine Grünpflanze vor dem Etagenfenster.

Auf mein Klingeln keine Reaktion. Anders als bei den beiden Nachbarwohnungen stand sein Name an der Tür.

Dritter Versuch.

Mit Absicht hatte ich mich nicht telefonisch angekündigt.

Entweder er war da oder nicht.

In einem vierstöckigen Haus in einer Gegend, die vor eigenwilliger, ungebrochener Lebensgier strotzte, streifte an einem Sonntagvormittag ein einäugiger Ex-Polizist durch die Hinterhöfe, vom Wahn getrieben, letzte Ordnung in seine von Grund auf zerrüttete Existenz zu bringen.

Hörst du sie lachen in den Wänden, deine Geister?

Nein.

Ja.

Sie warten auf mich.

Fünf Mal, acht Mal schlug ich mit der flachen Hand gegen die Tür.

»Mach auf«, rief ich. »Sag mir ins Gesicht, was du weißt.«

Ich schlug mit der anderen Hand weiter und weiter, bis das Brennen unerträglich wurde.

Dann drückte ich noch einmal auf die Klingel, ließ sie schnarren.

Schritte.

Eine Stimme: »Was soll das? Wer ist da?«

»Kay Oleander.«

Schweigen.

Dreißig Sekunden, fünfzig.

Meine Hände flatterten. Schmerzen im Rücken, von den Schultern abwärts. Vibrierende Knie. Atemnot.

Ein Schlüssel wurde im Schloss gedreht.

Stille.

Öffnen der Tür.

Unrasiertes Gesicht, die Augen hellwach und starr. Sweatshirt, Trainingshose, Grau in Grau.

»Was?«, fragte er.

»Kann ich reinkommen?«

Er senkte den Kopf und trat einen Schritt beiseite. Ich roch das Dope. Die Wohnung im Halbdunkel. Ich gab mir einen Ruck, er schloss die Tür hinter mir, sperrte ab.

Er stand in meinem Rücken. »Du sollst doch nicht den Helden spielen, Kay Oleander, das geht nicht gut aus.«

Wozu sollte es?

Womit hatte ich gerechnet?

Mit einer Einladung zu Kaffee und Kuchen?

Mit einem Geständnis?

Erlösung wäre angemessen.

Ein Schlag.

An der Wand hing eine vergrößerte, gerahmte Fotografie des Reichsparteitags der Nationalsozialisten im Jahr 1934; zwei Meter breit, eineinhalb Meter hoch; massenhaft Menschen, im Vordergrund Hitler am Rednerpult. Über dem Bild ein an die Wand genageltes Banner in derselben Länge, rote Versalien auf weißem Untergrund: TRIUMPH DES WILLENS.

Sonst keine Bilder oder Auffälligkeiten. Hellbraune Möbel, billige Einrichtung, einzige Ausnahme der Flachbildschirm. Vor der Wand neben der Zimmertür drei schwarze, ungefähr dreißig Zentimeter hohe Rucksäcke, daneben ein silberfarbener Koffer.

Im Türrahmen saß Arno Gillis auf einem Klappstuhl, vornübergebeugt, Ellenbogen auf den Knien, den Kopf in die Hände gestützt.

Von irgendwoher drang arabische Musik in die Wohnung.

Er hob den Kopf.

Ich hockte ihm gegenüber auf dem Boden, an die Wand gelehnt, die Hände hinter dem Rücken mit Handschellen gefesselt. War ein leichtes Spiel gewesen. Im Flur hatte er mir von hinten einen Stoß versetzt, ich war der Länge nach hingeschlagen wie ein Anfänger. Er kniete sich auf mich, ich war erledigt.

Erledigt.

Mein Auftrag ist erledigt, Via.

Nacheinander zeigte er mit abgewandtem Blick auf die Rucksäcke. »Inhalt: Butangasflasche. Inhalt: acht Kilo Schwarzpulver. Inhalt: tausend solide Nägel.« Dann warf er einen Blick zum Koffer. »Die Batterien sind schon drin, die Fernsteuerung auch. Der Rest aus den Rucksäcken kommt später rein. Du weißt, wir kennen die Einsatzpläne, ich kenn jeden Winkel. Der Koffer ist harmlos, sieht aus wie einer von uns oder von den Technikern, die für die Beschallung zuständig sind. Ich weiß genau, wo ich ihn platzieren muss. Und wo ich sein werde mit der Fernsteuerung, weiß ich natürlich auch. Wo? Lass dich überraschen. Die Zeit des Laberns ist vorbei, jetzt wird gehandelt. Warum bist du gekommen? Das war's für dich, das ist dir doch klar. Warum, Kollege Oleander?«

»Nine eleven«, sagte ich.

»Nine eleven.«

Nachdem ich im Flur meine Situation begriffen hatte, wäre ich besser liegen geblieben, auf einen Schuss gefasst oder den tödlichen Stich.

»Zeig mir das Messer«, sagte ich. Meine Stimme so schwer und ausgehöhlt wie seine.

»Liegt drüben in der Kammer. Zu faul zum Aufstehen. Zieh

dir das rein: Das Ding hat einen Namen, Drei Mönche. Weil: Am Griff sind drei Totenköpfe eingearbeitet, aus Rentierhorn. Du musst zugeben, das hat Stil.«

»Dich hat Silvia Glaser in die Wohnung gelassen. Durch die Sprechanlage unten an der Tür hast du ihr erklärt, du bist mein Kollege, ich vertrau dir, sie soll dich reinlassen.«

»In etwa.«

»Was wolltest du von ihr?«

»›Was wolltest du mit dem Dolche, sprich, entgegnet ihm finster der Wüterich.‹ Episch. Ich hab gesagt, ich müsste ihr ein paar Fragen wegen der Ermittlung gegen die Gruppe in der Kneipe stellen, wir würden heut Nacht noch zuschlagen, wir, die tolle Polizei. Hat sie geglaubt. Schon war ich drin. Allerdings hab ich gedacht, sie wär gleich tot gewesen. Hab mich wohl geirrt.«

»Die SMS hast du mir erst geschickt, als du wieder aus der Wohnung raus warst.«

»Sauber kombiniert.«

»Du hast mir die Schläger vorbeigeschickt, damit ich mich nicht mehr einmischen kann.«

»Hab doch gewusst, wann du nach unserer Ortsbesichtigung wieder zu Hause sein würdest. Ich war dein Fahrer, Kollege Franz. Dass wir uns Decknamen ausgedacht haben, war schon sehr lustig. Hast du nicht mal zu mir gesagt: Ohne Humor ist alles nichts? Schad, dass wir die Decknamen nicht benutzen mussten. Hätt mich kaputtgelacht.«

»Mit einem Gegenangriff im Hinterhof haben deine Schläger nicht gerechnet.«

»Das ist wahr. Der Typ von nebenan kam für meine Leute wirklich sehr überraschend aus der Kiste. Arschloch.«

»Deine Erkältung hast du nur vorgetäuscht, damit du ein paar Tage Zeit kriegst, zur Vorbereitung …« Ich sah zu den Rucksäcken.

»Möglich wär's.«

»Was hast du jetzt vor?«

»Eine knifflige Aufgabe für die Kollegen vom Mord. Zwei Tötungsdelikte mit derselben Waffe. Drei Mönche, zwei Leichen.«

»Wieso musste sie sterben?«

»Verräter müssen sterben.« Sein Stöhnen auskostend, stemmte Gillis sich aus dem Stuhl und streckte sich, bis er kerzengerade dastand. Er blickte auf mich herunter, schüttelte unmerklich den Kopf, wandte sich zum Gehen, hielt inne, drehte sich noch einmal um.

»Du hast vergessen, mich zu belehren.«

Was immer er meinte, es spielte keine Rolle mehr.

»Du musst sagen, so was macht man nicht …« Er nickte nach rechts und links, in Richtung der Rucksäcke und des Koffers. »Als Polizist schützt man den Staat und versucht nicht, ihn zu zerstören. Drecksbande. Die neue Zeit beginnt, leider wirst du sie nicht mehr genießen können. Für solche wie dich ist in unserer Welt einfach kein Platz. Bin gleich wieder da.«

Das schrille Schnarren der Klingel ließ uns beide zusammenzucken.

Gillis blieb stehen.

Stille.

Die arabische Musik war verstummt.

»Mein Name ist Gerlach«, rief ein Mann im Treppenhaus. »Bitte machen Sie die Tür auf, Herr Gillis.«

Stille.

»Wir müssen mit Ihnen reden, Kollege Gillis. Ich bin der Einsatzleiter eines MEK. Sie wissen, was das bedeutet.«

Viel Zeit, darüber nachzudenken, ließen sie ihm nicht.

12

Das rote Leuchten

Alles schwarz.

Hier ist es, wie du gesagt hast: Das schwarze Meer hinter dem Bullauge. Ich stehe so nah davor wie möglich, meine Lider berühren die raue Umrandung. Ich rieche den Rauch von tausend Zigaretten und Zigarillos und schwanke vom Seegang eines langen, trunkenen Abends.

Noch einmal dringen die Stimmen der Retter an mein Ohr, das Bersten der Tür im Rückgebäude an der Landwehrstraße, die Rufe der Männer, die wütenden Fragen des Einsatzleiters.

Wie ich auf die Idee verfallen konnte, diesen Mann aufzusuchen, nachdem ich den Brief im LKA abgegeben und die gesamte Staatsschutzabteilung wegen der Person Gillis in Aufruhr versetzt hätte?

Wieso ich erst Alarm schlug und dann um ein Haar den von mir eingeforderten Zugriff vereitelt hätte?

Ob ich den Verstand verloren hätte?

Ob ich todessüchtig und ein Fall für die Geschlossene sei?

Wieso ich mich nicht an die Anweisungen übergeordneter Behörden halte, polterte Siebert.

Selbstverständlich hätten seiner Abteilung Hinweise sowohl auf einen Anschlag vorgelegen als auch auf mögliche Täter, von denen bedauerlicherweise einer aus dem inneren Kreis der Polizei stammen könnte.

Wieso ich mich in derart komplexe und unter strenger Geheimhaltung laufende Ermittlungen hineinzudrängen wagte?

Warum?

Wieso?

Dass ich noch am Leben sei, grenze an ein Wunder.

Der Tatverdächtige Kranich erinnerte sich in seiner letzten Vernehmung an ein grünes Auto, das er, nachdem er seinen Wagen gewendet hatte, um in Richtung seiner Wohnung zu fahren, vor dem Haus von Silvia Glaser bemerkt hatte. Dieses Fahrzeug – ein alter grüner Opel Kadett – tauchte auch auf den Aufnahmen einer Überwachungskamera auf; das Nummernschild konnte lesbar gemacht und der Halter identifiziert werden.

Mein Brief mit den Überlegungen zu den Abläufen und Beteiligten in der Mordnacht und den Tagen zuvor hatte den im LKA bereits bestehenden Verdacht gegen Gillis schließlich untermauert.

Noch einmal sah ich die drei Rucksäcke vor mir, den Koffer und den Klappstuhl im Türrahmen, darauf der Mann, der mein Kollege war, Polizeiobermeister, Besoldungsordnung A8. Er hätte mich mit demselben Messer erstochen wie die Apothekerin.

Mit Gegenwehr hätte er nicht zu rechnen brauchen.

Alles schwarz vor meinen Augen, vor dem linken genauso wie vor dem rechten. Meine Hände gegen die Wand gestützt, saugt mein Auge das Dunkel in sich auf, das durch meinen Körper fließt wie Blut und meine Eingeweide verfärbt.

Der Mord an Silvia Glaser: geklärt.

Die Tatwaffe, ein so genanntes Totenkopfmesser mit versilbertem Griff: sichergestellt.

Der geplante Anschlag auf die Jubiläumsfeierlichkeiten: vereitelt.

Arno Gillis, Mitglied der Neuen Volkspartei Deutschland, mit Verbindungen zur gewaltbereiten und verbotenen Abspaltung der NVD »Schwarze Front«, der die Ermittler auch Holger Kranich und Roland Ebert zurechneten: Einzeltäter.

Die Attacke auf einen Streifenpolizisten aus der Inspektion 22 am Rand einer Demonstration: aufgeklärt.

Lobende Worte für die Fahnder und Ämter: vom Oberbürgermeister, Ministerpräsidenten, Bundespräsidenten.

Von der Anwesenheit eines Polizeibeamten in Zivil während der Überrumpelungsaktion des Mobilen Einsatzkommandos erfuhr die Öffentlichkeit kein Wort. Die Vorwürfe gegen Gillis wogen schwer, Irritationen waren nicht erwünscht.

Ich war eine Irritation.

Der Schreiber.

So hatten mich, weißt du noch, meine Eltern und später mein irritierter Chef genannt, als ich noch einen Beruf hatte und seitenlange Protokolle schrieb.

Und der Blaue, hörst du, Via, war nach eigener Aussage nicht der wegen Mitwisserschaft verhaftete 1860er-Fan Roland Ebert. Sondern mein Kollege Gillis. Wegen seiner blauen Uniform. Und seiner blauen Sterne. Und.

Der Blaue. Die Möwe. Das Schwein.

Das Schwarz.

Nichts.

Übrigens habe ich das Yoga-Buch, das ich mir auf Anraten von Schwester Balbina gekauft hatte, dem Friseur im Erdgeschoss geschenkt; er freute sich unbändig.

Die Zeit der Verrenkungen: vorbei.

Ich atme nach Gutdünken.

»Reiß dich mal zusammen«, ertönte eine Stimme. »Entweder du spielst, oder du spielst nicht. Was soll das? Wo sind die Pfeile? Was stehst du seit einer halben Stunde wie zur Salzsäule erstarrt vor der Scheibe und drückst dein Auge auf den Punkt in der Mitte? Mach das eine Auge nicht auch noch kaputt. Halt mal Abstand.«

Die Bedienung im Magda's hatte Recht: Wenn ich einen halben Schritt vom Bullenauge zurücktrat, erschien ein rotes Leuchten im schwarzen Meer.

»Ist das ein Morgenrot? Schenkst du mir noch einen Tag, Silvia Glaser?«

»Ich heiß Hanna, und wir schließen jetzt.«

Friedrich Ani
Letzte Ehre
Roman
st 5246. 270 Seiten
(978-3-518-47246-0)
Auch als eBook erhältlich

»Düster und traurig und unglaublich packend.«
Die Presse

Die Suche nach einem verschwundenen Mädchen wird mehr und mehr zu einem Horrortrip durch die Abgründe männlicher Machtfantasien und die Verwüstungen, die sie hinterlassen. Kommissarin Fariza Nasri gerät in einen Strudel der Gewalt, der sie immer weiter mitreißt, bis sie darin zu ertrinken droht. Ein packender, schmerzhafter und düsterer Roman.

»Ani entlarvt aufs prächtigste die
Selbstherrlichkeit seiner Geschlechtsgenossen.«
Kölner Stadt-Anzeiger

»Hard-boiled-Plot trifft auf empathische Figuren-
zeichnungen, auf psychologisch feinsinnig konstruierte
Dialoge und auf eine literarisch gehobene Sprache,
die Friedrich Ani an keiner Stelle entgleitet, obschon er
als männlicher Autor das Wagnis einer weiblichen
Erzählstimme eingegangen ist.«
Deutschlandfunk

suhrkamp taschenbuch

Weitere Informationen erhalten Sie unter www.suhrkamp.de
oder in Ihrer Buchhandlung.